पादरी, माफी माँगो

[कहानी-संग्रह]

पादरी, माफी माँगो

शरद चन्द्रा

राजकमल प्रकाशन
नयी दिल्ली पटना इलाहाबाद

मूल्य : रु. 225.00

पहला संस्करण : 2009

प्रकाशक : राजकमल प्रकाशन प्रा. लि.
1-बी, नेताजी सुभाष मार्ग
नई दिल्ली-110 002

शाखाएँ : अशोक राजपथ, साइंस कॉलेज के सामने, पटना-800 006
पहली मंजिल, दरबारी बिल्डिंग, महात्मा गांधी मार्ग, इलाहाबाद-211 001

वेबसाइट : www.rajkamalprakashan.com
ई-मेल : info@rajkamalprakashan.com

मुद्रक : बी.के. ऑफसेट
नवीन शाहदरा, दिल्ली-110 032

PADARI, MAFI MAANGO
Stories by Sharad Chandra

ISBN : 978-81-267-1686-9

कंचन के लिए

अनुक्रम

अम्माँ

लक्खी जी की अम्माँ वहीं रहा करती थीं हमारे पड़ोस में, उनके साथ। अपने बाकी तीन बेटों से उनकी पटती नहीं थी। लक्खी जी अपने चारों भाइयों में सबसे बड़े थे, उन सबसे ज्यादा समझदार थे। माँ की हर बात चाहे मानते या न मानते, उन्हें आदर-सम्मान पूरा देते थे। जितना समय मिलता था, उसमें खुद उनकी सेवा-टहल किया करते थे। इसलिए वह उनके यहाँ खुशी से रहती थीं।

लक्खी जी का लड़का, लल्ला भी उन्हें अम्माँ ही कहता था। उन दिनों बहुत से परिवारों में बच्चे दादी को भी अम्माँ कहते थे और माँ को भी अम्माँ। लल्ला उनका इकलौता बेटा था, लेकिन इतने बड़े कुनबे में अकेला बच्चा, सारे दिन खाता रहता था। देखने में बिल्कुल गोल-मटोल, फुटबाल जैसा। हम लोग उसे मोटा गबदू कहा करते थे। हम मोहल्ले के सारे बच्चे रोज शाम को इकट्ठे होकर दो-ढाई घंटे खूब खेलते थे, छक के। वह भी सब बच्चों की तरह हर रोज शाम को हमारे साथ खेला करता था। स्कूल में गेम्स टीचर की देख-रेख में खेले हॉकी, क्रिकेट या बास्केट बॉल के मुकाबले शाम के इन अपने-आप, खूब शोरगुल करके खेले हुए खेलों—सतोलिया, गिल्ली-डंडा, आँख-मिचौनी, ऊँच-नीच, पहल-दूज-तीज, गुट्टे, बंटे, घोड़ा-जमाल शाही वगैरह-वगैरह—में हमें कहीं ज्यादा मजा आया करता था।

खेलते-खेलते जब भी बीच में हमें प्यास लगती तो, घर सब जाने-पहचाने तो होते ही थे, हम किसी के भी घर में, जो पास होता या जिसका दरवाजा खुला मिल जाता, चाँय-पाँय करते हुए सबके सब एक साथ अन्दर घुस जाते, और फिर, जिन्हें प्यास लगी होती थी वे भी, जिन्हें न लगी होती थी वे भी, सब अपना-अपना गिलास जूठा करके बाहर आ जाते। उन दिनों फ्रिज रखने का इतना रिवाज नहीं था या शायद फ्रिज होते ही नहीं थे। सबके घरों में लाल या काली मिट्टी के बड़े सुन्दर, तरह-तरह की आकृति के, कलाकारी किए हुए मटके, सुराही—छोटी गर्दनवाली, लम्बी गर्दनवाली, नलवाली, बिना नलवाली—रखी होती थीं, कम-से-कम उन घरों में जहाँ मैं आया-जाया करती थी। इन्हें बिना हाथ धोए छूना सख्त मना होता था। इसीलिए जब हम इतने सारे बच्चे एक साथ जिसके भी घर पानी पीने घुसते

थे, पिलानेवाला बेचारा बौरा जाता था। पहले तो वह हमें ढोरों की तरह घेरकर बाहर को हाँकता था ताकि किसी सुराही, मटके को जूठे हाथ न लग जाएँ, फिर बारी-बारी एक-एक को पानी पिलाता था।

हमारे घर में तो छूतछात बहुत ही ज्यादा थी। उस टाँड या तख्त के पास, जिस पर पीने का पानी रखा जाता था, बच्चों को जाना ही मना था। क्योंकि बच्चों का कोई भरोसा नहीं होता। मैंने देखा था, हमारे यहाँ उस स्थान की या शायद पानी के पात्र की पूजा भी की जाती थी—उसी तरह जैसे चौक पूजते हैं, कुआँ पूजते हैं, पनेहड़ी भी पुजती थी। तो हम लोगों को पानी ज्यादातर किसी से माँगना पड़ता था और हमें पानी पिलाना किसी के भी लिए एक लम्बा और टेढ़ा काम होता था। किसी के यहाँ माँ पकड़ाती थीं पानी के गिलास, किसी के यहाँ चाची, ताई, बुआ या फिर महाराज। लल्लाजी के यहाँ यह परोपकार हमेशा उनकी अम्माँ, यानी कि दादी किया करती थीं। उन्हें लगता था कि और कोई हमें सँभाल नहीं पाएगा और घर का सारा पानी झूठा हो जाएगा। इसलिए अपने बाकी कामों के साथ उन्होंने यह जिम्मेदारी भी नत्थी कर रखी थी। और इससे उन्हें एक खास तरह की शान्ति मिला करती थी क्योंकि उनके दिन-भर के और काम भी कुछ इसी तरह के हुआ करते थे। अगर वो—हमें या किसी को भी—पानी नहीं पिला रही होती थीं तो किसी को (सिर्फ ब्राह्मण) खाना आदि खिला रही होती थीं, या कोई पूजा-पाठ कर रही होती थीं। या फिर पूरे दिन के उपवास के बाद अपना व्रत तोड़कर प्रसाद ग्रहण कर रही होती थीं। अगर दिन छिपने के बाद हम वहाँ पहुँचते तो वे तुलसीजी, या और कोई देवी-देवताओं के लिए दीप जलाती मिलती थीं, शाम गोधूलि समय के दीये। वह ऐसा समय होता था जब हमें प्यास लगती थी और वो दीयों में बत्ती लगा रही होती थीं तो एकदम पानी नहीं पिला पाती थीं। तब वो हमसे कह दिया करती थीं, ‘‘जरा रुको, मैं अभी आई आरती करके।’’ हम लोग तत्काल खेल-कूद भूलकर, सब उनके साथ स्वर में स्वर मिलाकर आरती गाने खड़े हो जाते थे, ‘‘ऊँ जै जगदीश हरे, स्वामी...।’’ बड़ा मजा आया करता था यों राग-में-राग मिलाने में। आरती खत्म होते ही, सुबह हो या शाम, प्रसाद मिलता था। वो हमें प्रसाद बड़े प्यार से दिया करती थीं, पर ऊँचे से, ताकि हाथ से हाथ न छू जाए। हम अपनी हथेलियाँ खोल देते थे और वो उसमें प्रसाद डाल देती थीं। हमें अपना हाथ नीचे रखना पड़ता था। प्रसाद के लालच में ही तो हम लोग आरती गाते थे।

हमें तो प्रसाद माँगने पर ही मिलता था। लेकिन कुछ लोगों को वो खुद बुला-बुलाकर, बिना उनके माँगे, मिठाई खिलाया करती थीं, ऊपर से जाने के समय दक्षिणा देती थीं। उनके पैर आने के समय धोतीं और जाने के समय पूजती थीं।

कई बार वो इन बुलाए हुए लोगों को विराजवा कर जलपान या खाना नहीं खिलाती थीं, बल्कि उन्हें पहले से पैक किए हुए चीनी, पंखा, खरबूजा, जल भरी सुराही आदि देकर विदा कर दिया करती थीं। कभी मिठाई भरी कटोरी बाँटती थीं, कभी एक-सौ-एक गीता या रामायण की प्रतियाँ दान दिया करती थीं।

अम्माँ खुद भी पूजा-पाठ बहुत किया करती थीं। करीब-करीब हर रोज ही उनका व्रत होता, कभी प्रदोष, कभी एकादशी और कभी पूर्णमासी। हमारे पंचांग में बहुत तरह की पूर्णमासियाँ हैं, और इसी तरह चौथ भी—कभी सकट चौथ, गणेश चौथ, करवा चौथ और कभी अनन्त चतुर्दशी। कभी उनका व्रत सप्तमी को होता, कभी अष्टमी को। अष्टमी के भी अनेक प्रकार हैं और प्रत्येक का अपना अलग इष्टदेव या देवी हैं और सबकी अपनी-अपनी अलग-अलग कथाएँ हैं। हर व्रत के बाद वो क्रम से पहले पूजा, फिर कथा, फिर आहार लिया करती थीं। अम्माँ कभी-कभी रास भी करवाया करती थीं, जन्माष्टमी के आसपास कृष्ण झाँकी लगवाती थीं। तब भी हमें बड़ा आनन्द आया करता था। उस दिन हम खेलने नहीं जाते थे। पहले मथुरा से आई रास मंडली के कलाकारों का तैयार होना देखते थे, फिर रास देखते थे। झाँकीवाले दिन भी यही होता था। झाँकी सजाने में यदि कोई हमें थोड़ा-बहुत काम भी दे देता तो हम बहुत खुश होते थे। और उस काम को बड़े गर्व और चाव से किया करते थे। फूलों की इतनी सुन्दर सजावट अब कहीं देखने को नहीं मिलती।

अम्माँ बाकी लोगों की तरह हर पूर्णमासी को सत्यनारायणजी की कथा कहलवाती थीं। उसके बाद प्रसाद बाँटा जाता था। हरे-हरे पत्तों की बनी मजबूत दोनियों में डाला हुआ चरणामृत, उसी में आटे की पंजीरी, बताशा और कुछ काटे हुए फल, कभी-कभी उसमें तुलसी का पत्ता भी आ जाता था। बहुत स्वादिष्ट लगता था वह आहार हमें, और हम कई-कई बार माँग लेते थे। यों हमें खाने की कोई कमी नहीं थी, लेकिन फिर भी, इस तरह दो-दो बार प्रसाद माँगने का आनन्द कुछ और ही होता था। उनके यहाँ महीने में एक बार या दो बार कीर्तन भी हुआ करता था—श्रीराम कीर्तन। उसके बाद भी प्रसाद मिलता था, तरह-तरह का।

हमें सब प्रसादों की अच्छी पहचान हो गई थी और उनके सहारे, उनके साथ जुड़े व्रत-पर्वों की, तिथि, दिन की और उन देवी-देवताओं की भी जिनकी साधना में वो प्रसाद बाँटे जाते थे। जन्माष्टमी की पंजीरी धनिए के पाउडर की होती है और उसके साथ बहुत से पकवान होते हैं। अनन्त चतुर्दशी का पंचामृत बहुत स्वादिष्ट होता है, अन्नकूट के प्रसाद की पत्तल खाते-खाते एक-दो घंटे लग जाते हैं, क्योंकि प्रसाद झूठा छोड़ने की इजाजत नहीं होती और खाने के सामान बहुत होते हैं, कहते हैं छप्पन भोग होते हैं, अन्नकूट के प्रसाद में। इसी तरह पूर्णमासी,

शिवरात्रि इत्यादि। मंगल को तो सभी जानते हैं बूँदी या बूँदी के लड्डू होते हैं प्रसाद में। हनुमानजी पर बूँदी का प्रसाद उसी तरह चढ़ाया जाता है जैसे आमेर की या किसी भी देवी पर खोए के पेड़ों का। अब तो पेड़े मिलते ही नहीं, ढूँढ़ने पड़ते हैं। बस बर्फियाँ मिलती हैं नई-नई तरह की। नकद रुपए चढ़ाने पर मन्दिर से जो प्रसाद मिलता है वह हमेशा होता है या तो पागी हुई मठरी, पापड़ी का या बताशे, चिनौरी का। बद्रीनाथजी के मन्दिर में प्रसाद के साथ चन्दन भी देते हैं। कहीं चूरमे के लड्डू होते हैं। पहले प्रसाद में मोहन थाल बहुत चढ़ाया जाता था अब वह नहीं मिलता। छेने की वह मिठाई जो मोहन भोग के नाम से मिलती है मैंने कभी किसी मन्दिर में चढ़ते नहीं देखी।

जब लल्लाजी की अम्माँ इतना सब करती थीं तो बाकी लोगों की अम्माएँ भला पीछे क्यों रहतीं ? वे भी होड़ करने लगीं। दान-पुन्न के मामले में कोई किसी से कम क्यों रहे ? जिससे जितना बनता, वह करता था। लेकिन हम बच्चों का इससे कोई वास्ता न था। हमारा शौक सिर्फ प्रसाद इकट्ठा करने का था। वैसे हमें कीर्तन, आरती वगैरह सब रटे हुए थे। जब इतनी बार कोई बात कानों में पड़े और बार-बार खुद गाई जाए तो वह अपने आप कंठस्थ हो ही जाती है। उसे याद करने के लिए अलग से मेहनत नहीं करनी पड़ती। इन सब धार्मिक प्रथाओं और पुराने रीति-रिवाजों में हमारे घर में सबसे ज्यादा खराब मौके मुझे लगा करते थे, सूर्य या चन्द्र ग्रहण के दिन। एक तो इन ग्रहणों का कोई निश्चित समय नहीं होता, फिर न रात का लिहाज होता है न दिन का। अब तो ग्रहणों की खबर अगले दिन समाचार-पत्र में छपी तस्वीर से लगती है। अम्माँ के जमाने में, हम लोगों को ग्रहणवाले दिनों की पहले से बहुत तैयारी करनी पड़ती थी। पहले तो हमारी माँ या अम्माँ बहुत-सा अनाज सिक्के मिलाकर, कई तौलियों में भर देतीं, साथ में रुपए-पैसे, फटे कपड़े, वगैरह जमा करके जगह-जगह ढेरी बना देतीं। हम लोग (खास तौर से सूर्य ग्रहण के लिए) कालिख चढ़ाकर शीशे तैयार कर लेते थे। बाल्टी या तसले में पानी भर के रख लेते थे ताकि ग्रसित होते उस नक्षत्र को देख सकें। ग्रहण का दिन बड़ी हलचल का दिन हुआ करता था। अम्माँ सुबह-सुबह अपना पत्र-पंचांग देखकर आदेश जारी कर देती थीं कि इतने बजे के बाद कोई कुछ खाएगा नहीं, कुछ छुएगा नहीं। सूतकों में छूना, खाना सब वर्जित होता है। हम सब उनका कहना मानते थे। जिद तो हम भी करते थे—जैसी आजकल हमारे बच्चे करते हैं—लेकिन ऐसी बातों में नहीं। तो समय से खाना-पीना खत्म करके हम लोग बाहरवाले आँगन के ऊपर छज्जे में, अपने-अपने हिस्से का सामान लेकर बैठ जाते थे। ग्रहण लगते ही माँगनेवाले आना शुरू होते इक्का-दुक्का करके, और फिर उनका ताँता लग जाता। वे लोग नीचे झोली फैलाते, और हम

ऊपर से उनकी झोलियों में लगातार सामान डालते रहते। लेने और देनेवाले के बीच में कभी किसी तरह की कोई जिरह या बहस नहीं हुआ करती थी।

यहाँ तक तो हमें कोई परेशानी नहीं थी। जो भी था, ठीक था। शामत इसके बाद आती थी, जब ग्रहण खत्म होते ही हमें आदेश मिलता कि, "चलो सब बारी-बारी से नहाओ।" "क्योंकि नहाने के लिए हमें बाहर लाइन लगानी पड़ती थी। परिवार में बहुत लोग थे और अपने से बड़ों को लाइन में आगे रखना पड़ता था। जैसे-तैसे नहा-धोकर हमें फिर लाइन में खड़ा होना पड़ता था। अम्माँ हम सबसे पहले नहाकर पंडितजी से (हमारे घर के पंडितजी) 'भगवान परिवार' के हर सदस्य को सामने खड़े होकर नहलवाया करती थीं। क्योंकि उन्हें हमेशा शक रहता था कि पंडितजी कहीं अपने काम में बचत न कर लें।" उसके बाद वो मन्दिर (हमारे घर का मन्दिर) में रखी गंगाजली में से थोड़ा-सा गंगाजल अंजलि में भरकर पहले भगवान के ऊपर, फिर अपने ऊपर, फिर हम सबके ऊपर छिड़क देतीं, जिससे सब स्वच्छ हो जाएँ। तब तक घर भी साफ हो चुका होता था। कुछ छाँटे हुए नौकर उस अटपटे टाइम पर भी ड्यूटी पर बुलाए जाते थे—सारे घर में, हर कमरे में, हर चीज पर वह पवित्र जल छिड़का जाता था। तब कहीं जाकर सब कुछ पहले की तरह शुद्ध, स्वच्छ, सामान्य समझा जाता था। इस अनोखे अशौच को शुद्ध करने के लिए कभी हमें रात के तीन बजे, कभी शाम के छह-सात बजे नहाना पड़ता था। कभी अम्माँजी की मर्जी के मुताबिक घर में रखी गंगाजली के गंगाजल से काम न चलाकर, ठेठ गंगाजी तक भी जाना पड़ता था। वहाँ किसी की गोदी में चढ़ के, अपने हाथों से अपनी नाक कस के पकड़ के, उस पवित्र जल में डुबकी लगानी पड़ती थी। यह सब हमें बहुत बुरा लगता था, अनावश्यक लगता था। लेकिन हम अपने भाव चेहरे पर कभी नहीं आने देते थे। जैसा कहा जाता, चुपचाप कर लेते थे।

चाहे लल्लाजी की अम्माँ हों या मेरी, या किसी और की, या कोई भी और, खालिस, निःस्वार्थ दान, पूजा-पाठ, जप-तप, होम-हवन, व्रत इत्यादि कम लोग करते हैं। ज्यादातर लोग ये सात्विक कार्य मिले-जुले कारणों से करते हैं—कुछ दया-धर्म कुछ अपना निहित निजी स्वार्थ, चाहे वो उसके प्रति सचेत हों, न हों। वास्तव में (लेकिन हर स्थिति में नहीं) इन सबके पीछे प्रमुख कारण होता है, या तो स्वयं अपने लिए (जिसमें कि आत्मशान्ति शामिल है) या अपने परिवार के लिए सुख प्राप्त करना। सुख तरह-तरह के होते हैं, इसीलिए तरह-तरह के तप, तरह-तरह की साधना, उपासना, विधि और तरह-तरह के दान निमित्त किए गए हैं। सच्चे मन से कभी भी कुछ भी दान दिया जाए, तो सुना है लाभ अवश्य होता है, लेकिन वही काम किसी खास दिन करने से उस दान का लाभ बताते हैं बहुत गुना अधिक

हो जाता है। ग्रहण पर दान करने का शायद यही प्रमुख कारण हो।

दान छोटे-बड़े सब तरह के होते हैं, जैसे अन्नदान, गऊदान, स्वर्णदान आदि या फिर कन्यादान, जिसे महादान समझा जाता है। जिनके अपनी कन्या नहीं होती, लेकिन अपने कल्याण की कामना प्रबल होती है वे गोद लेकर भी यह दान कर दिया करते हैं। यह दान-महादान की सूची मुझे बहुत गड्ड-मड्ड दिखती है। अजीब बात है कि इसमें वस्तु, पशु, प्राणी सब मिला दिए हैं। खैर, इस परोपकार की व्याख्या छोड़कर यदि इसकी प्रेरणा और परिणाम, यानी सुख पर ही सारा ध्यान केन्द्रित करें तो देखते हैं कि ज्यादातर तो यह व्यक्ति के जीवनकाल में भोगने के लिए ही होता है। लेकिन एक होता है, जीवनपर्यन्त सुख, जिसे दार्शनिक भाषा में मोक्ष या मुक्ति कहा जाता है। मुक्ति का एक अर्थ प्रचलित है स्वर्ग में स्थान पाना। और उतरती उम्र में जब मनुष्य को अपने अन्त समय का अहसास ज्यादा होने लगता है तब वह इसी सर्वोपरि सुख प्राप्ति के लिए तन्मय होकर जो भी सम्भव होता है, करता है।

लल्लाजी की अम्माँ को जब हमने जाना, तब निश्चित रूप से वे इसी स्थिति में होंगी, और इस विशेष तैयारी में जुटी हुईं। उन्हें अपने लिए, ऊपर एक सुरक्षित स्थान होने का पूरा-पूरा भरोसा भी होगा क्योंकि मैंने उन्हें स्वर्ग में स्थान आरक्षित करने के लिए कभी प्रयत्नशील होते नहीं देखा। उनकी मुख्य चिन्ता वहाँ तक पहुँचने की हुआ करती थी, एक ऐसे साधन या वाहन की खोज हुआ करती थी जो उन्हें वैकुंठ पहुँचा दे। उन्हें विश्वास था कि उनकी अर्थी, जिस पर मनुष्य की आखिरी यात्रा सम्पन्न होती है, यदि उनके प्रपौत्र के पावन हाथों से उठवाई गई तो उन्हें स्वर्ग जाने से कोई नहीं रोक सकेगा। इसी ललक में जब लल्लाजी अट्ठारह साल के हुए—वो साठ के आसपास होंगी—उन्होंने लक्खीजी और उनकी बहू के पीछे पड़ना शुरू कर दिया कि, "लड़की ढूँढ लो, लड़का अब शादी लायक हो गया।" या "कुछ तो मेरा लिहाज करो, मैं जाने अब कितने दिन और जीऊँ, मुझे पड़पोते का मुँह देख लेने दो। वो ही लगाएगा मेरी स्वर्ग-नसैनी।" इत्यादि-इत्यादि। कोई सुनता या न सुनता वो अपनी बात कहती रहती थीं। समय आने पर लल्लाजी की शादी हुई। चूँकि तब फेमिली प्लानिंग का इतना रिवाज नहीं था, साल-सवा साल में सन्तान भी हो गई, लेकिन लड़की। उस दिन अम्माँजी की हालत देखते ही बनती थी। यह खबर सुनते ही जैसे उन्हें लकवा मार गया। न किसी से कुछ बोलीं, न कुछ खाया-पिया। बस चुप बैठी रहीं एक तरफ। इस सदमे का असर उन पर पाँच-छह महीने तक रहा। उसके बाद धीरे-धीरे स्थिति फिर सामान्य हो गई। बस इतना था कि इसके बाद वे मन्दिर में और ज्यादा समय निकालने लगीं। घंटों भगवान के सामने बैठी प्रार्थना करती रहतीं, "हे अन्तर्यामी, हे सर्वशक्तिमान

जहाँ तूने मुझे इतना सुख दिया है ये विनती भी सुन ले, अभी थोड़े दिन और मत उठा मुझे। मैं स्वर्ग-नसैनी चढ़ जाऊँ, तब ले लेना। बस तब तक रुक जा।''

लल्लाजी की मुनिया सात महीने की हुई, आठ महीने की हुई, एक साल, फिर एक साल दो महीने, बेचारी अम्माँ इन्तजार कर-करके थक गईं। हर रोज सुबह से वो कोई अच्छी खबर मिलने की राह देखतीं और शाम को बहुत निराश, बहुत असन्तुष्ट सो जातीं। जरा-जरा बात में चिड़चिड़ातीं, गुस्सा होतीं, खाना छोड़ देतीं। तब फिर उन्होंने खुद ही दूसरे बच्चे की तैयारी करने की आवश्यकता पर जोर देना शुरू किया। लल्लाजी हँसकर टाल जाते। मैना, उनकी बहू गुस्सा हो जाती। लक्खीजी अपनी माँ के विचारों पर सहमति दिखाते, सहानुभूति दिखाते। लेकिन करता कोई कुछ नहीं। अन्त में अम्माँजी ने रामबाण छोड़ना शुरू किया, ''ठीक है, रोती ही भेजो मुझे। अब मैं कितने दिन की और हूँ ? हमेशा थोड़ी बैठी रहूँगी। जाने कौन से दिन आँख मिंच जाए। एक सुख माँगा है तुमसे वह भी तुम लोग मुझे नहीं दे सकते।''

आखिर ऊपरवाले ने सुन ली उनकी पुकार। जब वह ठीक सड़सठ साल खत्म करके अड़सठवें में लगीं तो परमात्मा की असीम अनुकम्पा से उन्हें यह परमोत्कृष्ट, परमानन्दमय सुख प्राप्त हुआ। लल्लाजी के मुन्ना हुआ, अम्माँजी की बाँछें खिल गईं। हाथ-पैरों में नया दम आ गया। अपनी व्रत, पाठ, दान-पुण्य की दिनचर्या में उन्होंने पड़पोते को खिलाने का काम भी स्वाभाविक रूप से जोड़ लिया। वास्तव में अब उन्होंने बाकी काम कुछ कम कर दिए। व्रत तो वैसे भी अब वो ज्यादा नहीं रख पाती थीं, पूजा-पाठ की उपयोगिता सिद्ध हो ही चुकी थी। अतः वो मुन्ना को गोदी में लिटाए घंटों बैठी रहतीं। जब लक्खीजी को फुर्सत होती तो वो उन्हें सूक्ष्मता से अपनी भावी अन्त्येष्टि का कार्यक्रम समझाती रहतीं—कि उनके देहावसान के बाद किस क्रम से, क्या-क्या करवाना है, कैसे करवाना है और उनकी अर्थी पर कितने तोले की नसैनी बनवाकर रखनी है। और इस बात का खास ध्यान रहे कि अर्थी को सबसे पहले हाथ मुन्ना के लगें, वगैरह-वगैरह। लक्खीजी सब सुनते रहते। और करते भी क्या बेचारे ? ''जब बूढ़े इस हद तक सठिया जाएँ तो हाँ में हाँ मिलाने में ही भलाई होती है।''—यह मैंने उन्हें अपनी धर्मपत्नी, यानी लल्ला जी की माँ से, बहुत बार कहते सुना था।

मुन्ना धीरे-धीरे बड़ा होने लगा। अम्माँ बरकरार चलती रहीं। पड़पोते को खिलाने में, बढ़ते देखने में इतनी लीन हो गईं कि अपने ऊपर जाने की बात अब उनके ध्यान से उतर गई। अन्त तो याद रहा—आखिर वो इतने शास्त्र-पुराण पढ़ती रहती थीं, मनुष्य योनि का आखिरी संस्कार कैसे भूल सकती थीं ? स्वर्ग-नसैनी का किस्सा भूल गईं। एक दिन वो अपनी धन-सम्पत्ति, जेवर आदि के बँटवारे का

ब्यौंत बैठा रही थीं। वो नहीं चाहती थीं कि उनके बाद परिवार में कोई लड़ाई-झगड़ा हो। सो पहले से ही किसको क्या दे जा रही हैं यह बाहर बगीचे में एक कोने में मूढ़ा डाले चुपचाप बैठी-बैठी अपने बुढ़ियाए दिमाग पर जोर लगा-लगाकर याद कर-करके धीरे-धीरे एक कागज में लिख रही थीं। लक्खीजी कहीं बाहर से आए, जब उन्हें अम्माँ मोटा-सा चश्मा लगाए बदस्तूर तख्त पर बैठे भगवत पुराण पढ़ती हुई नहीं दिखीं तो वे उन्हें इधर-उधर ढूँढने लगे। जब उन्होंने उन्हें बाहर किसी काम में अत्यन्त असाधारण रूप से व्यस्त देखा तो वो भी मर्म जानने की जिज्ञासा से दूसरा मूढ़ा लेकर वहीं पहुँच गए। अम्माँ ने अपनी बनी हुई सूची उन्हें पकड़ा दी और बोलीं, "लो, अब इसे स्टाम्प पेपर पर लिखना है तो उस पर भी लिख लो। मेरे जाने के बाद सब अपना-अपना हिस्सा इसी तरह ले लेना, लड़ना-झगड़ना मत।" लक्खीजी ने वह कागज पकड़ते हुए अम्माँ के हाथ से पेन्सिल से छोटे-बड़े अक्षरों में लिखी उस सूची पर एक सरसरी निगाह डाली, फिर उन्हें छेड़ने की मंशा से बड़े गम्भीर होकर बोले, "अम्माँ, तुमने इसमें मुन्ना की बहू के लिए कुछ नहीं लिखा, उसे भी तो कुछ दोगी ?" अम्माँ बेचारी बुरी तरह चौंक गईं। एकाएक सोच में पड़ गईं। कुछ देर तक तो वो कुछ बोल ही नहीं सकीं। फिर बहुत अचम्भे में भरकर बोलीं, "मुन्ना हो गया इत्ता बड़ा ? मुझे पता ही न चला।" अपनी बूढ़ी माँ को यों सोच में डालकर लक्खीजी वहाँ से खिसक लिए। वो बेचारी शाम तक वहीं बैठी रहीं अपने दोनों हाथों की उँगलियों पर बार-बार गिन-गिनकर कुछ हिसाब लगाती, जोड़तीं। शाम को जब मिसरानीजी खाना बनाने के लिए आई तो अम्माँ ने उन्हें आवाज लगाई—"राधेश्याम की माँ इधर आओ।" जहाँ वो मिसरानीजी रहा करती थीं वहीं घर के पुरोहितजी भी रहते थे, और कई बार कोई जन्म-पत्री वगैरह मिलवानी होती या उन्हें घर बुलवाना होता तो मिसरानी के हाथ ही उन्हें सन्देश भेज दिया जाता था। इसलिए जब भी घर में कोई शादी-ब्याह की बात चलती तो मिसरानीजी को सबसे पहले पता लगता था। मिसरानीजी आकर वहाँ खड़ी हो गईं।

"मुन्ना के ब्याह की बात चल रही है, तुमने कभी बताया क्यों नहीं ?" अम्माँ ने कुछ गुस्से में पूछा।

"नहीं, अम्माँजी म्हाने खबर कोनि।"

"थानै खबर कोनि तो फेर पुरोहितजी के कनै कोई कागला नै भेज्यों कांई ?" अम्माँ ने जोर से से डाँट लगाई। वह ब्राह्मणी बेचारी सकपकाती वहीं खड़ी रही, पीढ़ियों से उसका परिवार इस हवेली में खाना बनाता रहा था। यह खबर उसके लिए भी नई थी पर शुभ थी। लेकिन अम्माँजी के गुस्से का भेद उसकी समझ में नहीं आया। उसका ध्यान तत्काल गया उन चीजों पर जो वह मंगल अवसर आने

पर उसे मिलेंगी। लक्खीजी खेल ही खेल में अपनी अम्माँ से यह पूछकर कि–"मुन्ना की बहू के लिए उन्होंने कुछ नहीं रखा ?" यानी कि बहुत शीघ्र वह आनेवाली है–अम्माँ के लिए बहुत बड़ी गुत्थी पैदा कर गए थे। वह इस सोच में पड़ी थीं कि मुन्ना अगर अब शादी के काबिल है तो कम से कम तेईस-चौबीस साल का तो होगा। और अगर वह तेईस साल का है तो अम्माँ नब्बे की होनी चाहिए। क्योंकि जब मुन्ना हुआ तो अम्माँ को याद था वो सड़सठ साल की थीं। और अभी उनकी उम्र नब्बे को छोड़ नवासी की भी नहीं हुई थी। वो बार-बार यही हिसाब अपनी उँगलियों पर कर रही थीं। लक्खीजी को वो बहुत प्यार करती थीं और यह मानती थीं कि वह कोई गलत बात कभी कह ही नहीं सकते। इसका मतलब था या तो उनकी याददाश्त काम नहीं कर रही या उन्होंने जोड़ लगाने में कोई गलती की थी। वो बेचारी इस फिकर में पड़ गईं कि कहीं मुन्ना की शादी सचमुच हो गई, और पहला बच्चा लड़का ही हो गया, "तो बस फिर गया अब तक के सब करे-धरे पर पानी। सड़पोते के कन्धे पर चढ़कर तो मैं नरक ही पहुँचूँगी।" वो बड़ी गहरी चिन्ता में डूब गईं।

लक्खीजी ने शाम को चाय पीते-पीते घर में बाकी लोगों को भी यह किस्सा बताया। अम्माँ भी वहीं बैठी थीं, औरों से जरा हट के। उन्हें अब सुनाई बहुत कम देने लगा था। वह दूर बैठी-बैठी ध्यान से सबके मुँह देखती रहती थीं। उस वक्त तो सब अपनी हँसी रोक गए लेकिन यह किस्सा सारे परिवार के लिए मनोरंजन का एक अच्छा-खासा साधन बन गया। सबसे ज्यादा शैतान मुन्ना खुद निकला। जान-जान के अम्माँ के पास जाकर बैठता और बस इतना-सा कह देता, "फलाँ दिन मेरे फलाँ दोस्त की शादी है।" अम्माँ तपाक से कहतीं, "हाँ, ठीक है, तोए का जल्दी पड़ी है ?" और उसके वहाँ से उठते ही अपने अगोचर भगवान से प्रार्थना करतीं–"उठा ले प्रभु, अब उठा ले मोए। सारी तैयारी करवा कै, स्वर्ग जाते-जाते अब नरक की तरफ मति भेज।" जो भी यह सुनता, मुस्करा पड़ता। वास्तव में तो मुन्ना अभी बाईस का भी नहीं हुआ था, न घर में उसकी शादी का कोई जिक्र था। बहरहाल, अम्माँजी ने इस किस्से के बाद अपने पाठ करने का समय और लम्बा कर दिया। व्रत-उपवास फिर से करना चाहा था पर कर नहीं पाई थीं। अब उनसे ज्यादा देर पढ़ा भी नहीं जाता था। बेचारी गुम-सुम बैठी रहतीं–कभी इधर, कभी उधर। इसी तरह चार साल और निकल गए। अम्माँ बरकरार चलती रहीं। अब वो ज्यादातर अपने बिस्तर में ही लेटी रहने लगीं। कभी-कभी उठती थीं, चलती-फिरती थीं, अब भी बिना लाठी के, लेकिन पहले के मुकाबले बहुत कम। मुन्ना की शादी पर हर रस्म में वो बड़े चाव से आकर बैठीं। अपने पड़पोते की बहू के चाँद से मुँह को देखकर उन्होंने अपने गले में पड़ी

सतलड़ी उतारकर उसे दे दी। ढेरों आशीर्वाद दिए लेकिन कुछ चुप-सी हो गईं।

अम्माँ अपनी दवाई, टॉनिक वगैरह खुद ही लेती रहती थीं। टाइम पीस दोनों हाथों से पकड़कर अपनी आँखों तक लातीं, टाइम देखतीं और जिस भी दवाई का वक्त होता ले लेतीं। उन्हें दवाइयाँ ढूँढनी नहीं पड़ती थीं। वह लक्खीजी खुद पहले से ही उनके लिए तरतीब से लगाकर रख देते थे। अम्माँ को सिर्फ याद से टाइम देखकर अपनी दवाई खानी होती थी। आँखों में दवाई डालने के लिए उन्हें किसी की जरूरत पड़ती थी, यह काम लल्लाजी की बहू ने सँभाल लिया था। वह ध्यान से दिन में तीन बार अम्माँजी की कोठरी में जाती, और एक-एक बूँद दवाई उनकी दोनों आँखों में डाल आती। उन्होंने अम्माँजी को कई बार अपने परमेश्वर से कहते सुना था, ''मत कर मो पर इतना प्रकोप, उठा लै अब या धरती सै। ना देखनौ मोए सड़पोते कौ मौंह।''

एक दिन भगवान ने उनकी सुन ली। एकादशी के दिन को अम्माँ ने दोपहर का खाना नहीं खाया। लेटी रहीं, बोलीं, ''छाती में मीठौ-मीठौ दर्द है रो है, थोड़ी देर बाद खाऊँगी, खानौ।'' लक्खीजी ने उन्हें 'सोरबीट्रल' की गोली दी, डॉक्टर साहब से फोन पर बात करके उनके पास आकर बैठ गए। थोड़ी देर बाद अम्माँ जी की आँख लग गई। वो उठकर और काम करने लगे। बीच-बीच में उन्हें देख लेते। अम्माँ आराम से सो रही थीं। तीन-चार घंटे बाद उनके कराहने की कमजोर-सी आवाज आई। लक्खीजी और बाकी लोग भागकर वहाँ पहुँचे। अम्माँ कुछ घबड़ा रही थीं। लक्खीजी ने उनका सिर आहिस्ते से उठाकर पानी पिलाया। एक-दो घूँट पानी पीकर वो लेट गईं। शायद उनका दर्द बढ़ गया था। कुछ देर बाद वो जोर से कराहने लगीं। लक्खीजी ने डॉक्टर साहब को फोन से घर आकर अम्माँ को देख जाने के लिए कहा। लेकिन अम्माँ उनके आने तक नहीं रुकीं। कराहते-कराहते अचानक उनके प्राण निकल गए। मुँह खुला ही रह गया।

अम्माँ ने जैसे-जैसे चाहा था, वक्त-वक्त पर बताया, समझाया था, उनका आखिरी संस्कार उसी तरह किया गया। फूल-डोला सजा, उस पर सोने की नसैनी रखी गई, बैंड-बाजे बुलाए गए, और अर्थी उठाने के लिए सबसे पहले मुन्ना के हाथ लगवाए गए। और अम्माँ चली गईं अपने आपमें एक बीते युग के मान-सम्मान, रीति-रिवाज, विश्वास-अन्धविश्वास सब समेटे हुए, हमेशा के लिए।

अतिरिक्त

"जरा जल्दी कर लो सावि, हम पहले ही बहुत लेट हो गए हैं।" रजत ने अलमारी खोलकर साड़ी चुनने में व्यस्त अपनी पत्नी से कहा।

"बस दो मिनट। अभी हमें रास्ते में कनफैक्शनरी से केक भी कलैक्ट करनी है और बुके लेना है।"

"अरे, तुम तो कह रही थीं कि माँ की बर्थ-डे केक तुम खुद बनाओगी ?"

"हाँ, लेकिन टाइम ही नहीं मिला। कल मैं पूरे दिन सोशल सर्विस के कैम्प में फँसी रही। रात को हम लोग पवन के यहाँ डिनर पर चले गए।"

"ठीक है।"

रजत बिना वजह हारा-सा, बेहद निराश, पास पड़ी कुर्सी पर गिर पड़ा। वह जहाँ तक याद कर पाया उसकी सारी पिछली बर्थ-डे उसकी आँखों के सामने घूम गईं। माँ का कई दिन पहले से तैयारी करना, रात को चुपचाप केक बनाना, फिर अगले दिन उससे पूछ-पूछकर उसकी पसन्द की आइसिंग करना। बाकी सब काम उसके बाद, उससे कम जरूरी। उसकी बर्थडे केक बनाना उनके लिए सबसे बड़ा, सबसे पहला काम हुआ करता था...। लेकिन सावित्री बिचारी क्या करती। टाइम ही नहीं मिल पाया उसे।

आज यू.एस.ए. में, उसके घर में, माँ का यह पहला बर्थ-डे था। अभी एक-डेढ़ महीने पहले पिताजी की अचानक मृत्यु हो जाने पर दिल्ली जाने पर वे दोनों माँ को अपने साथ बॉस्टन ले आए थे। उनयासी बरस की उम्र, दुनिया-भर की बीमारियाँ, इतना बड़ा तिमंजिला मकान, नौकर-चाकर कैसे वह सब कुछ सँभाल पातीं अकेली माँ दिल्ली में ?

रजत कोई बीस-बाईस साल पहले यहाँ पी-एच.डी. करने आया था, फिर यहीं बस गया, शादी कर ली। इसी तरह उसकी बहन गौरी आई तो थी भाई के पास सिर्फ छुट्टियाँ बिताने और वापस गई यह तय करके कि किसी ग्रीन कार्ड होल्डर से शादी करके यहीं रहेगी। सौभाग्य से जैसा चाहती थी हो भी गया। तब से अन्तरमहाद्वीपीय आना-जाना बराबर लगा रहा, लेकिन माँ और पिताजी ने दिल्ली

ही रहना पसन्द किया। अब पिताजी के गुजर जाने के बाद माँ की समस्या खड़ी हो गई। अपना घर छोड़ने में माँ का दिल टूट रहा था लेकिन वो अकेली कैसे रहतीं ? एक ही रास्ता था कि वो रजत और सावित्री के पास बॉस्टन आ जाएँ। लेकिन माँ को मनाना आसान काम नहीं था। वो लगातार मना करती रहीं। रजत और सावित्री भी उनके पीछे पड़े रहे—हमेशा को न सही कुछ दिन उनके पास आके रहें तो सही। जैसे-तैसे वो राजी हो गईं। रजत ने झटपट घर बेचकर पैसा बैंक में डालने की तैयारी की। खबर लगते ही माँ ने खाना-पीना छोड़ दिया, ''नहीं घर किसी भी कीमत पर नहीं बिकेगा।'' ''वो कोई हमेशा के लिए थोड़ी जा रही है बॉस्टन, जो घर बेचा जाए ?'' कुछ दिन बाद दिल्ली लौटकर आएँगी ही और फिर, परिवार की सम्पत्ति क्या बेची जाती है ? ''कुछ जोड़ो नहीं तो कम-से-कम बनी-बनाई चीज को तो खत्म न करो।'' रजत के पास सिवाय उनकी बात मानने के और कोई चारा न था। वह चुप हो गया।

खाली घर में ताला लगाकर जाना ठीक नहीं था। हिफाजत के लिए घर में किसी का रहना जरूरी था। इसमें ज्यादा मुश्किल नहीं हुई। सर्वेंट क्वार्टर में तीन आदमी रह रहे थे—उनका कुक किशन, ड्राइवर और माली। तीनों में माली सबसे ज्यादा पुराना था और भरोसेवाला। कुक अपने काम में तो अच्छा था लेकिन बेहद चालाक और लालची। ड्राइवर पुराना होने के बावजूद श्री गोबिन्द राजन् के गुजरने के बाद ठीक से काम नहीं कर रहा था। मिसेज गोबिन्द राजन् को कभी-कदा ही कहीं जाना होता था। इसलिए उसकी जरूरत भी कम होती थी। उसने चुपचाप एक दूसरी नौकरी कर ली। रहता यहाँ और काम करता कहीं और। बस सुबह-शाम शक्ल दिखा दिया करता। यह बात किशन ने चुपचाप रजत को बताई थी। वह चाहता था कि ड्राइवर को निकलवाकर उसका क्वार्टर भी ले ले। लेकिन रजत ने क्वार्टर माली को दे दिया। क्योंकि उससे ही उसने घर की चौकीदारी की बात पक्की की थी। अब हमेशा, बिना छुट्टी लिए वहाँ रहने के लिए उसके बाल-बच्चों का वहाँ आकर उसके साथ रहना जरूरी था।

ये सब इन्तजाम होने के बाद सबसे ज्यादा हृदय-विदारक, कारुणिक दृश्य सामने आया जब रजत घर में ताला लगाने लगा। वह जितनी जल्दी-जल्दी कमरे की एक-एक खिड़की ध्यान से बन्द करता, परदे डालता ताला-चाबी हाथ में उठाता माँ उतने ही धीरे-धीरे एक कमरे से दूसरे में जातीं, कभी किसी परदे को पकड़कर खड़ी हो जातीं, कभी किसी पेंटिंग के पास अटक जातीं, कभी किसी चीज को उठा लेतीं, फिर किसी और को हाथ में पकड़कर खड़ी हो जातीं, खोई हुई-सी उसे प्यार से सहलाती रहतीं। हर कमरे में रखी हर वस्तु के साथ उनका जीवन गहनता से जुड़ा था। उन्हें छोड़कर जाने में उनका हृदय टूटा जा रहा था। वो जब भी

किसी वस्तु को हाथ में उठातीं, उसकी तरफ देर तक देखती रहतीं, कुछ और उठातीं उसे सीने से लगाकर फिर रख देतीं, किसी के बारे में रजत को सुनाने लगतीं, कब ली थी, कैसे ली थी, या कब उसके पिता ने उन्हें दी थी, या यह कि जब वह वस्तु ली थी रजत कितना बड़ा था। उनकी आँखें डबडबा रही थीं, आवाज में दर्द भरा था। समय चाहे कितना भी कम था रजत उनकी हर कहानी ध्यान से सुन रहा था। इसीलिए ताले लगाने का काम उसने अपने हाथ में लिया था। वह जानता था कि उसके साथ रहने से माँ को ढाँढस बँधा रहेगा।

बॉस्टन में उसका घर बहुत बड़ा था, सुन्दर था। बाहर हरियाली थी, घर के पीछे छोटी-सी बगिया थी जिसमें उसने काफी भारतीय सब्जियाँ लगा रखी थीं। जैसे सरसों, मूली, गोभी, तोरई। माँ अन्दर बैठतीं चाहे बाहर, आराम ही आराम था। शुरू में सावित्री और रजत ने बारी-बारी से एक-एक हफ्ते की छुट्टी ले ली। वे दोनों काम करते थे। उसके बाद वे दोनों रोज काम पर जाने लगे। सुबह सात-सवा सात निकलते तो शाम को छह बजे तक घर लौटते। दोनों बच्चे सिर्फ वीक-एंड पर ही घर आते थे। मिसेज गोबिन्द राजन् से अपना पहला अकेला दिन भी नहीं कट सका। हालाँकि रजत ने उनके पसन्द की कुछ किताबें चुनकर एक टेबल पर सजा दी थीं, दुनिया-भर की पत्र-पत्रिकाएँ वहाँ रख दी थीं, उस दिन के देखने लायक टी.वी. प्रोग्राम छाँटकर किस-किस चैनल पर किस-किस समय आएँगे, उन्हें बता दिए थे, ऑफिस पहुँचकर उन्हें दो बार फोन किया था। सावित्री खाना बनाकर हॉटकेस में लगा गई थी लेकिन मिसेज गोबिन्द राजन् को भूख नहीं लगी। उन्होंने खाना खोलकर भी नहीं देखा। टी.वी. को हाथ तक नहीं लगाया। दोपहर तक पहले वे एक कमरे से दूसरे कमरे में, फिर वापस पहले में जाती-आती रहीं, फिर थककर एक शीशे के पास कुर्सी लगाकर बैठ गईं जिससे बाहर की चहल-पहल देख सकें। लेकिन वहाँ जैसे कोई बाहर ही नहीं निकलता था। उन्हें सिर्फ पेड़ों के पत्ते हिलते दिखे, कुछ चिड़ियाँ इधर-उधर फुरफुराती दिखीं। दिन-भर वे बार-बार रोती, चुप होती रहीं। आज तक कभी उन्होंने इतना लम्बा दिन नहीं काटा था। शाम को हर गाड़ी की आवाज पर उन्हें लगता रजत या सावित्री आ गए। वे भागकर दरवाजे तक जातीं कि घंटी बजे तो झट दरवाजा खोलें, लेकिन हर बार निराश होकर लौट आतीं। आखिर में छह बजकर दस मिनट पर रजत आया। तब उनकी जान में जान आई। वे उसे देखकर फफक-फफककर रो पड़ीं। कहने लगीं, "रजत, मैं यहाँ नहीं रह सकूँगी, तू मुझे दिल्ली भेज दे।" दस-पन्द्रह मिनट बाद वे चुप हो पाईं, पानी पिया। तब तक सावित्री भी आ गई। कुछ समय सबके साथ बैठकर वह सीधी किचन में चली गई, गर्म खाना बनाने। अन्दर पहुँचकर उसने देखा सुबह का खाना अछूता रखा है। वह वापस सिटिंग रूम में आई।

"रजत, मम्मी ने दोपहर को खाना नहीं खाया।"

उस समय मिसेज गोबिन्द राजन् बेहद तृप्त दिख रही थीं। पुत्र उनके पास था, पुत्र वधू पास न सही, घर में थी। उनके दिल्ली के घर में पोंछा लगानेवाली के बारे में बात हो रही थी। वो रजत को बता रही थीं कि वह कितना अच्छा काम करती है, घर हर समय चमकता रहता है। यूँ तो सभी नौकर अच्छे हैं, पास-पड़ोस भी अच्छा है, घर शहर से दूर जरूर है लेकिन सामने की सड़क चौबीस घंटे चलती है चाहे घंटों बैठकर देखते रहो। बगल के पार्क में भी लोग आते-जाते रहते हैं। ग्यारह घंटों के यातनाप्रद मौन के बाद माँ अब बेरोक बोले जा रही थीं, रजत उनके पास लेटा हुँकारे भर रहा था। सावित्री की बात सुनकर चौंक पड़ा।

"माँ, तुम सारे दिन भूखी रहीं ?" उसने उठते हुए पूछा।

"मुझे भूख ही नहीं लगी।"

"ऐसे कैसे हो सकता है माँ ? खाना बना रखा था, लेकर खाना ही तो था। यूँ भूखे रहकर तो तुम्हारी सेहत बहुत जल्दी खराब हो जाएगी।" फिर उसने जाकर वे दवाइयाँ चैक कीं जो दिन में ली जानी चाहिए थी और वह निकालकर अलग रख गया था। सब कुछ अनछुआ रखा था।

"आपने दवाई भी नहीं खाई माँ ?"

"कौन-सी ?" माँ ने चौंककर जवाब दिया। रजत वे सभी दवाई हाथ में समेटे उनके पास लाया। माँ बोलीं, "मुझे तो याद नहीं रहा।"

माँ से क्या कहता। वह चुपचाप बैठ गया। फिर कुछ गम्भीर हो गया। थोड़ी देर बाद उठकर किचन में चला गया, सावित्री की मदद करने। बीच में एक बार आकर माँ के लिए टी.वी. चला गया। माँ फिर उदास हो गईं। खाना लग जाने पर तीनों ने साथ-साथ खाना खाया। रजत, सावित्री ने मिलकर बर्तन साफ किए, किचन साफ करके कमरे में जाने लगे तो रजत को ख्याल आया कि माँ फिर अकेली बैठी शून्य में ताक रही हैं। उसने और सावित्री ने तय किया कि शुरू-शुरू के कुछ दिन वे लोग छुट्टी लेकर बारी-बारी से माँ के पास बैठ जाएँगे। फिर उन्हें आदत पड़ जाएगी। कुछ ही देर बाद कुवैत पर इराकी हमले के बारे में एक विशेष प्रोग्राम आनेवाला था जिसे वह देखना चाहती थी। उसने तय किया कि यह प्रोग्राम वह अपने कमरे में न देखकर माँ के पास बैठकर देख लेगी। उसे भी मम्मी से बड़ा लगाव था। जब इराक पर फीचर शुरू हुआ तो माँ भी जिज्ञासु हो गईं। कुर्सी पर आगे सरककर बैठ गईं और लगातार अपनी कमेंट्री देती रहीं या बीच-बीच में सावित्री से प्रश्न पूछती रहीं। नतीजन उस चालीस मिनट की वार्ता, समीक्षा, सन्देश में सावित्री के पल्ले कुछ भी नहीं पड़ा। वह खीझ उठी। लेकिन मुस्कराती हुई अन्दर चली गई।

किसी तरह पाँच दिन निकले फिर 'वीक एंड' आ गया। बच्चे घर आए। लेकिन इस बार हमेशा की तरह वे लोग कहीं बाहर नहीं गए। उन्होंने तय किया घर में माँ के ही साथ कुछ प्रोग्राम बना लेते हैं। दो निकल गए स्लाइड प्रोजेक्टर ढूँढकर निकाला, पुरानी स्लाइड वगैरह देखीं, एक-दो वीडियो फिल्में देखीं, रविवार शाम को बच्चे अपनी-अपनी यूनिवर्सिटी लौट गए। रजत और सावित्री एक मानसिक भारीपन और थका-थका-सा महसूस करने लगे। सावित्री दोनों समय खाने ही खाने की फिकर करने से काफी ऊब गई थी। उधर, मिसेज गोबिन्द राजन् भी स्थिति को पूरी तरह समझ रही थीं, आँक रही थीं। काश वह बूढ़ी न होतीं, विधवा न होतीं। शाम के खाने के बाद मौका देखकर उन्होंने रजत से कहा, "मुझे दिल्ली भेज दे रजत, वहाँ मेरा वक्त आराम से कट जाएगा। मैं अकेली थोड़ी हूँ, नौकर-चाकर हैं, रिश्तेदार हैं, आसपास मिलने-जुलनेवाले हैं, फिर तुम लोगों से फोन पर बात हो ही जाती है।" रजत बड़े असमंजस में पड़ गया। माँ के पैर जवाब दे चुके थे, उन्हें हाई ब्लडप्रेशर था, दिल का एक दौरा पिछले साल पड़ चुका था। कैसे उन्हें भेज दे इतनी दूर अकेला रहने को ? नौकर तो आखिर नौकर ही होते हैं, ज्यादातर अनपढ़ और अविज्ञ। उनमें इतनी बुद्धि कहाँ ? अचानक जरूरत पड़ गई तो कोई उन्हें अस्पताल तक तो ले जा नहीं पाएगा। इसी तरह सोच-विचार में पन्द्रह दिन और गुजर गए।

उन लोगों के ऑफिस जाने का टाइम माँ के लिए हर रोज मौत बनकर आता था। वे छिप-छिपकर बहुत रोती थीं। उनका प्रत्येक दिन एक युग की तरह कटता था। वे अच्छी तरह देख रही थीं कि उनकी मौजूदगी से बच्चे आपस में भी खिंचे-खिंचे से रहने लगे थे। उन्होंने सोच लिया कि इससे पहले कि कोई गम्भीर समस्या आ खड़ी हो वे वहाँ से चली जाएँगी। शाम को रजत के आने पर उन्होंने दिल्ली लौटने की रट लगा दी। काफी देर प्यार से समझाने-बुझाने के बाद रजत ने भी निर्णायक रूप से कह दिया, "नहीं माँ, मैं यह नहीं कर सकूँगा। हम लोग आपको यहीं खुश रखने की कोशिश करेंगे।"

मिसेज गोबिन्द राजन् अनसमझ तो थी नहीं। सीनियर आई.सी.एस. अफसर की पत्नी थी। श्री गोबिन्द राजन् राजदूत के पद पर रिटायर हुए थे। उन्होंने पति के साथ तकरीबन सारी दुनिया देखी थी। रजत को समझाते हुए, माँ होने के अधिकार का पूरा दम शब्दों में ढालते हुए बोलीं, "चलो, थोड़े दिन के लिए तुम मुझे 'ओल्ड एज होम' छोड़ आओ। वहाँ मेरी उम्र के बहुत लोग होंगे। मन लग जाएगा।" माँ कितनी दृढ़-संकल्प हैं, रजत अच्छी तरह जानता था। उसे यह भी मालूम था, बच्चे को खुश देखने के लिए माँ बड़ी से बड़ी कुर्बानी खुशी से देती हैं, देती रही हैं। वह उस समय जवाब में कुछ नहीं कह सका। गुमसुम होकर एक

तरफ बैठ गया। सावित्री ने अपने बीस साल के विवाहित जीवन में रजत को कभी इतना दुःखी, इतना संतप्त नहीं देखा था। रात को जब वह उसके सीने में सिर छिपाकर सोने लगा उसे रजत की आँखों में आँसू डबडबाते दिखे। रजत का सिर सहलाते-सहलाते वह बहुत देर जगी पड़ी रही। बराबर के कमरे से माँ के उठने, पानी पीने, चलने-फिरने, वापस बिस्तर में लेट जाने की आवाज लगातार आ रही थी। फिर न जाने कब उसकी आँख लग गई।

दफ्तर जाने के समय माँ ने 'ओल्ड एज होम' का कोई जिक्र नहीं किया, हँसी-खुशी दोनों को विदा किया। लगभग ग्यारह बजे ऑफिस में रजत उनका फोन पाकर चौंक गया।

''रजत, 'ओल्ड एज होम' के बारे में पूरी जानकारी लेते आना। कहीं भूल जाओ।''

शाम को रजत को घर आने में कुछ देर हो गई। और जब वह आया तो बड़ा खिसियाता हुआ। माँ की माँगी हुई जानकारी तो वह ले आया था, खुद वहाँ जाकर देख भी आया था। लेकिन सोच रहा था माँ को वहाँ जाने की जरूरत ही क्या है ? इस बार 'वीक एंड' पर न्यूयॉर्क से उसकी बहन गौरी और अनुराग आ गए। शनिवार-इतवार अच्छे निकले। रजत के बनिस्पत गौरी ज्यादा रियलिस्टिक, ज्यादा व्यावहारिक थी। प्यार की कमी किसी में भी नहीं थी लेकिन बुढ़ापे की समस्या का हल ढूँढा जाना भी आवश्यक था। माँ को 'ओल्ड एज होम' जाकर छोड़ आना किसी को भी नहीं भा रहा था लेकिन गौरी माँ की तरफदारी करते हुए बोली, ''चलो परीक्षण बतौर ही सही। माँ की इच्छा भी पूरी हो जाएगी। अभी छोड़ आते हैं, एक महीने बाद वापस ले आएँगे।''

वह औरों के अनुभव से अच्छी तरह जानती थी कि कोई भी बूढ़ा लम्बे अरसे के लिए 'ओल्ड एज होम' में रहना नहीं चाहता। यह सुनकर माँ इस तरह उत्सुक होने लगीं जैसे पहली बार होस्टल में जानेवाला बालक। उनकी सब तैयारी भी उसी तरह हुई। गौरी, और उसके पति अनुराग के जाने के बाद रजत और सावित्री माँ को 'ओल्ड एज होम' छोड़ आए। घर आकर दोनों सो गए। न किसी की बात करने की इच्छा हुई, न खाना खाने की, न जगे रहने की।

इत्तफाक से उस दिन के तीन हफ्ते बाद ही माँ की बर्थ-डे आ पड़ी। जब विदेश में रहना शुरू हो जाए तो न चाहकर भी इन्सान अपने रीति-रिवाज भूलने लगता है। और धीरे-धीरे स्थानीय तौर-तरीके अपनाने लगता है गोया सबके साथ मिलकर रहने की ही गरज से। केक का महत्त्व भारतीय संस्कृति में कुछ हो या नहीं, लेकिन भारतीय परिवारों में भी अब जन्मदिन पर, चाहे वह बूढ़े का हो या बच्चे का, केक बनाने का, 'हैपी बर्ड-डे' गाने का प्रचलन आम हो गया है। केक

बनाई अवश्य जाती है, चाहे अंडे समेत हो या फिर बिना अंडों की।

घर से 'ओल्ड एज होम' जाने के बाद रजत और सावित्री आज पहली बार माँ से मिलने जा रहे थे। रजत उसी तरह चहक रहा था जैसे उस दिन था जब वह चौथी कक्षा में पढ़ता था और मॉडर्न स्कूल के होस्टल में माँ उससे पहली बार मिलने आई थीं।

"रजत, चलो।" सावित्री ने माँ के लिए सामान कुछ खुद उठाते हुए कुछ उसे थमाते हुए कहा। उन्होंने माँ को फोन नहीं किया था 'सरप्राइज' देने के ख्याल से। जब वे वहाँ पहुँचे, माँ को 'लोकेट' करने में दस-पन्द्रह मिनट लग गए। वे दोनों केयर टेकर के साथ कमरे से कमरे में जाते रहे, माँ कहीं नहीं दिखीं। सब तरफ आशारहित बूढ़ों की वही लम्बी, पिचकी, बुझी-बुझी-सी शक्लें, उदासीन आँखें। रजत और सावित्री का दिल बैठ गया। माँ अपने बिस्तर में नहीं थीं, बाहर भी नहीं थीं।

तभी सावित्री ने देखा, दूर, एक पेड़ के नीचे कुर्सी डाले माँ आँखें बन्द करके बिल्कुल निश्चल बैठी थीं जैसे अविचल होने का, शरीर, मन और साँस की गति रोकने का, अभ्यास कर रही हों। वो, अचानक इन दोनों को वहाँ देखकर गफलत में आँखें झपकने लगीं। फिर एकदम उठने की कोशिश में धीरे-धीरे खड़े होकर दोनों को गले से लगा लिया। लेकिन अपने आँसू पूरी मजबूती से रोके रहीं। रजत से नहीं रहा गया। वह भूल गया कि वह अब बड़ा हो गया है, दो बच्चों का पिता है। वह फफक-फफककर रो पड़ा, माँ की तरफ एकटक देखता रहा। सोच रहा था सिर्फ बीस-इक्कीस दिनों में कैसे इतना फर्क आ सकता है ? माँ की आँखें और अन्दर को धँस गई थीं, गाल कुछ और पिचक गए थे, दाँत जैसे पहले से ज्यादा बड़े हो गए थे, हाथों की खाल लटकी-सी दिख रही थी, सारा बदन सूखा-सूखा, बिल्कुल बेजान लग रहा था। कमर झुक गई थी। उनके हाथ में कोई किताब वगैरह नहीं थी। वो बस चुपचाप बैठी थीं। रजत अच्छी तरह जानता था माँ को इस तरह खाली बैठने की बिल्कुल आदत नहीं थी। उसके मुँह से एक शब्द भी नहीं निकला। सावित्री सारे पैकेट हाथ में पकड़े खड़ी रही। बड़ा अजीब मिलन था। कुछ देर बाद माँ ने ही पूछा—

"ये इतना सामान क्या ले आए तुम लोग ?"

सावित्री ने फूलों का गुच्छा आगे बढ़ा दिया।

"अच्छाऽऽ। लाओ, लाओ, अच्छे फूल हैं। इन्हें मैं कमरे में लगा दूँगी।"

फिर सब चुप।

"और यह क्या है बड़ा-सा पैकेट ?" माँ ने उत्साह दिखाते हुए फिर पूछा।

"आपकी बर्थ-डे है न मम्मी, केक है," कहते-कहते सावित्री का गला रुँध

आया। एकदम उसके मुँह से निकला—"मम्मी घर चलो, मैं एक महीने की छुट्टी ले लूँगी।" मिसेज गोबिन्द राजनू के चेहरे पर क्षण-भर के लिए नई उम्मीद का आभास चमका। फिर तत्काल खो गया। नहीं, वे अपने लिए बच्चों की खुशी की कुर्बानी नहीं लेंगी।

"नहीं बेटे, यूँ एक-एक महीने से कैसे काम चलेगा। मेरी न जाने अभी कितनी उम्र बाकी है," माँ ने बड़ी मुश्किल से लेकिन मजबूती से जवाब दिया।

"अच्छा बताओ, ये और क्या-क्या लाए हो तुम लोग ?" माँ ने अपनी भावनाओं को बड़ी दृढ़ता से सँभाल रखा था, वे जल्दी ही इन लोगों को विदा कर देना चाहती थीं जिससे वह तूफानी बाँध जिसे उन्होंने बहुत मजबूती से साध रखा था बच्चों के सामने न टूट पड़े।

'पैमी, बिट्टू कैसे हैं बेटे ?" माँ ने निस्तब्धता को छाँटते हुए फिर पूछा।

"अच्छे हैं।"

"और रजत का काम कैसा चल रहा है ?" उन्होंने यह प्रश्न भी सावित्री से ही पूछा क्योंकि रजत कहीं खो गया था। सावित्री ने कोई जवाब नहीं दिया। उन्हें वहाँ खड़े-खड़े शायद आधा घंटा बीत चुका था।

"चलो, अब देर हो रही है तुम लोग घर जाओ," माँ ने फिर कहा।

रजत को बिल्कुल निश्चल देखकर सावित्री बोली, "ये पैकेट्स कमरे में रख दूँ मम्मी ?"

"नहीं, नहीं, यहीं छोड़ दो। मैं खुद किसी से अभी अन्दर मँगवा लूँगी। और ये, इतनी बड़ी 'केक' इसका मैं क्या करूँगी ? एक पीस मुझे दे दो बाकी तुम लोग ले जाओ।"

माँ के आदेश में इतना आग्रह था और इतना अधिकार कि उन दोनों में से किसी को भी उनकी बात काटने की हिम्मत नहीं हुई। उनके पैर छूकर वे सीधे नीचे उतर आए। कार में बैठे। दरवाजा बन्द किया। खिड़की में से हाथ निकालकर माँ की तरफ वेव किया और कार स्टार्ट कर दी। रजत को लगा, माँ गाड़ी के चलते ही पेड़ के तने से सिर लगाकर फूट-फूटकर रो रही हैं।

अपमान

सतीश का तबादला अभी कोई डेढ़ साल पहले बैंगलोर से दिल्ली हुआ था, स्टेट बैंक ऑफ इंडिया की पार्लियामेंट स्ट्रीट ब्रांच में। ज्वाइनिंग रिपोर्ट देने के बाद उसने सबसे पहले साथियों से व्यक्तिगत जानकारी बढ़ाने की कोशिश की। नौकरी तो हो ही जाती है। सभी करते हैं। कुलीग्स के साथ आपसी सम्बन्ध अच्छे हों तो समय आसानी से कट जाता है और काम करने में भी मन ज्यादा लगता है। उसने अपने-आप चारों तरफ घूम-फिरकर दफ्तर की नई इमारत देखी, लंच टाइम में कितने ग्रुप बनते हैं, कहाँ-कहाँ इकट्ठे होते हैं, कौन कैरम खेलता है, कौन ताशों में जमता है, सब पता किया। धीरे-धीरे उसे यह सब मालूम हो गया कि किस अफसर का मिजाज कैसा है, यूनियन में किसकी धाक है, और कौन-कौन अफसरों का टट्टू है, मुसीबत पड़ने पर कौन आड़े आता है, बस स्टैंड तक जाने के लिए किसके स्कूटर पर लिफ्ट मिल सकती है, इत्यादि-इत्यादि।

चूँकि वह बैचलर था, उसने यह जानकारी भी हासिल की कि आसपास किस जगह खाना अच्छा और सस्ता मिलता है। सुबह-सुबह खुद बनाकर डिब्बे में डालकर लाने से तो बेहतर था कि वह वहीं कहीं गर्म खाने का इन्तजाम कर ले। दफ्तर की इमारत से बाहर निकलते ही तीन-चार चने-छोले-भठूरेवाले थे, एक पूरी-आलू का ठेला था, दो-एक ताजा फल की चाटवाले थे। एक पराँठा-अंडा-भुजिया देता था, कुछ हटकर सड़क के किनारे दो स्टेशन-वैगन जैसी गाड़ियों में से एक में 'चाइनीज फूड' और दूसरी में गर्म कॉफी और इडली, साँभर मिलते थे। 'चाइनीज फूड' वाली गाड़ी के पास हमेशा बहुत भीड़ लगी रहती थी। सर्विस भी अच्छी थी। कागज की प्लेटों में नापकर चावल, 'नूड्ल' या चिकन, स्वीट-एन-सार आदि बड़ी शीघ्रता से दिया जाता था, और लोग खटाखट खाकर पास ही रखे एक ड्रम में इस्तेमाल की गई प्लेटें फेंक दिया करते थे। अपने आपको मॉडर्न समझनेवाले लोग सभी प्रायः वहीं खाना खाया करते थे।

उसने भी दो दिन वह खाना खाया लेकिन अपनी तलाश जारी रखी। रोज-रोज चाइनीज फूड खाने की इच्छा उसे कतई नहीं थी। उस 'चाइनीज फूड' वाली

स्टेशन-वैगन के पीछे की गली में एक उजड़ी-सी बड़ी कोठी के 'आउट-हाउस' या सर्वेंट क्वार्टर में नीचे किसी ने एक टेंट हाउस खोल रखा था और ऊपर के दो कमरों के बाहर लगा एक सादा-सा बोर्ड 'शुद्ध शाकाहारी भोजन' की सूचना देता था। वह लपककर ऊपर चढ़ गया। उसे वह स्थान बहुत जँचा—हवादार, साफ-सुथरा, आत्मीय, घर की तरह बनाया हुआ गर्म, सादा भोजन। और क्या चाहिए ? बड़ी साधारण जगह थी और चूँकि अन्दर गली में घुसकर थी, लोग भी वहाँ कम आते थे, चाय-कॉफी के लिए भी और खाने के लिए भी।

यह भोजनालय अकेली प्रवेश चलाती थी। वही बनाती, वही ऑर्डर लेती, और वही सर्व भी करती—दौड़-दौड़कर। हाँ, जब वह किचन में जाने के लिए दरवाजा खोलती थी तो अलबत्ता अन्दर कोने में एक बुढ़िया दिखा करती थी—सब्जी काटती हुई, या कुछ चुनती हुई, या कभी-कदा सिर्फ धूप में सुस्ताती हुई। सतीश वहाँ रोज जाने लगा।

वह ठीक एक बजकर पाँच मिनट पर वहाँ पहुँचता, हमेशा उसी खिड़की के पासवाली सीट पर बैठता जहाँ पहले दिन बैठा था। प्रवेश तुरन्त पानी के एक गिलास के साथ आकर पूछती, "क्या लेंगे ?" उसके कहे अनुसार तत्काल एक प्लेट में चार गर्म चपाती, दो कटोरियों में दही, सब्जी लाकर उसके सामने रख दिया करती थी। अचार, नमक आदि टेबल पर होते ही थे। दूसरी बार वह एक और प्लेट में कुछ और चपाती और पानी का जग भी वहाँ छोड़ जाती थी। हर रोज वह वहाँ खाना खाता, वहीं प्लेट के पास पैसे छोड़ता और बिना किसी से कुछ कहे रूमाल से हाथ पोंछते हुए चुपचाप नीचे उतर आया करता था। दफ्तर में लौटकर बाकी समय कैरम आदि में बिता देता। यह उसका 'रूटीन' बन गया था। पिछले कुछ महीनों में प्रवेश ने ऑर्डर माँगने के लिए फालतू चक्कर लगाना छोड़ दिया था। उसे देखकर वह सीधा खाना ही ले आया करती थी।

सतीश का दफ्तर उस ऊँची इमारत की छठी मंजिल पर था। एक दिन अपने कमरे की खिड़की से पानी का गिलास धोते हुए उसने अचानक देखा कि उस भोजनालय की रसोई वहाँ से साफ दिखती है। कभी-कभी अनायास यह जिज्ञासा होने पर कि देखे आज क्या बन रहा है वह खाने से पहले चाय पीता-पीता अपनी खिड़की में खड़ा हो जाया करता था, बिना किसी और खास मकसद के। धीरे-धीरे खाने से कुछ पहले उसे यह नजर मार लेने की आदत हो गई कि नीचे क्या कट रहा है, क्या बन रहा है, प्रवेश खाना बनाकर और क्या करती है इत्यादि-इत्यादि। वह हमेशा सादा लेकिन आकर्षक कपड़ों में हुआ करती थी और चेहरे पर वही सरल, स्वाभाविक मुस्कान। सतीश की जिज्ञासा और बढ़ी। वह अब अपना काम छोड़कर कई बार इसी अभिप्राय से खिड़की से झाँकने लगा। प्रवेश को उसने न

कभी हँसते देखा, न रोते, न कभी किसी से बातचीत करते और न ही कभी खाली बैठे या खड़े हुए। वह जब भी देखता वह यंत्रवत् काम में लगी दिखती—लाई हुई सब्जी से निकालती हुई या बुढ़िया से लेकर उसे छौंकती हुई, पतीला स्टोव से उतारकर नीचे रखती हुई, या किसी के आ जाने पर खाना लगाकर चुपचाप उसे परोसती हुई। वह अपना भोजनालय सिर्फ 12 से 3 बजे, तीन घंटे के लिए खोला करती थी। खाना, चाय-कॉफी या फिर कुछ ठंडे पेय के लिए, बस।

दफ्तर में उसका काम ठीक चल रहा था। और वह अपने दोपहर के भोजन के प्रबन्ध से बहुत प्रसन्न था। इतना, कि अब वह शाम का काम डबल रोटी, दूध या फल वगैरह खाकर ही चलाने लगा क्योंकि उसे मालूम था कि अगले दिन दोपहर को तो पेट भरके घर का बना, गर्म खाना मिलेगा ही। एक दिन उसने महसूस किया कि अब वह दफ्तर पहुँचकर बाकायदा बड़ी बेसब्री से एक बजने का इन्तजार करने लगा है, और ख़ाना खाने के बाद ही वास्तव में काम में मन लगा पाता है। वह अपने ऊपर हँसने लगा। मनुष्य पेट का गुलाम जो ठहरा। वह कई बार सोचने लगता, प्रवेश है कौन ? कोई उसके सगे हैं या नहीं ? वह यह भोजनालय कब से चला रही है ? किसी को कुंछ भी मालूम नहीं था। वह न किसी से फालतू बात करती थी न फालतू पैसा लेती थी। उसने एक थाली की कीमत पाँच रुपए 'फिक्स' कर रखी थी, बस इतना ही लिया करती थी। एक-दो बार अत्यधिक आभार में या ऐसे ही मदद करने की गरज से, वह पाँच की जगह दस का नोट वहाँ छोड़कर तेजी से सीढ़ियाँ उतरने लगता, तभी पीछे से दौड़कर प्रवेश आवाज देती, ''आपका बैलेंस।''

प्रवेश उसे एकदम सीधी-सादी औरत दिखती थी, लेकिन दुर्ज्ञेय : एकदम चुप, आँखें इतनी सर्द और अगम्य कि अनायास कोई उससे उसके बारे में बात करने की हिम्मत नहीं कर सकता था। सतीश कई बार काम करते-करते, रुककर, कल्पना में उसके चेहरे को पढ़ने की असमर्थ कोशिश करने लगा था। उसका ध्यान अब खाने से ज्यादा प्रवेश में लग गया था। घर जाते हुए, बस में खड़े-खड़े वह लगातार उसके ध्यान में आती रहती। उसे जानने की तीव्र इच्छा के साथ-साथ सतीश को यह देखकर भी कम शान्ति महसूस नहीं होती थी कि प्रवेश चाहे कुछ भी कर रही हो, हमेशा अकेली होती थी।

एक दिन सतीश हमेशा की तरह अपनी खिड़की में पहुँचा तो यह देखकर चिढ़-सा गया कि प्रवेश के साथ उसके रसोईघर में एक सुन्दर, छरहरे बदन का आदमी उसके साथ काम में हाथ बँटा रहा है। वह बाकी दिनों से ज्यादा खुश नजर आ रही थी। उसके चेहरे का भाव बाकी दिनों से ज्यादा सन्तुष्ट था। वे दोनों मिलकर काम कर रहे थे और वह बुढ़िया जो हमेशा सब्जी काटती दिखती

थी, आज चारपाई पर बैठी-बैठी अपने को पंखा झल रही थी। उसने देखा बर्तन करके वे लोग किचन में ही सब्जी काटने लगे। प्रवेश गैस पर रखे पतीले में कुछ चला रही थी, उसका साथी भिंडी काट रहा था और साथ में धीरे-धीरे शायद उससे कुछ कह भी रहा था क्योंकि बीच-बीच में प्रवेश कुछ जवाब दे रही थी, कभी वे दोनों किसी बात पर हँस देते थे।

सतीश को यह दोस्ती बिल्कुल अच्छी नहीं लगी। वह धीरे-धीरे क्रोध से भरने लगा। उसे लगा जैसे कोई अजनबी उसकी व्यक्तिगत अमानत पर जबरदस्ती अपना हक जमा रहा है। वह तेजी से अपनी कुर्सी पर आकर बैठ गया। फाइल इधर-उधर पटकने लगा। कुछ मिनटों बाद वह फिर वहीं खिड़की में जाकर खड़ा हो गया। तब सिर्फ ग्यारह बजे थे।

प्रवेश काटी हुई भिंड़ी समेटकर पतीले में डाल रही थी। सतीश ने देखा कि उस पुरुष ने छुरी गैस की दाईं तरफ कोने में सरका दी थी। फिर वह बाहरवाले कमरे में एक कुर्सी लाकर वहीं बैठ गया प्रवेश के पास। और हँस-हँसकर लगातार कुछ कहता रहा। उसने आज पहली बार प्रवेश को हँसते देखा था। यों खिलखिलाती हुई कितनी आकर्षक लग रही थी वह। लेकिन दूसरे ही क्षण आदमी पर ध्यान जाते ही वह अन्दर ही अन्दर कुढ़ने लगा।

तकरीबन डेढ़ साल से वह वहाँ खाना खा रहा था, प्रवेश ने कभी उससे 'क्या लीजिएगा', 'जी' के अलावा तीसरा वाक्य नहीं बोला, और आज इस मुस्टंडे के साथ इतनी बातें ? उसे तो उसका नाम भी संयोग से ही मालूम हुआ था बुढ़िया को आवाज लगाते सुनकर। उसने कितनी बार चाहा था किसी तरह प्रवेश की मदद करे, उसके किसी काम आए, लेकिन वह कभी कुछ कहने की हिम्मत ही न कर सका। और ये आदमी न जाने कहाँ से आकर उसकी रसोई में टिका बैठा है, उससे चिपककर !

उसने तय किया कि अब वह वहाँ खाना खाने नहीं जाएगा। आगे से चाइनीज खाना खाएगा। इन्हीं विचारों में खोया हुआ सतीश अपनी सीट पर वापस आकर बैठ गया। उसने जग में से लेकर एक गिलास पानी पिया। गिलास धोने फिर खिड़की में गया और आदतन प्रवेश के किचन में फिर झाँकने लगा। आखिर है कौन यह आदमी ? उसका प्रेमी ? हूँअ ! और आज तक मैं इसके अकेलेपन पर रहम खाता रहा ? उसे पवित्रता की मूर्ति समझता रहा ? उसका आदर करता रहा ? हर रोज वहाँ खाना खाता रहा। आज जाने किसे किचन में घुसाकर बैठी है ? इसी उधेड़बुन में एक बज गया।

अपने साथियों को डिब्बे लेकर इधर-उधर जाते देखकर सतीश भी अचेतन-सा नीचे उतरा। उसके पैरों ने उसे आदतानुसार शाकाहारी भोजनालय में ले जाकर

खड़ा कर दिया। खिड़की के पासवाली 'उसकी' सीट से कुर्सी गायब थी। उसे देखते ही प्रवेश ने झट से पासवाली कुर्सी खींचकर उसके सामने कर दी। तब तक तो वह अन्दर ही अन्दर जलकर राख हो चुका था। उसने प्रवेश के हाथ से कुर्सी जैसे छीन ली और उस पर धम्म से बैठ गया। प्रवेश ने कोई ध्यान नहीं दिया। वह हमेशा की तरह अन्दर गई और जब उसके लिए खाना लेकर लौटी तो वह सीट पर नहीं था। वह वापस खाना अन्दर ले गई।

सतीश उस दिन रोज की तरह कैरम खेलने नहीं गया। अपने कमरे की खिड़की में खड़ा होकर प्रवेश के रसोईघर में देखता—प्रवेश को और उसके साथी को। प्रवेश आज खाली बैठकर बातें कर रही थी। इस बीच शायद दो-एक बार कुछ लोग खाना खाने आए होंगे, उसने प्रवेश को खाना लेकर अन्दर जाते देखा था। इधर ये आदमी जल्दी-जल्दी किचन साफ कर रहा था। जब प्रवेश अन्दर आ गई तब दोनों ने एक प्लेट में डालकर मिलकर खाना खाया। किचन साफ किया। तब तक तीन बज चुके थे। प्रवेश भोजनालय का दरवाजा बन्द करके किचन में आई तो इस आदमी ने उसे बाँहों में भर लिया। दोनों कुछ देर खड़े रहे, फिर उस आदमी ने स्टूल पर रखा अपना कोट उठाया, कैप लगाई और प्रवेश को एक बार और चूमकर पीछे के दरवाजे से बाहर आ गया। नीचे उतरकर उसने प्रवेश को वेव किया और चला गया। प्रवेश अपनी खिड़की में खड़ी उसे तब तक देखती रही, जब तक कि वह आँखों से ओझल न हो गया। फिर उसने खिड़की बन्द कर ली।

सतीश बन्द खिड़की को घूरता रहा, इस इन्तजार में कि प्रवेश और वह बुढ़िया नीचे उतरें, अब उतरें। जब बहुत देर तक वे दोनों नीचे नहीं आईं तो उसने अन्दाजा लगाया कि वे वहीं रहती होंगी। अब उसे अपने ऊपर और भी क्रोध आने लगा। वह इतने दिन से वहाँ खाना खा रहा था, लेकिन इतना तक नहीं जान पाया कि वह कहाँ रहती हैं। उसने अपनी चाय वहीं पी, खिड़की में खड़े-खड़े। वह ऊपर से शान्त दिखने की कोशिश कर रहा था, अपने साथियों से थोड़ी-बहुत बातचीत भी करता रहा, लेकिन उसकी आँखें वहीं जमीं थीं प्रवेश की खिड़की पर। वह ऊपर से पूरी तरह स्वाभाविक दिखने का अभिनय कर रहा था लेकिन अन्दर उसकी आत्मा जल रही थी, उसका अहंकार उसे ललकार रहा था। दफ्तर खत्म होने के बाद भी वह वहीं खड़ा रहा। जब चौकीदार कमरा बन्द करने आया तो वह अपना बैग उठाकर लापरवाही से नीचे उतर गया।

अगले दिन सुबह जब सतीश दफ्तर पहुँचा तो माहौल बड़ा चुप-सा था। चारों तरफ मातमी सन्नाटा छाया हुआ। सब सीधे अपनी-अपनी सीट पर जा रहे थे। कुछ पुलिस अधिकारी जनरल मैनेजर से उनके कमरे के बाहर बात कर रहे थे,

कुछ और इधर-उधर लोगों से पूछताछ कर रहे थे। उसे क्या ? वह सीधा अपने कमरे में गया, बैग रखा, कुर्सी खिसकाई और बैठ गया। कुछ देर बाद आदत से मजबूर उसी खिड़की की तरफ पहुँच गया। प्रवेश की खिड़की अभी बन्द थी। वापस अपनी सीट पर आकर उसने कुछ फाइलें निकालीं, कुछ पढ़ा, थोड़ी देर के बाद फिर खिड़की में गया। फिर वापस आ गया। इतने में चाय आ गई। वह वहीं खड़े-खड़े चाय पीने लगा। अपनी प्याली खत्म करके उसने देखा साढ़े ग्यारह बजे, बारह बजे। अब तक तो भोजनालय खुल जाता है, आज अभी तक किचन की खिड़की तक बन्द थी, वह सोचने लगा।

उसने अपने बराबर बैठनेवाले साथी से कहा, "आज यह शाकाहारी भोजनालय नहीं खुल रहा क्या।"

शर्मा ने फाइल से मुँह उठाया, घड़ी देखी और बोला, "बहुत भूख लग रही है क्या तुझे ? अभी तो सिर्फ बारह बजे हैं।"

जवाब में सतीश कुछ नहीं बोला। सामने खुली फाइल में आँखें गड़ाए बैठा रहा। एक बजते ही वह भी बाकी लोगों के साथ उठा, खिड़की तक गया ही था कि जाते-जाते आहूजा चिल्लाया, "यार तुम तो वहाँ रोज खाना खाते थे तुम्हें नहीं पता कल वहाँ एक मर्डर हो गया ? आज वहाँ खाना नहीं मिलेगा, कहीं और खाना है तो हमारे साथ आ जाओ।"

"नहीं।"

सतीश वहीं बैठा रहा। लंच टाइम के बाद जब बाकी लोग लौटे तब भी वह वहीं बैठा था, पत्थर की मूर्ति की तरह ध्यानमग्न। शर्मा ने उसकी तबियत के बारे में पूछा, आहूजा ने दराज से एक एस्प्रो निकालकर उसकी तरफ बढ़ाई। वह चुपचाप बैठा रहा। वे लोग अपने-अपने काम में लग गए। कुछ ही देर में एक पुलिस सब-इंस्पेक्टर, जनरल मैनेजर साहब और दो सिपाही अन्दर आए। आहूजा, सतीश और शर्मा खड़े हो गए। इंस्पेक्टर ने सतीश की तरफ गौर से देखते हुए पूछा, "आपका नाम सतीश माथुर है ?"

"जी।"

"आप उस शाकाहारी भोजनालय में रोज खाना खाते थे ?"

"जी ! खाता हूँ।" उसने प्रश्न संशोधित किया।

"ओह ! आज नहीं गए ?"

"नहीं।"

"क्यों ?"

"वह बन्द था।"

"कल गए थे ?"

"जी !"

"कल खाना खाया था आपने ?"

"जी।"

"नहीं, कल आपने खाना नहीं खाया। आप गुस्से में उठकर आ गए थे।"

सतीश इंस्पेक्टर की तरफ एकटक हैरत से देखने लगा और बाकी लोग सतीश की तरफ। इंस्पेक्टर ने अपनी बात जारी रखते हुए कहा, "कल रात किसी ने उस औरत का, जो भोजनालय चलाती थी, किचन नाइफ भोंककर खून कर दिया।"

सतीश चुपचाप खड़ा रहा।

"गुनाह के शक में मैं आपको गिरफ्तार कर रहा हूँ।"

अब वह हैरत दबे हुए गुस्से और मजबूरी में बदल गई। ठेस लगे अहंकार के आँसू पल-भर के लिए आँखों में डबडबाए। लेकिन उसने उन्हें बेबसी से जमीन पर गिरने नहीं दिया, अन्दर ही अन्दर पी गया। इंस्पेक्टर के साथ कमरे से बाहर निकलते हुए सतीश की आँखों में सिर्फ तिरस्कार था—सभ्यता के प्रति, कानून की शक्ति के प्रति, शायद उस निष्पाप, निर्दोष दिवंगत आत्मा के प्रति भी जिसे किसी काल्पनिक अपराध के गुनाह में वह स्वयं मृत्यदंड दे चुका था—और हुलसती आग थी, अपमान की आग।

दूसरा वर्ग

आज मैं अपने आजीवन कारावास के दस साल पूरे कर चुका हूँ। जेल में मेरे व्यवहार, आचार-विचार से सन्तुष्ट होकर, मेरी उम्र, और मुझसे हुए अपराध की उकसाती परिस्थितियों को ध्यान में रखकर जूरी ने सर्वसम्मति से मुझे रिप्रीव प्रदान करने का फैसला सुना दिया है। कल सुबह मैं यहाँ से रिहा कर दिया जाऊँगा। मैं सोच रहा हूँ रिहा होकर कहाँ जाऊँगा मैं ? बाहर कौन है मेरा ?

जेल का यह अहाता ही मेरी छोटी-सी दुनिया थी। मेरा बचपन, मेरी इच्छाएँ, आशाएँ, आकांक्षा सब उस दिन छिन गई थीं जब मुझे निर्दयता से अन्दर फेंककर इन लोगों ने ताला बन्द कर दिया था। अब जब धीरे-धीरे मैंने फिर से जीना सीख लिया है, यहाँ शान्ति ढूँढ़ ली है तो ये लोग फिर मुझे बाहर निकाल रहे हैं। मेरी क्या इच्छा है ये मुझसे न उस दिन पूछा गया था न आज।

दुनिया में दो तरह के लोग होते हैं : एक वे जो जैसा चाहते हैं करते हैं, उनकी अपनी मर्जी होती है। दूसरे वे जो हमेशा दूसरों की मर्जी से जीते हैं। उनकी अपनी इच्छा, एक अलग अस्मिता, अपना अस्तित्व कुछ नहीं होता। उन्हें वही करना पड़ता है जो कोई और चाहता है। मैं इसी दूसरे वर्ग में पैदा हुआ था। आज इस अहाते में एक कोने में बैठकर मैं वह दिन याद कर रहा हूँ जब मेरे लिए यह जगह सिर्फ एक कारागार थी और मैं सोच रहा था कि मैं यहाँ जी भी पाऊँगा या नहीं।

मुझे याद है वह दिन जब वो मेरे पास खड़ी हुई एक सवाल को बीस मिनट तक लगातार, बार-बार दोहराती रही थीं और मैं बिल्कुल चुप खड़ा रहा था, जैसे कोई बेजान वस्तु होऊँ। फिर उनके कहने पर उसी ढीठपन से मैंने बर्तन साफ करने शुरू कर दिए थे, लेकिन बिना एक शब्द भी बोले, या एक बार भी उनकी तरफ देखे, जैसे कि वहाँ मेरे सिवाय और कोई न हो।

"तुम इतनी छोटी-छोटी चीजों की चोरी क्यों करते हो ?" काफी देर तक प्यार से पूछते रहने के बाद थककर, अपनी झुँझलाहट दबाते हुए उन्होंने फिर एक बार मुझसे प्रश्न किया था।

मैंने कोई जवाब नहीं दिया। मैं खड़ा रहा उसी तरह बिना हिले-डुले, बिना कुछ बोले, जैसे एक निर्जीव मूर्ति। वो फिर बोलीं–

"अरे भाई, कुछ बोलो तो सही तुम।"

मैंने आँखें उठाकर एक सेकंड के लिए उनकी तरफ देखा, जवाब देने के इरादे से। मेरे मन में उनके लिए बहुत आदर था, प्यार था। उन थोड़े से दिनों में जब से मैं वहाँ काम कर रहा था, मैं उन्हें अपनी माँ की जगह समझने लगा था। लेकिन इससे पहले कि मैं कुछ बोलता, मेरी आँखें फिर झुक गईं और मैं उन्हें जमीन में गड़ाए ज्यों का त्यों खड़ा रहा। मेरी आँखें उस समय जमीन नहीं देख रही थीं, वे मुझे उनके लड़के बिट्टू की टेबल से एक किताब उठाकर दराज खोलते हुए देख रही थीं। मेरे दराज खोलने पर उनकी पुरानी जमादारनी का चौंककर मुझे देखना देख रही थीं। उसके देखने पर डरकर मेरा उसे देखना देख रही थीं। पिछली शाम उस किताब को पढ़-पढ़कर बिट्टू का बार-बार खिलखिलाकर हँसना, उस पर मेरा खिसियाकर उसे देखना, देख रही थीं। थोड़ी देर बाद मेरा उस किताब को लेकर जीने के नीचे बैठकर एक-एक हरफ को पहचान-पहचानकर शब्द बनाकर पढ़ना देख रही थीं। उस समय पलकें बिना ऊपर उठाए उनके चेहरे पर चढ़ता-उतरता गुस्सा देख रही थीं। अपनी गुजरी माँ को उस 'राक्षस' द्वारा प्रताड़ित, अपमानित किए जाने पर उनका मन मारकर मौन रह जाना देख रही थीं। उनकी आँखों में मजबूरी के आँसू डबडबाते देख रही थीं। माँ का ध्यान आते ही मेरी आँखों में आँसू भर आए। मैं आँखें नीची करके उन्हें छिपाने की कोशिश करने लगा।

मैं मेम साब के पूछे प्रश्न का जवाब देना चाहता था। लेकिन क्या जवाब देता ? मैंने चोरी की थी। मैं काम करने के समय में बिट्टू की एक किताब चुपचाप उसकी टेबल से उठाकर सीढ़ियों के नीचे छिपकर बैठ गया था। वो कह रही थीं कि मैं आवाज घोटता हूँ, बुलाने पर एकदम नहीं आता। यह भी सच था। कई बार पढ़ना-लिखना सीखने की ललक में मैं उनकी आवाज सुनकर अनसुनी कर जाया करता था। उस दिन भी ऐसा ही हुआ था। वो कह रही थीं कि उन्होंने मुझे तीन आवाजें दी थीं और मैंने जवाब नहीं दिया। पहली बार तो वास्तव में मैंने कुछ नहीं सुना। दूसरी आवाज मैंने सुनी थी लेकिन जान-बूझकर मैं उठा नहीं था। मुझे मालूम था कि स्कूल से आते ही बिट्टू अपनी किताब ढूँढ़ेगा और मुझे फिर अगले दिन तक इन्तजार करना पड़ेगा। मैं उसे जल्दी पढ़ना चाहता था। मैं देखना चाहता था कि उसमें क्या पढ़कर बिट्टू इतना हँस रहा था। मैं भी उसी तरह हँसना चाहता था। तभी उनकी तीसरी आवाज मेरे कानों में पड़ी। मैं भागकर उस तरफ जा ही रहा था कि वो खुद मेरे पास आ पहुँचीं। उनके पीछे-पीछे जमादारनी थी। मुझे आश्चर्य नहीं हुआ। मुझे मालूम था कि उसने मुझे किताब

उठाकर भागते हुए देख लिया था। मैं जानता था कि वो शिकायत जरूर करेंगी। लेकिन मैं किताब पढ़ना चाहता था। मेम साब मुझसे बार-बार पूछ रही थीं कि मैंने क्या उठाया था, क्यों उठाया था, और मैं भागकर कहाँ गया था। मैंने उन्हें बताने की कई बार कोशिश की लेकिन जब तक हिम्मत करके मैं उनकी तरफ देखता, कुछ कहने के लिए तैयार होता, मेरी घिग्घी फिर बँध जाती और शब्द अन्दर के अन्दर ही रह जाते। मैं उनके सामने रोना नहीं चाहता था। गिड़गिड़ाकर उनसे कोई रियायत माँगना नहीं चाहता था। इसलिए सिर नीचा किए खड़ा था। खड़ा रहा।

"ओफ ओ...बोलता है या बुलाऊँ साहब को ? इतनी देर से पूछ रही हूँ–'क्या उठाया था', 'कहाँ गया था', और तू है कि सुट्टी मारे खड़ा है। दो थप्पड़ पड़ेंगे गाल पर, तब अपने आप आवाज निकल पड़ेगी बाहर। हर तीसरे दिन बच्चों की टेबल से कोई न कोई चीज उठा लेता है। पूछो तो जवाब नहीं देता। और भी सामान चोरी करता होगा तू, ऐं ? बुलाऊँ पुलिस को ?"

मैं हड़बड़ाकर बोला, "नहीं।"

"तो क्यों उठाता है बिट्टू की चीजें बिना पूछे ? बोल, क्या लेकर भागा था उसकी टेबल से अभी ?"

किताब मेरे हाथ में थी लेकिन उनका ध्यान तब तक शायद उस पर नहीं गया था। वे एकटक मेरा चेहरा देखे जा रही थीं। थोड़ी देर बाद जैसे ही उनकी निगाह मेरे हाथों में पकड़ी किताब पर पड़ी उन्होंने झपटकर उसे छीन लिया और दोनों हाथों से उसके पृष्ठ सँवारते हुए कहने लगीं–

"तो ये किताब उठाई थी तूने ?"

मैंने जवाब में धीरे से "हाँ" का सिर हिला दिया।

"पढ़ना आता है तुझे ? तू तो कहता था कभी स्कूल ही नहीं गया ?"

ये शब्द मेरे मुँह पर चाबुक की तरह लगे। 'स्कूल नहीं गया' या 'नहीं जा सका ?' मेरी मजबूरी थी, फूटी किस्मत थी कि मैं कभी स्कूल नहीं जा सका, कोई शिक्षा नहीं पा सका। इन्हें क्या मालूम मुझे पढ़ने का कितना शौक था।

बिट्टू मेरी ही उमर का होगा या शायद एक-दो साल बड़ा। वो बहुत जिद्दी था। मेम साब की कोई बात नहीं मानता था। जो भी काम करता बेडरूम में टी.वी. के सामने। वहीं खाता-पीता, वहीं कपड़े पहनता। टी.वी. देखने का बहुत शौक था उसे, उसके लिए दूध, खाना या जूते लेकर जब भी मैं कमरे में जाता मेरी आँखें अपने आप टी.वी. के परदे की तरफ उठ जातीं। कमरे की ठंडी हवा मुझे बड़ी आरामदेह लगती। किचन तो हमेशा गर्मी में भभकता रहता था। गन्दे बर्तन, कचरे आदि की बदबू से भरा रहता था। मेरा सारा समय वहीं कटता था।

मेरे नसीब में यही था। लेकिन माँ कहा करती थीं कभी परिस्थितियों से हारना नहीं चाहिए। उनका मुकाबला करना चाहिए। मैं सब कुछ झेल रहा था, डटकर। मेरी एक ही कमजोरी थी, पढ़ना सीखने का शौक। इसीलिए उनका यह पूछना कि 'पढ़ना आता है तुझे ?' मुझे अन्दर तक भेद गया। मैं मन मसोसकर रह गया।

वह किताब एक चित्रकथा थी। उसकी तरफ मेरी ललचाई आँखें और उनमें भरी अपार असहायता देखकर शायद उन्हें मुझ पर दया आ गई। वो बहुत धीरे-से बोलीं, "यह किताब लेकर भागा था तू ? सच बता। अगर माँगकर लेता तो क्या मैं मना कर देती ?" वो मुझे देखती रहीं। फिर समझाने लगीं, "ऐसे बिना पूछे जब कोई चीज, छोटी से छोटी चीज भी उठाते हैं, और आँख बचाकर भागते हैं तो दूसरा उसे चोरी समझता है और फिर यह सोचने लगता है कि इस लड़के को तो चोरी की आदत है।"

इतना कहकर वो रुक गईं। जमादारनी की तरफ देखकर बोलीं, "जाओ संतरा, तुम अपना काम खत्म करो। उसके वहाँ से चले जाने के बाद वो मुझसे फिर सख्ती से बोलीं, "टेबल की दराज क्यों खोली थी तुमने ? क्या ढूँढ़ते हो तुम उसमें ?"

"कुछ नहीं।"

"कुछ नहीं ? तो खोलते क्यों हो ?"

मेरी मुट्ठी में पेंसिल का पीछे का बचा हुआ छोटा-सा टुकड़ा था। उन्हें वह दिखाते हुए मैंने कहा, "इसे बनाने के लिए शार्पनर ढूँढ़ रहा था।"

"शार्पनर ढूँढ़ रहा था, काहे के लिए ? जब पढ़ना-लिखना नहीं आता तो पेन्सिल बनाकर क्या करते तुम ?"

उनकी आवाज में व्यंग्य था। मुझे अच्छा नहीं लगा। मैं चुप रहा। मैं उस पेन्सिल से माँ ने जो थोड़े-बहुत शब्द लिखने सिखाए थे उन्हें लिखने की प्रैक्टिस करना चाहता था। लेकिन मैंने उन्हें यह नहीं बताया। मुझे डर था कि वो मेरा मजाक बनाएँगी।

अपने कमरे की तरफ जाते-जाते वो फिर बुदबुदाने लगीं, "अजीब बेवकूफ है, जब पढ़ना-लिखना नहीं आता तो जाने कागज-पेंसिल से क्या करता ? पता नहीं सच बोल रहा है कि झूठ। घर में तो हजारों चीजें पड़ी हैं, भगवान जाने क्या-क्या उठाता है।"

यह सुनना मुझे अच्छा नहीं लगा। मुझे तेज गुस्सा आ गया। मैंने चिढ़कर कहा, "और कुछ नहीं उठाया मेम साब मैंने। बस ये एक छोटी-सी पेन्सिल, वह किताब और दो रद्दी कागज़..." कहते-कहते मैं रो पड़ा, गुस्से में। बहुत जोर से

रो पड़ा मैं। मेरी सिसकियाँ आपे से बाहर हो गईं। मैं सुबह से न नहाया था, न मैंने कुछ खाया-पिया था। मुझे भूख भी नहीं थी। मैं परेशान था, दुखी था, अपमान की आग में झुलस रहा था। ठंडक के लिए या सिंक में भरे बर्तन धोने की गरज से अपने आप मेरे हाथ से नल खुल गया। धार तेज थी। पानी पड़ते ही सूखे बर्तनों में से बुसी हुई उमस निकल पड़ी। मेरा सिर झन्नाने लगा। मुझे अपने अन्दर एक अजीब खालीपन महसूस हो रहा था, और उसमें तेजी से भरता रोष, प्रतिरोध। 'क्यों सह रहा हूँ मैं यह सब ?' 'क्या बिगाड़ा है मैंने इनका ? जिस दिन से आया हूँ मेहनत से काम कर रहा हूँ। आज पढ़ने की ललक में जरा किताब उठा ली, तो आफत हो गई !' तार-तार हुआ जूना मेरे हाथों में चुभे जा रहा था। मेरी उँगलियाँ जख्म से भरी पड़ी थीं।

अचानक मुझे उनके किचन की तरफ आने की आवाज आई। मैंने हड़बड़ाकर अपनी स्पीड बढ़ाई और अन्धाधुन्ध बर्तन धोने लगा। वो बाहर से ही लौट गईं। मैं सिंक पर दोनों हाथ टेककर साँस लेने लगा। मेरी हथेलियों में टीस मार रही थीं। पानी छूने से तेज जलन हो रही थी। आस्तीन से आँखें पोंछने पर देखा पानी के साथ-साथ बाएँ हाथ से खून की बूँदें टपाटप सिंक में गिर रही थीं। इस जल्दबाजी में मीट काटने की छुरी से मेरी उँगलियों के बीच का कोमल मांस एक जगह गहरा तरश गया था और खून ऐसे बह रहा था जैसे किसी ने तलवार से पूरा हाथ ही काट दिया हो। मैं अपने हाथ में आए कट को और उस छुरी को खड़े होकर गौर से देखने लगा। सिर से बहती पसीने की बूँदें आँसुओं में मिलकर गालों, होंठों पर से लुढ़कती हुई पैरों के तलुए तक बह रही थीं। दिमाग नम हो रहा था...।

"क्या कर रहा है तू ? पानी क्या मुफ्त का आता है जो इस तरह बहा रहा है ? नल पूरा खोल रखा है और तू, पास में खड़ा-खड़ा उसे देख रहा है। दिमाग खराब तो नहीं हो गया ? ऊपर से बात करता है पढ़ने की !"

आखिरी वाक्य ने मेरे पूरे बदन में आग लगा दी। मैं काँपने लगा गुस्से में, आत्मग्लानि में, अपने आपको संयत रखने के संघर्ष में। पहली बार मैंने महसूस किया कि मेरे अन्दर भी एक खूँखार जानवर मौजूद है जो अब तक सोया हुआ था, पर अब अचानक जाग उठा है, गुर्रा रहा है। दर्द और प्रतिरोध में बिलबिलाता हुआ मैं उछलकर पीछे मुड़ा। उसके बाद क्या हुआ मुझे याद नहीं।

ये सब सोचते-सोचते अँधेरा होने लगा था। मैं बहुत थक रहा था। वहाँ से उठना नहीं चाह रहा था। उस अहाते में यह मेरी आखिरी शाम थी। वहीं बैठे-बैठे शायद मेरी आँख लग गई। मैं काफी देर तक सोया होऊँगा क्योंकि जब नींद खुली तो सब कुछ शान्त था जैसा सुबह तीन-चार बजे के करीब होता है, चारों

तरफ एक दिव्य प्रकाश का आभास हो रहा था। बहुत सुहावनी मन्द-मन्द हवा चल रही थी। मुझे लगा, माँ मेरे बालों को सहला-सहलाकर कह रही हों, 'कैसे पागल हो उन्मेष, इतने निराश क्यों हो रहे हो ?' मैंने बताया था न कि वे लोग जिन्हें तुम दूसरे वर्ग का समझते हो बहुत मजबूत होते हैं। उनके पास एक अनमोल मणि होती है, हिम्मत—जीने की हिम्मत, संघर्ष करते रहने की हिम्मत, हर दर्द को हँसते-हँसते झेलते रहने की हिम्मत...।

सीलबन्द शीशी

रोज की तरह, खाना खाकर रेनू टेबल से सामान उठाने लगी, रीना सिंक में भरे बर्तनों को साफ करने में जुट गई। यह उनका दैनिक नियम बन गया था। दोनों सुबह जल्दी-जल्दी तैयार होकर बाहर निकल जातीं–रीना स्कूल के लिए और रेनू अपने ऑफिस। शाम को लौटने पर दोनों मिलकर घर का काम निपटातीं, इधर-उधर बिखरा सामान समेटना, उसे तरतीब से लगाना, खाना-बनाना, झाड़-पोंछ इत्यादि। वे एक-दूसरे को अपने दिन-भर के अनुभव सुनाती रहतीं, अगले दिन की या दूर भविष्य की योजना बनातीं, कभी-कभार बाहर चली जातीं या घर में बैठकर टी.वी. देख लेतीं। फिर दोनों डबल बेड पर साथ-साथ सो जातीं, माँ के आलिंगन में बिटिया। छोटी-सी, भोली रीना अब एक आकर्षक, चंचल किशोरी में परिणत होती जा रही थी लेकिन रात को अब भी सोती वैसे ही थी जैसे तेरह साल पहले–माँ से चिपककर।

कुछ दिनों से रेनू देख रही थी कि रीना कहीं खोई रहती है जैसे लगातार कुछ सोच रही हो, कुछ ढूँढ़ रही हो। कई बार उसे लगा जैसे वह उससे कुछ कहने के लिए पास आई है और बिना कुछ कहे लौट गई है। उसने इसे अपनी बेटी की किशोरावस्था की आम मनोदशा माना और उसके व्यक्तिगत जीवन की प्राइवेसी को कुरेदना ठीक नहीं समझा। इस उम्र में सभी बच्चे तरह-तरह की चिन्ता, दुश्चिन्ता से घिरे रहते हैं, परन्तु किसी की दखल पसन्द नहीं करते। वह दूर से उसका ध्यान रखती रही, न कभी कुछ पूछा, न कहा। वह जानती थी कि जरूरत पड़ने पर रीना खुद उसके पास आ जाएगी और उस समय उसकी सलाह खुशी-खुशी मान भी लेगी। कभी-कभी वह चिन्ता छोड़कर मन-ही-मन खुश होने लगती कि शायद उसकी कमसिन बेटी के जीवन में प्यार की कोंपल खिल रही है। और सम्भवतया इसी वजह से वह इतनी विचलित दिखती रहती है...।

"माँ आपने कभी पापा के बारे में मुझे कुछ नहीं बताया ?"

रीना के प्रश्न ने रेनू का सपना अचानक तोड़ दिया। वह इस अप्रत्याशित प्रश्न से ऐसे चौंकी जैसे किसी ने उसे गहरी नींद से उठाकर खड़ा कर दिया हो

और पूछ रहा हो ये लड़की तुम कहाँ से लाईं ? उसने रीना की तरफ देखा। वह मुस्करा रही थी। उसकी आवाज में, आँखों में उलाहना नहीं था, बल्कि आतुरता थी, सहज उत्सुकता थी, अपने अनजाने अदृश्य पिता के प्रति प्यार था। वह सहसा डर गई। लेकिन उसने चेहरे पर यह भाव प्रकट न होने दिया, सधे हुए स्वर में बोली, "हैं ऐं ?"

"पापा के बारे में पूछ रही हूँ," रीना ने उसकी आँखों में एकटक देखते हुए अपनी बात दोहराई। चूँकि उसके प्रश्न पर प्रकट रूप से कोई आपत्ति नहीं की गई थी। वह तेजी से दो और प्रश्न जोड़ गई :

"वो कहाँ रहते हैं ? मैं उनसे मिल सकती हूँ ?"

रेनू चुप थी। वह इस बीच अपने-आपको एक पूर्णतया विश्वासजनक, सन्तोषजनक, स्वीकार्य जवाब देने के लिए तैयार कर रही थी।

यह समस्या एक दिन उसके सामने आएगी इसका अन्देशा उसे था। पिछले कुछ दिनों से वह मन-ही-मन योजना भी बना रही थी कि एक दिन वह खुद बैठकर रीना से इस बारे में बात कर ले। उसे बता दे कि उसने अपने बचपन में कितनी पीड़ा सही थी। अपने पिता का माँ के प्रति कितना अत्याचार देखा था। माँ को रोते-बिलखते हमेशा यही कहते सुना था कि उन्हें छोड़कर अब वह कहाँ जाए। उन्होंने अपना घर छोड़कर, सबकी इच्छा के विरुद्ध शादी की थी। शादी से पहले वे बहुत अच्छे थे। बाद में न जाने क्या हो गया।

माँ की पीड़ा देख-देखकर रेनू के मन में शादी के प्रति गहरा प्रतिरोध पैदा हो गया था। वह सोचने लगी थी कि ऐसा क्यों हुआ। ऐसा क्यों होता है ? वही पुरुष जो शादी से पहले प्यार करता है बाद में इतना उदासीन क्यों हो जाता है ? पति बनते ही इतना अधिकार क्यों जताने लगता है, क्यों पत्नी पर इतना अत्याचार करने लगता है ? वही पुरुष जो पिता या भाई के रूप में पूरा सहयोग देता है, सहानुभूति रखता है, इस रूप में क्यों इतना स्वार्थी, अहंकारी हो जाता है ? तभी उसने यह तय कर लिया था कि वह कभी शादी नहीं करेगी। कभी किसी से प्यार ही नहीं करेगी। क्यों बने वह किसी और के अधिकार या अहंकार की हवस का शिकार ? क्यों जिए वह किसी की सम्पत्ति मात्र बनकर, उसका एक सहायक अंग बनकर ? वह जिएगी तो अपने हक से जिएगी, अपनी स्वामिनी खुद बनकर।

रेनू के पास शिक्षा, धन, रोजगार, घर, साथी-सम्बन्धी सब कुछ था। लेकिन आस-पड़ौस में जब भी वह बच्चों को खेलते देखती तो अपने अन्दर एक गहरी कसक महसूस करती, अपने जीवन का खालीपन महसूस करती, तड़प उठती कि कोई उसे भी 'माँ' कहकर पुकारे। लेकिन तभी उसका अहम् जो आगाह करता कि वह तय कर चुकी है कि वह अपनी जिन्दगी किसी और के हवाले नहीं करेगी,

किसी दूसरे को अपने ऊपर कभी इतना अधिकार नहीं देगी कि वह उस पर मनमानी करे। वह जिएगी तो अपनी मर्जी से जिएगी। एक दिन उसने अपनी इच्छा पूरी करने का रास्ता ढूँढ लिया।

लेकिन इस समय उस पर प्रहार, दूसरी तरफ से, और इतने अचानक हुआ था कि वह हकबका गई। उसे एकाएक कोई जवाब नहीं सूझा। वह यह भी नहीं चाहती थी कि उसके मुँह से कुछ ऐसा निकल जाए तो इतने प्यार और विश्वास से पलती रीना के दिल पर ठेस पहुँचा दे या जिसे सुनकर वह अपने जीवन में कोई बड़ी कमी महसूस करने लगे। रेनू न तो बात को टालना चाहती थी न यह ही तय कर पा रही थी कि उसका कैसे सामना करे। क्या कहे वो ? किन शब्दों में रीना को उसके जन्म का रहस्य समझाए ? माँ को यों चुप और गम्भीर देख रीना ने समझा कि शायद उसके कौतूहल ने माँ के दबे घावों को ताजा कर दिया है। उसने जल्दी से माफी माँगी :

"सॉरी माँ। मैं तो ऐसे ही पूछ रही थी...।"

"नहीं बेटा, इसमें तुम्हारी क्या गलती है, हर बच्चा अपने बाप के बारे में जानना चाहता है।" अपने को दोषी महसूस करते हुए रेनू ने अपनी बेटी की उदासी को कम करने की कोशिश की। माँ को अनुकूल मूड में देखकर रीना फिर मचल पड़ी।

"वे देखने में कैसे थे माँ ? आई मीन, वाज ही हैन्डसम ?"

रेनू हँस पड़ी, "आई डोन्ट नो !"

"क्यों मामा, वाए डोन्ट यू नो ?" फिर कुछ रुककर, "आप लोग यों ही अलग रहने लगे थे, या कानूनन तलाक दिया था ?" रीना प्रश्न पूछ रही थी लेकिन साथ-साथ लगातार आँखों से अपनी माँ के चेहरे को सूक्ष्मता से पढ़ने की कोशिश भी कर रही थी। कोई जवाब न मिलने पर, थोड़ी देर बाद वह फिर बोली, "आप उदास मत होइए माँ। ये लोग सब खराब होते हैं।"

"ना बेटा, ऐसा नहीं सोचते। सब खराब नहीं होते। बल्कि ज्यादातर अच्छे ही होते हैं सिर्फ वाइफ के साथ अजीब व्यवहार करने लगते हैं। शादी हुई और वे यह समझ बैठते हैं कि पत्नी उनकी कोई निजी वस्तु है, एक बेजान चीज। ये प्रॉब्लम सामाजिक मानसिकता से जुड़ी है। पुरुषों की इसमें क्या गलती है। अपनी-अपनी शिक्षा और स्वभाव के हिसाब से उनमें से कुछ अच्छे होते हैं, कुछ खराब। सम ऑफ देम आर रियली वेरी नाइस।"

"ओ. के. मामा। टेल मी वाज पापा वन ऑफ दोज नाइस वन्स ?" दोनों हँस पड़ीं। रीना बेचैनी से माँ के उत्तर की प्रतीक्षा कर रही थी।

"तुम्हें क्या जवाब दूँ मैं ?" रेनू ने हारते हुए कहा।

रीना उसी तरह प्रतीक्षा करती रही।

"तुम्हें क्या बताऊँ मैं तुम्हारे पापा के बारे में ? कैसे बताऊँ ?" रेनू ने लम्बी साँस भरी।

"पापा बहुत खराब थे माँ ?" रीना का हर शब्द माँ के प्रति सहृदयता से लथपथ था।

"नहीं बेटे।"

"तो फिर ? आप बताती क्यों नहीं कैसे थे वो ? अच्छे थे, खराब थे, गोरे थे, काले थे ? सुन्दर थे...सुन्दर तो जरूर होंगे, और इंटैलिजेंट भी," उसने शरारत से कहा।

"क्यों ?"

"क्योंकि, नहीं तो आप उनसे प्यार ही क्यों करतीं ?" रेनू इस भोले मजाक पर हँस पड़ी।

"वो क्या काम करते थे मामा ?"

रीना अपनी काल्पनिक दुनिया में से चुन-चुनकर प्रश्न किए जा रही थी। रेनू अपनी बेटी के मन में पिता के प्रति उमड़ते प्यार को ऊपर से सराह रही थी, लेकिन अन्दर ही अन्दर अपनी पूरी शक्ति लगाकर उसे जवाब देने के लिए उपयुक्त शब्द ढूँढ रही थी। रीना के बालों में प्यार से उँगलियाँ फेरते हुए वह यही सोचे जा रही थी कि कहीं वह ऐसा कुछ न कह बैठे कि रीना के आत्म-सम्मान को ठेस लग जाए, अब तक हर क्षेत्र में हमेशा अव्वल रहनेवाली बिटिया के मन में हीनता की भावना पैदा कर दे, और अचानक उसकी सारी आशाएँ, उमंगें हमेशा के लिए मर जाएँ।

माँ को लगातार इतनी देर तक चुप पाकर खिसियाते हुए, कुछ चिढ़कर, हक और याचना के मिले-जुले भाव से भरे हुए स्वर में रीना ने फिर गुहार की, "मामा प्लीज..."

"तुमने मुझे अजीब मुसीबत में डाल दिया है रीना," आखिर माँ ने अपना मौन तोड़ा।

"आई एम सॉरी मामा।" बात शुरू होने का स्वागत करते हुए रीना ने माफी माँगने के बाद बेहद उत्सुकता से फिर जिद की, "आई मस्ट नो माई फादर, माँ।"

"ऑफकोर्स यू मस्ट..." रेनू का स्वर संयत था और शब्द गिने हुए। इतना कहकर वह रुक गई। रीना माँ के और नजदीक खिसक आई, बिल्कुल चिपककर बैठ गई। अपने दोनों हाथ प्यार से माँ के गले में डालकर उसके मुँह की तरफ उत्सुकता से ताकने लगी। रेनू ने कहा, "आई डोंट नो, व्हाट टू से !"

"मामा, यू हैव टू टेल मी।" रीना ने हर शब्द पर जोर देते हुए कहा। "बस

मुझे एक बार बता दो माँ। एक बार उनकी फोटो दिखा दो। मैं आपसे फिर कुछ नहीं कहूँगी। बिल्कुल जिद नहीं करूँगी।''

''फोटो हो तो दिखाऊँ। कुछ कहने को हो तो कहूँ।''

''क्यों मामा ?'' दोनों के स्वरों में अब खीझ भर आई थी।

''आपको मेरा पूछना बुरा लग रहा है मामा ?''

''नहीं तो।''

''तो आपके पास एक फोटो भी क्यों नहीं है ? आपकी फोटो क्यों नहीं खींची गई ? शादी में तो बहुत फोटो खिंचती हैं।''

''हमारी शादी नहीं हुई थी।''

''ओह !'' रीना एकदम चुप हो गई। फिर जैसे माँ को ढाढ़स बँधाती हुई बोली, ''आप उनसे कब से नहीं मिलीं ?''

''तुम्हारे जन्म के पहले से ही।''

''आपका बहुत झगड़ा होता था ?''

''नहीं तो।''

''तो फिर आप लोग इतनी जल्दी अलग क्यों हो गए ? बाद में भी कभी नहीं मिले ? वो कभी मुझे भी देखने नहीं आए ? मेरे बारे में कभी पूछा भी नहीं ?'' रीना ने प्रश्नों की झड़ी लगा दी।

''ये बात नहीं है बेटे।''

'तो फिर ? उन्हें मेरे जन्म के बारे में मालूम है ?''

''पता नहीं।''

''ओ माँ, मुझे तंग मत करो।'' रीना ने झुंझलाते हुए कहा, ''मैं आपको छोड़कर उनके पास जा नहीं रही, सिर्फ उनके बारे में जानना चाह रही हूँ। बस उनकी कोई फोटो मुझे एक बार दिखा दो।''

''मेरे पास उनकी कोई फोटो नहीं है।''

''क्यों मामा क्यों नहीं है आपके पास कुछ भी ?'' रीना की आवाज में अधीरता थी, हल्का गुस्सा था। मुँह पर दुःख और बे-वजह सताए जाने का भाव था।

''क्योंकि मैंने उन्हें कभी देखा नहीं...'' कोई चारा न देखकर रेनू ने अपनी बेटी के सामने वास्तविकता रखने की कोशिश की।

रीना की प्रतिक्रिया उलटी हुई। उसकी उदासी कम होने की जगह और गहरी हो गई। अविश्वास और आश्चर्य में मुँह खुला और खुला ही रह गया। वह अगले वाक्य की प्रतीक्षा में माँ की तरफ देखती रही, निर्निमेष उस निष्ठुर पुलिस अधिकारी की तरह जो कैसे भी मुलजिम के मुँह से सच उगलवाने की कोशिश कर रहा हो,

बेटी के सामने बे-वजह अपनी अमूल्य स्वतन्त्रता अपराध में बदल दिए जाने का अपमान सह पाने में असमर्थ रेनू ने भारी स्वर में, रुक-रुककर, कठिनता से अपनी बात पूरी की :

"वो या तुम—तुम जो चाहो समझ लो—मेरे पास सीलबन्द शीशी में आए थे।"

रीना देखती रह गई। उसका चेहरा एकदम उतर गया। वह खड़ी रही बेजान, नम, रुआँसी, खिसियायी, अवाक्।

बेड नं. दस

इन्द्रपाल जब घर में घुसा, माँ दोनों हाथों से सीने को पकड़े बिस्तर में दुल्लड़ हुई पड़ी थीं और जोर लगाकर साँस लेने की कोशिश कर रही थीं। वह घबरा गया। वह दौड़कर उनके पास पहुँचा। उनके हाथ खोलकर वह उन्हें बिस्तर में सीधा लिटाने की कोशिश करने लगा। लेकिन माँ ने हाथ के इशारे से उसे रोक दिया। वो पसीने में तर थीं और बोलने में बिल्कुल असमर्थ। हकबकाया वह दो मिनट तो वहाँ खड़ा रहा फिर सीधा नजदीक के एक डॉक्टर की दुकान की तरफ भागा।

हालाँकि उस समय शाम के साढ़े-नौ बजे थे, उसे मालूम था कि वह दुकान खुली मिलेगी। वह रोज बस स्टैंड से घर आते वक्त उसके सामने से गुजरता था और उसने देखा कि वहाँ हमेशा भीड़ लगी रहती थी और डॉक्टर साहब तब तक घर नहीं जाते थे जब तक वहाँ आए आखिरी मरीज को देख नहीं लेते थे। दूसरे उसके पास कहीं और कुछ देखने-ढूँढने का वक्त भी नहीं था। माँ की साँस रुक रही थी। उन्हें एकदम डॉक्टर की जरूरत थी। दुकान खुली नहीं मिलती तो वह निश्चित ही डॉक्टर के घर का दरवाजा खटखटाता। कुछ तो करता ही। उसकी किस्मत अच्छी थी। दुकान खुली मिली। डॉक्टर साहब अन्दर एक मरीज देख रहे थे। कोई दस-बारह आदमी बाहर अपनी बारी का इन्तजार कर रहे थे। वह लड़का जो उनकी दुकान की सफाई इत्यादि करता था, फोन सुनता था, मरीजों को दुकान से मिलनेवाली दवाइयाँ देकर पैसे वसूल करता था, एक कोने में स्टूल लगाकर बैठा था और बारी-बारी एक, एक आदमी अन्दर भेज रहा था। इन्द्रपाल उसकी बिल्कुल परवाह न करते हुए, एक हाथ से सबको हटाता हुआ सीधा डॉक्टर साहब के सामने जाकर खड़ा हो गया और रुँधी हुई आवाज में बोला, ''डॉक्साब जल्दी चलिए, माँ साँस नहीं ले पा रहीं।''

डॉक्टर साहब अपने सामने बैठे मरीज से कुछ कह रहे थे। वे एकदम चुप होकर उसकी तरफ ऐसे देखने लगे जैसे उसका दिमाग खराब हो, वह बेवजह, बिना इजाजत उनके काम में दखल दे रहा हो। लेकिन बोले कुछ नहीं। वह लड़का दरवाजे की चौखट में खड़ा उसकी तरफ चिल्लाया, ''आप बिना पूछे अन्दर कैसे

चले जाते हैं जी ? मैं पूछ रहा हूँ आप सुनते ही नहीं।''

''चलिए, बाहर चलिए। डॉक्टर साहब को काम करने दीजिए।'' और वह इन्द्रपाल को हाथ से पकड़कर बाहर धकेलने लगा। डॉक्टर साहब आँखें नीची किए चुप बैठे रहे। उनके इतने बेरुखे व्यवहार पर इन्द्रपाल को गुस्सा आ गया। वह चिल्लाकर बोला, ''मेरी माँ साँस नहीं ले पा रही, मैं भागकर आपसे मदद माँगने आया हूँ और आप हैं कि जवाब तक देने की जरूरत महसूस नहीं कर रहे ? याद रखना उन्हें अगर कुछ हो गया तो...''

तब तक बाहर बैठे सभी लोग अन्दर आ गए और उससे हमदर्दी से पूछने लगे, ''क्या हो गया ?'' ''घर कितनी दूर है ?'' ''उनके पास कोई है ?'' इत्यादि। डॉक्टर साहब का असिस्टेन्ट उसे कन्धे से पकड़कर बाहर ले जाने लगा। उसने उसका हाथ झटककर अपने कन्धे से अलग कर दिया और डॉक्टर साहब पर आँखें जमाए खड़ा रहा। आखिर स्थिति की गम्भीरता भाँपकर डॉक्टर ने अपनी रुपयोंवाली दराज बन्द करके ताला लगाया, स्टेथोस्कोप गले में डाला और बैग उठाते हुए बड़ी कब्जियत से बोले, ''चलिए। बताइए कहाँ जाना है ?''

''यहीं पास में,'' इन्द्रपाल ने भी उतने ही सूखेपन से जवाब दिया।

तभी भागकर वह लड़का, उनका जमूरा, आगे आकर बोला, ''हाउस विजिट की फीस डबल होती है।''

''चुप कर,'' उसकी तरफ गुर्राता हुआ इन्द्रपाल डॉक्टर से आगे निकल गया और मुड़-मुड़कर उन्हें रास्ता दिखाने लगा। वह आगे को भागता और फिर बार-बार पीछे आता, क्योंकि डॉक्टर साहब उसके बराबर तेज नहीं चल पा रहे थे। चलते-चलते उन्होंने पूछा, ''गाड़ी ले लूँ ?''

''नहीं पैदल जल्दी पहुँच जाएँगे, घर पास ही है।'' इन्द्रपाल ने घर पहुँचकर भिड़ा हुआ दरवाजा पैर से खोला और डॉक्टर साहब को माँ के कमरे की तरफ ले गया।

माँ ने अब सीने पर से हाथ हटा लिए थे और आँखें बन्द किए बिस्तर में बिल्कुल बेजान पड़ी थीं। उनके हाथ-पैर एकदम ठंडे पड़ गए।

उसने आगे बढ़कर उनका हाथ पकड़ा और प्यार से आवाज दी, ''माँ !'' उसके हाथ के पसीने से माँ का हाथ गीला हो गया। वे उसी तरह पड़ी रहीं, बेसुध।

डॉक्टर साहब ने खींचकर उन्हें बिस्तर में ठीक से लिटाया, नब्ज देखी, पलकें उलटकर आँखें देखीं, ब्लडप्रेशर लिया, स्टेथेस्कोप से सीने और कमर का परीक्षण किया। माँ इस पूरे दौरान उसी तरह अचेत पड़ी रहीं। डॉक्टर साहब ने बैग में से दो इंजेक्शन निकाले। सिरिंज भरते-भरते कहने लगे, ''आप लोग पहले क्यों नहीं

आते ? जब इतनी हालत बिगड़ जाती है तब डॉक्टर के पास भागते हैं।"

इन्द्रपाल ने उन्हें बताया कि यह जानबूझकर लापरवाही की बात नहीं थी, बल्कि वह घर पहुँचा ही उसी समय था। सन् चौरासी के रायट्स में पिताजी के मारे जाने के बाद घर में वे दो ही सदस्य बचे थे। वह रोज सुबह आठ बजे जाकर फिर इसी समय, यानी नौ-दस बजे तक लौटता था। पहले नौकरी, फिर इवनिंग क्लासेस। लेकिन आज से पहले माँ की ऐसी हालत कभी नहीं हुई थी। बुढ़ापे की कमजोरी को छोड़कर वे आम तौर पर स्वस्थ रहती थीं। न उन्हें कभी कोई बीमारी हुई, न इलाज की जरूरत पड़ी। उस दिन सुबह भी जब वह काम पर गया, माँ रोज की तरह बिल्कुल ठीक थीं। लेकिन जब वह लौटा तो उन्हें जैसे मौत से जूझते पाया।

"दरवाजा किसने खोला ?"

"मैंने। मैं दरवाजे की दूसरी चाबी हमेशा अपने पास रखता हूँ ताकि कभी ज्यादा देर हो जाने पर माँ को सिर्फ दरवाजा खोलने के लिए जागना न पड़े। मेरे आने पर तो वे उठ ही जाती हैं। फिर हम साथ-साथ खाना खाते हैं।"

"क्या काम करते हो ?" डॉक्टर की आवाज हर प्रश्न के साथ नरम होती जा रही थी।

"जी, एकाउंटेंट हूँ। इस साल सी.ए. कर लूँगा..."

माँ की आँखें धीरे-धीरे खुलती दिखीं।

"कैसी तबीयत है माताजी ?" डॉक्टर साहब ने बड़ी सहृदयता से पूछा।

"साँस..."

माँ आगे नहीं बोल सकीं। एक ही शब्द बोलने से उनकी साँस फिर फूलने लगी। डॉक्टर ने मुँह पर उँगली रखकर उनसे चुप रहने को कहा। अपने बैग में से कुछ गोलियाँ निकालकर उन्हें पानी के साथ खिलाईं और पास बैठकर उन्हें ध्यान से देखने लगे। कुछ देर बाद माँ को साँस ठीक से आने लगी। लेकिन उनका चेहरा और आवाज इतने कमजोर हो गए जैसे वे न जाने कब से बीमार पड़ी हों। डॉक्टर साहब ने दो गोलियाँ इन्द्रपाल को देते हुए कहा, "जब भी साँस लेने में दिक्कत हो तो यह आधी गोली फौरन जीभ के नीचे रख देना।" फिर दो कागज पकड़ाए, "देखिए मेरे ख्याल से आपकी मदर को हार्ट अटैक हो चुका है। लेकिन बिना ई.सी.जी. के पक्की तरह कुछ नहीं कहा जा सकता। अभी मैंने जरूरत की सभी दवाइयाँ दे दी हैं और रात में अच्छी तरह सोएँ इसलिए दो काम्पोज भी दे दी हैं। कल आप ये सब टेस्ट जरूर करवा लीजिए, ब्लड, यूरीन, टी.एम.टी, ई.सी.जी., एक्स-रे और ये कुछ दवाइयाँ...बेहतर होगा अगर पहले आप मुझे इन टेस्टों की रिपोर्ट दिखा दें।" इतना कहकर डॉक्टर साहब कुछ सोचने लगे, फिर

बोले, "मैं तो एडवाइज करूँगा कि आप इन्हें कल सीधे हार्ट इंस्टीट्यूट ही ले जाइए, वहाँ पूरी केयर हो जाएगी, इलाज ठीक मिलेगा और आपके लिए इकोनोमिकल भी रहेगा। क्योंकि ये अलग-अलग टेस्ट करवाने में आपको बहुत दिक्कत होगी और पैसा भी बहुत लग जाएगा। माताजी को जहाँ भी ले जाएँ सिर्फ, टैक्सी से ले जाइए, धीरे चलाकर, धचके न लगें।"

घड़ी देखते हुए वे उठ गए। "अब फिकर की कोई बात नहीं है, मैं चलता हूँ। इंजेक्शन, दवाई सब मिलाकर मेरी फीस पाँच सौ रुपए।"

"जी ?" इन्द्रपाल भौंचक्का-सा उनका मुँह ताकने लगा। डॉक्टर साहब के चेहरे पर झुँझलाहट झलकी। लेकिन इससे पहले कि वे कुछ कहते इन्द्रपाल अन्दर चला गया, "अभी लाया।"

अन्दर जाकर उसने माँ का ट्रंक खोला। उसे मालूम था माँ अपने ट्रंक के पेंदे में, कपड़ों में छिपाकर हजार-पाँच सौ रुपए हमेशा रखा करती थीं, इसी तरह की बेवक्त जरूरत के लिए। वहीं से पाँच सौ रुपए निकालकर उसने डॉक्टर साहब के सामने बढ़ा दिए।

रुपए जेब में डालते हुए डॉक्टर साहब सन्तुष्ट स्वर में बोले, "हार्ट का मामला है, आपको काफी पैसों का इन्तजाम करना होगा। इसमें टेस्ट, दवाइयाँ, इलाज सभी कुछ महँगा होता है...हार्ट इंस्टीट्यूट में भर्ती करने के वक्त भी पैसे जमा करवाने पड़ते हैं। आप कम-से-कम तीन-चार हजार लेकर जाइए। और जेब चाहे खाली हो वहाँ डॉक्टर के सामने यह कभी मत कहना कि रुपयों की दिक्कत है। अच्छा, अब मैं चलता हूँ, आप माँ के पास बैठिए।"

इन्द्रपाल सोच में पड़ गया। कहाँ से लाए वह इतने सारे पैसे ? कैसे इन्तजाम करे ? किससे माँगे ? उसे तो कोई जानता भी नहीं। माँ के कहने से फिर भी शायद कहीं से कुछ उधार मिल जाए। वह अपने दोस्तों से दो-चार सौ तो इकट्ठा कर सकता था, लेकिन उसकी जरूरत हजारों की थी। माँ को फिर नींद आ गई। वह अन्दर गया, उसने उनका ट्रंक पूरा खाली करके झाड़ लिया। उसे सौ-सौ के दो नोट के अलावा और कुछ नहीं मिला। उन्हें वहीं छोड़कर वह डॉक्टर साहब के पीछे भागा। वे अपनी दुकान में घुस ही रहे थे कि वह पहुँच गया और भर्राई हुई आवाज में बोला, "डॉक्साब !"

डॉक्टर साहब ने चौंककर पीछे देखा।

"डॉक्साब, आप अगर फीस बाद में ले लें तो मुझे बहुत मदद मिल जाएगी। मुझ पर विश्वास रखिए डॉक्साब मैं आपकी फीस जरूर दे दूँगा, जल्दी दे दूँगा। इस वक्त बहुत तंगी है। कल वे सारे टेस्ट भी करवाने हैं।"

डॉक्टर साहब रुककर उसे देखते रहे, फिर जेब से रुपए निकालकर उसे

पकड़ा दिए।

"ठीक है, याद से दे दीजिएगा। मुझे कहना न पड़े।"

"जी। बहुत-बहुत मेहरबानी आपकी।" एक बार इन्द्रपाल की इच्छा हुई कि वह उन्हीं से कुछ और रुपए माँग ले। लेकिन वह चुप रहा। उसे डर था कि कहीं वे बिगड़ न पड़ें। वह आज उनसे पहली बार ही तो मिला था। लेकिन अब वह कहाँ जाए ? किससे माँगे ? कैसे इतने रुपए इकट्ठे करे ? घर पहुँचकर जैसे ही उसने दरवाजा बन्द किया माँ की आवाज आई, "इन्दर, कहाँ चला गया था ?"

वह कमरे में पहुँचा। उसे देखकर उन्होंने पूछा, "डॉक्साब को लेकर क्यों आया था तू ? मैं तो अच्छी-भली हूँ। छाती में जरा-सा दर्द हो गया था, ठीक हो गया। घर आने की तो फीस भी अच्छी ली होगी उन्होंने ? इतने पैसे थे तेरे पास ?"

"माँ, मैं जब घर पहुँचा आपको साँस नहीं आ रही थी। शुक्र है नानक बाबा का कि मैं टाइम पर आ गया।" वह माँ के पास आकर उनका हाथ अपने हाथ में लेकर बैठ गया। माँ उनींदी आँखों से उसकी तरफ देखने लगीं। ऐसे ही पड़े-पड़े थोड़ी देर में उन्हें नींद आ गई। वह उन्हें कुछ भी खिलाना-पिलाना बिल्कुल भूल गया। डॉक्टर साहब ने कहा था, "कुछ हल्का दे देना।" ध्यान आते ही उसे बहुत दुख हुआ लेकिन वह क्या करता, उस समय उसके सिर पर एक ही भूत सवार था, पैसों का। वह उसी तरह चुपचाप बैठा रहा। सोचता रहा हार्ट का मामला है देर भी नहीं की जा सकती। क्या करे ? कहाँ जाए ? अचानक उसका ध्यान उसके पिता की मौत पर मिलनेवाले उस मुआवजे पर गया जो पी.एम. के दफ्तर से रायट्स के विक्टिम्स को सेंक्शन तो हो गया था, लेकिन मिला नहीं था। उसने सोचा, अगर किसी तरह वह रकम वसूल कर लूँ तो सब ठीक हो जाए। कुछ आशा बँधी। पर कैसे ? रायट्स में मरनेवाले के उत्तराधिकारी को वहाँ जाकर सबूत देना पड़ता है, सर्टिफाई करवाना पड़ता है, जगह-जगह साइन करने पड़ते हैं तब जाकर मिलता है मुआवजा। माँ पिछले सात महीने से उस दफ्तर के न जाने कितने चक्कर काट चुकी थीं। पूरे-पूरे दिन बैठकर आ जातीं। कहती थीं वहाँ कोई सुनता ही नहीं। अब तक सिर्फ इतना-सा मालूम हो सका था कि लिस्ट में उसके पिता का नाम था लेकिन कुछ और आवश्यक जानकारी न मिल पाने के कारण पैसा नहीं दिया जा सकता। कल वह खुद जाएगा, देखेगा क्यों रोका हुआ है यह पेमेंट। लेकिन फिर हार्ट इंस्टीट्यूट का क्या होगा, माँ को कौन ले जाएगा ? वह बहुत परेशान हो गया। क्या करे ? कल के लिए तीन हजार रुपए कहाँ से लाए ?

रात के बारह बजने को थे। माँ काम्पोज के असर से खूब गहरी नींद में सो

गई थीं। उन्हें दो-एक घंटे अकेला छोड़ा जा सकता था। वह धीरे से उठा। लेकिन उस समय किसे जगाएगा वह ? और जाएगा कैसे ? इतनी रात गए बसें नहीं चलतीं। वह घर की एक-एक चीज ध्यान से देखने लगा। कोई बेचने या गिरवी रखने लायक वस्तु मिल जाए तो कल का काम चले। उसे कुछ न मिला सिवाय अपनी घड़ी, माँ की घड़ी, एक पुरानी सिंगर मशीन और उनके गले में पड़ी एक सोने की जंजीर, कान के टाप्स और चार सोने की चूड़ियों के। पर वह कैसे उनसे कहेगा कि वे ये चीजें उतारकर उसे दे दें। नहीं, नहीं। उसने जेब में हाथ डाला। बाईस रुपए और मिल गए। कुल रुपए : सात सौ बाईस, खर्चा टैक्सी, दवाई और टेस्ट या हार्ट इंस्टीट्यूट में दाखिला। वह बैठा-बैठा सोचता रहा। काम्पोज के असर में माँ गहरी नींद में सो रही थीं इतनी निस्पंद कि कभी-कभी वह डर जाता और उन्हें छूकर देख लेता, सब ठीक तो है। थोड़ी देर में उसे भूख लगने लगी। वह किचन में गया। माँ ने रोज की तरह खाना बनाकर स्टोव के ऊपर रखा हुआ था ताकि गर्म रहे, एक सब्जी और छह फुलके—चार उसके लिए दो अपने लिए। खाना खाते-खाते वे दिन में जो कुछ होता एक-दूसरे को बताते। खाना देखकर उसका मन फिर भारी हो गया। किरपा है वाहे गुरु की कि वह टाइम पर पहुँच गया। नहीं तो न जाने क्या हो जाता। बच गई माँ। उसने किसी तरह धीरे-धीरे एक फुलका गले से नीचे उतारा। वापस माँ के सिरहाने आकर बैठ गया। डॉक्टर साहब के दिए हुए परचे पढ़ने लगा, ब्लड टेस्ट, यूरिन टेस्ट, ई.सी.जी., टी.डी.पी., चेस्ट एक्स-रे और कोई सात दवाइयाँ। सात सौ बाईस रुपयों में क्या-क्या कर पाएगा वह ? ऊपर से टैक्सी का किराया। उसका सिर चक्कर खाने लगा। वह वहीं बैठे-बैठे सो गया।

तेज तूफान और बारिश की आवाज से वह हड़बड़ाकर उठा। आँखें खोलकर इधर-उधर देखने लगा। माँ बाथरूम से धीरे-धीरे चलकर बिस्तर की तरफ आ रही थीं। उसने दौड़कर उन्हें सहारा दिया, तकिया ठीक करके बिस्तर में लिटा दिया।

"मैंने इतनी जल्दी जगा दिया तुझे ?" माँ ने कमजोर काँपती आवाज में कहा। "जाने कब से पड़ा है यों सुकड़ा-मुकड़ा इस कुर्सी में ? कपड़े भी नहीं बदले तूने तो ? जा ठीक से बिस्तर में सो, तुझे सारे दिन काम करना पड़ता है, बेटा।"

वह वहीं बैठा रहा। "उठ, इन्दर," माँ ने फिर कहा। उसे मालूम था वह जब तक अपने बिस्तर में जाकर नहीं लेटेगा माँ कहती ही जाएँगी। वह उठा और अपनी चारपाई पर जाकर लेट गया—यह सोचकर कि माँ को तो अभी फिर नींद आ जाएगी और वह उठकर अस्पताल जाने की तैयारी करेगा। लेकिन उसकी आँख ऐसी लगी कि जब उठकर घड़ी देखी तो नौ बजनेवाले थे। माँ जगी पड़ी

थीं, चुपचाप। उनमें शायद कुछ करने की हिम्मत नहीं थी। इन्दर ने जल्दी-जल्दी मुँह-हाथ धोए, माँ को चाय दी। उन्हें किसी तरह बहला-फुसलाकर हार्ट इंस्टीट्यूट लेकर गया। इमरजेंसी गेट पर सर्विस बहुत अच्छी थी। एक डॉक्टर की देख-रेख में दो नर्सें माँ को स्ट्रेचर पर अन्दर ले गईं। उसे बाहर इन्तजार करने के लिए कहा, ''यहीं बैठें आप, मरीज को कभी भी जरूरत पड़ सकती है।'' वह उन लोगों की कर्तव्यनिष्ठा और अपनी जिम्मेदारी के प्रति पूर्ण समर्पण भाव से बहुत प्रभावित हुआ। इतना बड़ा अस्पताल और हर मरीज की इतनी कदर ! यह उसने पहले कभी नहीं देखा था। दस मिनट बाद उन्हीं में से एक नर्स ने आकर उससे कहा कि वह किसी प्रकार की चिन्ता न करें। डॉक्टर साहब को खबर दे दी गई है वे थोड़ी देर में आकर माँ की पूरी जाँच कर लेंगे, इस बीच वह जाकर रजिस्ट्रेशन नं. ले आए। रजिस्ट्रेशन कहाँ किया जाता है यह बताकर वह पुनः अन्दर चली गई।

मरीज का नाम, पता, उम्र इत्यादि लिखकर रजिस्ट्रेशन काउंटर पर बैठी लड़की ने जब ढाई हजार रुपए माँगे तो इन्द्रपाल ने चौंककर कहा, ''जी ? इसका तो मालूम नहीं था।''

''रिफंडेबिल डिपोजिट है, घबराइए मत।''

''जी नहीं, घबराने की बात नहीं है लेकिन मैं इतने पैसे लेकर नहीं आया...''

''किसने भेजा है आपको यहाँ ?''

''डॉक्टर भार्गव ने।''

''उन्होंने बताया नहीं कि रजिस्ट्रेशन के लिए कितने रुपयों की जरूरत होती है ?'' और वह क्यू में खड़े अगले व्यक्ति का फार्म भरने लगी।

इन्द्रपाल ने किनारे से खिड़की के सामने सिर झुकाकर विनीत स्वर में कहा, ''देखिए मेरी मदर की तबीयत बहुत खराब है...''

उसने कोई जवाब नहीं दिया। दो व्यक्तियों को रजिस्ट्रेशन स्लिप देकर जब तीसरे का फार्म भरने लगी इन्द्रपाल ने गुस्से में आकर कहा, ''यू कान्ट रिपलाई टू माई क्वेश्चन मिस ?''

''काम करने दीजिए। हमें बात करने का टाइम नहीं होता।''

''मेरा फार्म बीच में छोड़कर आप दो और फार्म भर चुकी हैं। मैं आपसे रिक्वेस्ट किए जा रहा हूँ और आपके पास जवाब देने का वक्त नहीं है। व्हाट डू यू थिंक यू आर ?''

''ठीक है, ठीक है,'' उसने बड़ी लापरवाही से कहा। ''लाओ पैसा दो तो मैं फार्म भरूँ।''

''बताया ना आपको कि मैं इतना पैसा लेकर नहीं आया। इमरजेंसी है।

चैकअप करवाऊँगा भी।"

"ठीक है। आप...आप ए.ओ. साहब से साइन करवा लाइए।"

ए.ओ. साहब के दफ्तर में पता लगा कि अभी थोड़ी देर पहले वे अपनी सीट पर थे। कहीं चले गए हैं। वह या तो इन्तजार कर ले या कल आ जाए।

"जी !" इन्द्रपाल सोचने लगा, बड़े अजीब लोग हैं। इमरजेंसी रिक्वायरमेंट है और न पेपर देख रहे हैं न मकसद पूछ रहे हैं बस दूर बैठे-बैठे, "कल आ जाइए।" "देखिए मुझे कुछ जरूरी काम है उनकी जगह किसी और से बात कर सकता हूँ ?"

"आइए क्या बात है," अन्दर बैठे हुए सज्जन ने उसे अपने पास बुलाया। इन्द्रपाल ने अपना आधा भरा हुआ रजिस्ट्रेशन फार्म उनके सामने कर दिया।

उसे देखकर वे बोले, "रजिस्ट्रेशन फार्म है। क्या दिक्कत है ?"

"जी, मदर की तबीयत रात को एकाएक बहुत खराब हो जाने की वजह से यहाँ ले आया हूँ। लेकिन यह मालूम नहीं था कि शुरू में ही एकदम ढाई हजार की जरूरत पड़ जाएगी।"

"आप नो डाउट पढ़े-लिखे हैं, जानते होंगे मुफ्त इलाज तो कहीं नहीं होता।"

"...मैं यह नहीं कह रहा कि इलाज मुफ्त करवाना है। सिर्फ यह कि इतना रुपया इस समय जेब में नहीं है। चैकअप हो जाने के बाद घर जाकर ले आऊँगा। इस समय पाँच सौ जमा करवा देता हूँ। रजिस्ट्रेशन काउंटर पर जो लेडी बैठी हैं उन्होंने कहा, अगर ए.ओ. साहब साइन कर दें तो वो रजिस्ट्रेशन स्लिप बना देंगी।"

"देखिए, मैं तो उनका सेक्रेटरी हूँ, मुझे इतनी अथोरिटी नहीं है।"

"प्लीज थोड़ी-सी हेल्प कर दीजिए ना। मैं भी आपकी ही तरह यंग हूँ, इनएक्सपीरियंस्ड हूँ नहीं तो रुपए लेकर ही आता। घर में कोई बतानेवाला भी नहीं। यही खैरियत है कि मैं भागते-भागते कुछ तो जेब में डाल लाया।"

"ठीक है, मैं अभी तो उनसे बोल देता हूँ लेकिन आप शाम तक बैलेंस एमाउंट जरूर जमा करवा देना।"

"जी, जरूर," इन्द्रपाल ने तपाक से जवाब दिया और अपना फार्म लेकर जल्दी-जल्दी रजिस्ट्रेशन काउंटर पर वापस पहुँच गया। उस लड़की ने वही शब्द फिर से दोहराते हुए उसे स्लिप दे दी।

उस बहुमूल्य स्लिप को लेकर वह इमरजेंसी वार्ड के बाहर पड़ी कुर्सियों में से एक पर बैठ गया। पाँच-सात मिनट चुपचाप बैठने के बाद वह सोचने लगा, माँ तो अन्दर है ही बढ़िया से बढ़िया डॉक्टरों के हाथ में। क्यों न इस समय जाकर वह रुपयों का कुछ इन्तजाम कर आए। वह बड़े हॉल तक ही पहुँचा था कि उसने सुना, "देवेन्दर साहनी के अटेंडेंट रिसेप्शन पर आकर मिलें।" उसका दिल जोर-जोर

से धड़कने लगा। वह दौड़कर रिसेप्शन काउंटर पर पहुँचा।

"इन्द्रपाल साहनी ? आपको कुछ देर पहले भी डॉक्टर अग्रवाल ढूँढ रहे थे। आपके पेशेंट अगर इमरजेंसी वार्ड में हैं तो आप यहीं वेट करिए।"

"ठीक है। अभी आपने अनाउंसमेंट किसलिए की थी ?"

"इसीलिए, यही बताने के लिए।" काउंटर पर बैठी लड़की ने कड़क आवाज में जवाब दिया।

"सुन लिया।" वह भी उतनी ही कड़कता से कहकर चला आया। आधा घंटे बाद फिर उसके लिए एनाउंसमेंट हुआ। वह फिर वहाँ पहुँचा। इस बार डॉक्टर अग्रवाल उससे अरजेंटली बात करना चाहते थे। उसकी तबीयत घबराने लगी। उनके दफ्तर की तरफ भागते-भागते लगातार वह भगवान से प्रार्थना करता रहा, "माँ पर दया करना भगवन् ! उन्हें ठीक-ठाक रखना।" वह फर्स्ट फ्लोर के आठ नम्बर के कमरे के बाहर लिखा नाम पढ़ ही रहा था कि अन्दर से किसी ने आवाज दी, "इन्द्रपाल साहनी ?"

"जी।"

"अन्दर आ जाइए।" नीले, सादा शर्ट-पैंट, सिर पर सफेद टोपी, मैटलरिम का चश्मा और चेहरे पर अपार आत्मीयता।

"देवेन्दर साहनी आपकी मदर हैं ?"

"जी ! ठीक हैं ना...?"

"हाँ-हाँ, चिन्ता की कोई बात नहीं है। हम लोग जो हैं इतने सारे। चियर अब यंग मैन !"

इन्द्रपाल खड़ा रहा। "आप बात करना चाह रहे थे ?"

"हाँ, आओ बैठो," उन्होंने सहजता से कहना शुरू किया। "आपकी मदर का क्लीनिकल एग्जामिनेशन हम लोग कर चुके हैं। आपने जिन भी डॉक्टर साहब को रात को दिखाया उन्होंने ठीक ही दवाइयाँ दीं। उनकी ई.सी.जी. हार्ट एक्टीविटी शो कर रही है। उनकी हालत ज्यादा अच्छी नहीं है। मैं चाहता हूँ अगर आज ही एंजिओग्राफी हो जाए तो आगे का इलाज जल्दी किया जा सकेगा।"

"जी।" इन्द्रपाल ने ऐसे कहा जैसे कहानी चल रही हो। कुछ रुककर डॉक्टर साहब बोले, "उसके लिए आपको दो हजार रुपए पहले जमा करवाने पड़ेंगे। आपको कोई परेशानी तो नहीं है ?"

"जी नहीं, बिल्कुल नहीं।" इन्द्रपाल ने अपनी घबड़ाहट सफलता से छिपाकर बड़े स्वाभाविक ढंग से कहा, "आप शुरू करें, मैं रुपए जमा करवाकर आता हूँ।" वहाँ से बाहर निकलकर इन्द्रपाल यंत्रचलित-सा सीधा चलता रहा। अस्पताल से बाहर आकर वह एक बेंच पर चुपचाप बैठ गया। उसका दिमाग अब काम नहीं

कर रहा था।

उसे अपनी कमर पर किसी का हाथ महसूस हुआ। एक भारी-भरकम आदमी प्यार से उसकी पीठ सहला रहा था, ''क्या बात है ? मैं तुम्हें सुबह से देख रहा हूँ।''

''जी, कुछ नहीं।'' माँ ने बचपन से सिखाया था कि अनजाने आदमी से बात नहीं करते।

''सॉरी इफ आई एम इनट्रडिंग इन योर प्राइवेट वर्ल्ड...''

''नहीं, ऐसी कोई बात नहीं है।'' कहकर वह दूसरी तरफ देखने लगा।

''देखो, बच्चे मुझे आपसे कुछ नहीं चाहिए। रतनदीप थरमस फ्लास्क का नाम तो सुना है ना ? मैं उसी का मालिक हूँ, रतन कुमार भार्गव। 'दीप' मेरे बेटे का नाम है। हमने अभी दस साल पहले यह बिजनेस शुरू किया था। ईश्वर की कृपा है कि दस साल में ही घर भर गया है। परसों से मेरी मिसेज यहाँ दाखिल हैं। दो दिन हो गए हैं। मैं पूरे दिन बाहर बैठा रहता हूँ। यहाँ बैठकर पता लगता है इंसान इंसान की कितनी मदद करता है। दुःख से उसकी बुराइयाँ धुल जाती हैं। यहाँ का डॉक्टर सिर्फ पैसे खींचता है। स्टॉफ देखा है आपने ? ऐसे बोलते हैं मरीजों से और हम लोगों से जैसे हम लोग कोई बेकार की चीज हैं। मैं देख रहा हूँ। यहाँ बिना जान-पहचान के भी लोगों का आपस में प्यार बढ़ जाता है। परसों किसी ने मुझे सोने के लिए कम्बल दिया। उनका घर पास था। कोई सज्जन खाना ले आए। एक लेडी अभी आई थीं, थोड़ी देर पहले अपने हसबेंड को लेकर। न उन्हें किसी नर्स की बात समझ में आ रही थी, न डॉक्टर की। अब यहीं से कोई उठकर गया है उनके साथ उनके हसबैंड के टेस्ट वगैरह करवाने, पैसे-वैसे जमा करवाने। दुःख में किसी की मदद करके बड़ा सन्तोष मिलता है। और यहाँ सब दुःख के ही मारे आते हैं, सुख में कौन आता है ?''

''अस्पताल बड़ा है।''

''हाँ, बहुत बड़ा है। डॉक्टर भी बहुत बड़े-बड़े हैं। पर दिल नहीं है उनके। अभी तुम्हें सौ रुपए चाहिए, किसी से भी माँगो, देगा। अपने आप भी देगा। तुम पर विश्वास करेगा। लेकिन डॉक्टर विश्वास नहीं करेगा। पहले पैसे भरो फिर इलाज करवाओ। मरीज की हालत कोई मायने नहीं रखती यहाँ। छोटे से छोटा काम भी नहीं करते ये लोग जब तक पैसा पहले जमा नहीं हो जाए। ऊपर से हद दरजे के रूड हैं, लापरवाह हैं, अपनी गलती छिपाते हैं। सात लाशें गई हैं मेरे सामने से, इन दो दिनों में। बस चादर बदली और दूसरा पेशेंट आ गया।''

इन्द्रपाल डर गया। उसका कलेजा फिर धक-धक करने लगा। माँग ले क्या वह इन्हीं से दो हजार रुपए ? कहीं ऐसा न हो कि...पर ये मुझे क्यों देंगे ? मीठी

बात तो सभी कर लेते हैं। माँगना बेकार है। वह नीचे मुँह करके बैठा रहा। कहाँ जाए ? क्या करे ? फिर हिम्मत करके उसने पूछा, ''थोड़ी मोहलत तो देते होंगे ये लोग ?''

''कैसी मोहलत ?'' उसने उसे सावधान करते हुए जवाब दिया। कोई मोहलत-वोहलत नहीं मिलती यहाँ। हर बात की परची फाइनेंस डिपार्टमेंट से कटती है। वहाँ से हरी झंडी बिना मिले कोई काम नहीं होता। मदर को लेकर आए हो ना ?''

''जी।''

''पिताजी भी नहीं हैं ?''

''नहीं। एट्टी फोर के रायट्स में मारे गए थे।''

''ओह ! आई एम सॉरी। अभी बहुत देर आपका नाम एनाउंस होता रहा था। यहीं बैठना चाहिए, इमरजेंसी में कुछ भी जरूरत पड़ जाती है।''

''यहीं था। रजिस्ट्रेशन स्लिप लेने गया था, वहाँ कुछ देर लग गई।''

''चैकअप हो गया ?''

''जी। डॉक्टर साहब कह रहे हैं हालत ज्यादा अच्छी नहीं है। एंजियोग्राफी करनी है...''

''हो रही है ? कब करेंगे ? आज ?''

''जी, अभी। मुझे बुलाया था, कह रहे थे पैसे जमा करवा आओ...'' उसकी आवाज यह कहते-कहते टूट गई।

''करवा दिए आपने ?'' भार्गव ने पूछा। ''अरे बैठे क्यों हो वो उन्हें सरकाकर दूसरा पेशेंट ले लेंगे।''

''मैं कहकर आया हूँ...''

''तुम समझते नहीं हो इन लोगों को।'' भार्गव ने तेजी से बटुआ निकालकर रुपए उसकी तरफ बढ़ाए, ''ये लो। ढाई हजार हैं। इस समय मेरी जेब में फालतू पड़ा है! तुम्हारे काम आ जाएगा।''

''जी,'' हिचकिचाते हुए उसने रुपए ले लिए। ''मेरा नाम-पता लिख लीजिए...''

''हाँ, हाँ। वह सब कर लेंगे, पहले तुम ये जमा करवाके आओ, भागो !''

इन्द्रपाल वास्तव में भागता हुआ गया, रुपए जमा करवाए और उसी तरह वापस आ गया।

''यह रसीद अन्दर दिखाकर आऊँ।''

''नहीं, नहीं उसकी जरूरत नहीं है। इनके हर कमरे में कम्प्यूटर लग रहा है। हार्ट के मामले में डिले नहीं करनी चाहिए। कब तकलीफ हुई आपकी मदर को ?''

वहाँ बैठे-बैठे इन्द्रपाल ने भार्गव को शुरू से आखिर तक सब बता दिया।

''एंजियोग्राफी के बाद अगर बाइपास सर्जरी की जरूरत हुई तो तुम कहाँ से

पैसा जमा करवाओगे ?''

''जी, कुछ कर लूँगा। पिताजी का मुआवजा मिलना है।''

''वह तो मिलना है मिला तो नहीं है ?''

''नहीं। माँ दफ्तर जाती रही हैं। कितनी बार बेचारी पूरे-पूरे दिन बैठकर आ जाती हैं, कभी कुछ कह देते हैं, कभी कुछ कह देते हैं।''

''ऐसे ही कहते रहेंगे जब तक उनके हाथ गरम नहीं होंगे। तुम खुद जाओ एक दिन। कितना पैसा मिलना है ?''

''एक लाख बीस हजार।''

''बीस हजार तो समझो उनकी पॉकेट में जाएगा ही जाएगा।'' भार्गव और आसपास बैठे एक-दो और लोग जो इनकी बातें सुन रहे थे वे सभी इन्द्रपाल को समझाने लगे कि कौन-सा काम निकालने के लिए कैसे और कितने रुपए दिए जाते हैं, कैसे बात की जाती है इत्यादि।

''इतना करप्शन बढ़ गया है हमारे दफ्तरों में कि हर काम के लिए बाकायदा रेट बँधे हुए हैं और साले खुलेआम माँगते हैं।''

''कोई कहीं शिकायत नहीं होती ?''

''शिकायत ? किससे ? ऊपर से नीचे तक सब लेते हैं, किसकी शिकायत किससे करोगे ?''

''पैसा भगवान है यार, आजकल। साफ, ईमानदारी से कमाया हुआ भी नहीं। काला पैसा।''

''या फिर किसी मिनिस्टर, एम.पी. से चिट लिखवाकर लाओ।''

''अरे बहुत घूमते हैं चिटवाले। सबसे अच्छा है, पैसा दो और काम करवाओ। मिनिस्टरों का कोई भरोसा है आजकल ? हर रोज नई सरकार बनती है। पैसा ठोस होता है। वहीं का वहीं रहता है। उसमें कोई बदलाव नहीं आता।''

तभी एक के पीछे एक चार स्ट्रेचर हॉल में दाखिल हुए। सब लोग खड़े होकर उन पर लेटे आदमियों के चेहरे ध्यान से देखने लगे। आखिरी स्ट्रेचर पर अपनी माँ को देखकर इन्द्रपाल दौड़कर उनके साथ-साथ अन्दर घुसने लगा। स्ट्रेचर आगे निकलते ही वॉचमैन ने उसके सामने अपना हाथ लगा दिया।

''क्यों ? मेरी माँ है।''

''कोई भी हो, बिना पास अन्दर नहीं जा सकते आप।''

''अरे यार, यही बात तमीज से क्यों नहीं कहते आप लोग ?''

''क्या बदतमीजी कर दी हमने ? यही तो कहा है न कि पास के बिना अन्दर नहीं जा सकते।'' वह और अकड़कर बोला।

भार्गव ने इन्द्रपाल को कुछ और कहने से रोक लिया। ''इन सबके दिमाग

खराब हैं। कोई फायदा नहीं समय बर्बाद करने से। अपने काम से काम रखो। मेरे ख्याल से आपकी मदर की एंजियोग्राफी हो गई है। आप वह सामने काउंटर पर रखे फोन पर 2004 डायल करके डॉक्टर अग्रवाल से बात कर लो। उन्हीं से मिलने की परमीशन भी ले लो।''

भार्गव ने बात खत्म भी नहीं की थी कि एनाउंसमेंट हो गया कि फलाँ-फलाँ के अटेंडेंट रिसेप्शन पर पहुँचें। इन्द्रपाल का नाम उसमें था। वहाँ से पास लेकर वह सीधा डॉक्टर अग्रवाल के कमरे में पहुँचा। वे कुछ थके हुए दिख रहे थे।

''आइए, आइए, घबराने की कोई बात नहीं है। आपकी मदर की एंजियोग्राफी कर ली है। तीन आर्टरी 98 प्रतिशत ब्लॉक हैं और एक 40 प्रतिशत। घबराओ मत।'' इन्द्रपाल का चेहरा फक्क होते देखकर उन्होंने उसकी पीठ थपथपाई। ''बी ए ब्रेव मैन। मैं समझता हूँ, बाइपास सर्जरी होना बहुत जरूरी है।''

''जी, जैसा आप ठीक समझें।''

''कल करवा दूँ ?''

''जरूर।''

''शाम आठ बजे से पहले छह यूनिट ब्लड और अस्सी हजार रुपयों का इन्तजाम कर लेंगे आप ?''

इसका जवाब हाँ या ना में न देकर वह बोला, ''उनकी तबीयत ठीक है न डॉक्टर साहब ?''

''हाँ, तबीयत ठीक है। इस वक्त होश में नहीं हैं। आप शाम को उनसे मिल सकते हैं।''

''अभी नहीं ?''

''नहीं। अभी क्या फायदा ? वह सो रही हैं। पेशेंट बहुत थक जाता है एंजियोग्राफी के बाद। उन्हें आराम करने दीजिए।''

इन्द्रपाल सहमकर वहीं खड़ा हो गया।

कुछ क्षण बाद डॉक्टर साहब बोले, ''ठीक है, फिर कल मिलेंगे। घबराने की कोई बात नहीं है। आपके घर का एक आदमी यहाँ हमेशा होना चाहिए।''

सुबह से बिना कुछ खाए-पिए इन्द्रपाल लगातार भाग-दौड़ कर रहा था। लेकिन उसे न भूख लग रही थी, न थकान। सिर्फ सिर कुछ चकरा रहा था। वह बार-बार आँखें बन्द करके दिमाग स्थिर करने की कोशिश कर रहा था ताकि ठीक से सोच सके। लिफ्ट से बाहर आकर वह सबसे पहली कुर्सी पर बैठ गया, चुपचाप। बैठा रहा। फिर उठकर कूलर में से पानी पीने चला गया। वापस लौटकर आया तो देखा, उसकी कुर्सी पर कोई और बैठ गया था। वह कुछ कह तो नहीं सका लेकिन उसे अच्छा नहीं लगा। वह वहीं खड़ा हो गया। अचानक मेन गेट से अन्दर आते

हुए लोगों में एक चेहरा उसे जाना-पहचाना सा लगा। वह बहुत खुश हुआ। कोई तो अपना मिला। वह और सचिन शुरू से आखिर तक एक ही स्कूल में पढ़े थे और बहुत गहरे दोस्त थे।

''हाय सचिन !'' वह जोर से चिल्लाया।

''हाय ! तू यहाँ क्या कर रहा है ?''

''तू सुना।''

''फादर के एक फ्रेंड यहाँ एडमिट हैं। उनकी मिसेज को लेकर आया हूँ। वापस घर जाऊँगा, चल, तू भी चल।''

''माँ को कल हार्ट अटैक हो गया...''

''अरे, तू कभी कुछ बताता क्यों नहीं है ?''

''एक मिनट की भी तो फुर्सत नहीं मिली मुझे। सुन, तू छह यूनिट खून का इन्तजाम कर सकता है ?''

''हाँ, हाँ। बोल, कब ?''

''अभी यार, अभी। आठ बजे से पहले।''

''अभी ?''

''हाँ, माँ की बाइपास सर्जरी कल होनी है।''

''कल ? इतनी जल्दी ? आंटी ठीक तो हैं न ? एंजियोग्राफी वगैरह हो गई ?''

''सब हो गया।'' इन्द्रपाल बहुत धीमी आवाज में बोला।

दो मिनट दोनों एक-दूसरे को देखते रहे। फिर सचिन ने बाँहें खोलीं, इन्द्रपाल उससे चिपक गया।

''तू चिन्ता मत कर। मैं भी तेरे साथ यहीं ठहरूँगा रात को। अच्छा, अब तुझे जो करना है, कर, मैं खून का इन्तजाम करता हूँ।''

वे लोग बात ही कर रहे थे कि देवेन्दर साहनी के अटेंडेंट के लिए पुकार सुनकर इन्द्रपाल का दिल फिर बैठने लगा, 'अब फिर ? कहीं माँ को कुछ हो तो नहीं गया ? नहीं, ऐसा नहीं हो सकता।' आँखें बन्द करके वह मन-ही-मन बोला, 'मैं आ रहा हूँ माँ, मैं आ रहा हूँ।'

''कहिए, मैं देवेन्दर साहनी का लड़का हूँ।''

''आप एकाउंट सेक्शन में जाकर फाइनेंशियल मैनेजर से मिल लीजिए।''

''जी, अच्छा।'' जवाब देकर उसने लम्बी आह निकाली।

''क्या हुआ ?'' सचिन ने घबराकर पूछा।

''कुछ नहीं। घबरा देते हैं ये लोग आदमी को इतनी पेजिंग कर-करके। अच्छे-भले आदमी को दिल का दौरा पड़ जाए। सुबह से चौथी बार जा रहा हूँ एकाउंट सेक्शन में।...तो ब्लड का तो तू देख लेगा ना ?''

"हाँ, हाँ बेफिकर रह। तू जा, देख वहाँ क्या मुसीबत है।"

"ओ.के. च्याओ।"

"च्याओ।"

सचिन से मिलने के बाद इन्द्रपाल काफी हल्का महसूस करने लगा। पैसों की समस्या उसी तरह बनी हुई थी, लेकिन उसके अन्दर कोई कह रहा था कि सब ठीक हो जाएगा। धीरे-धीरे सीढ़ियाँ उतरकर वह बेसमेंट में पहुँचा। बाएँ हाथ को मुड़ने पर पाँच-छह कमरों में फैला हुआ उस अस्पताल का शायद वह सबसे व्यस्त विभाग था। एक बड़े हॉल में आठ या दस टेबल लगी हुई थी। हरेक पर अलग कम्प्यूटर था, और साइड में छह छोटे कमरे अलग थे, उन्हीं में से एक में फाइनेन्शियल मैनेजर, इनायत खाँ सिद्‌दीकी बैठते थे। वह सोच रहा था वहाँ भीड़ लगी होगी। सबके सामने वह उनसे कैसे बात कर पाएगा। किस्मत से उस समय वे अकेले थे, पर फोन पर बात कर रहे थे। वह जल्दी से अन्दर गया और बेसब्री से उनकी बातचीत खत्म होने का इन्तजार करने लगा।

"मेरा नाम इन्द्रपाल साहनी है"...खाँ साहब अपनी स्वाभाविक मुस्कराहट के साथ उसका परिचय सुनने लगे, "देवेन्दर साहनी का बेटा।"

"अच्छा, अच्छा इमरजेंसी से ? अब हार्ट कमांड बेड नं. दस ?"

"जी !"

"तशरीफ रखिए। तो...कैसे जमा करवा रहे हैं, कैश या बैंक ड्राफ्ट ? चैक नहीं लेते हम लोग।"

"जी बात यह है कि..."

खाँ साहब नीचे मुँह किए अपनी फाइल देखते रहे। "कहते जाइए मैं सुन रहा हूँ।" वे शायद इस तरह के किस्से सुनने के इतने आदी हो चुके थे कि हमदर्दी से दूसरे की बात सुनना उन्होंने अपने रूटीन में शामिल कर रखा था। लेकिन उनके यह कहने के बाद "कि मैं सुन रहा हूँ," इन्द्रपाल चुप हो गया। उसे लगा वहाँ कुछ भी कहने का कोई फायदा नहीं होगा। उसे चुप देखकर खाँ साहब उसकी तरफ देखकर बोले, "कहिए।"

"बात यह है साब, फादर की डेथ एट्‌टी फोर के रायट्स में हो गई थी। उसका मुआवजा अभी तक वसूल नहीं कर पाया हूँ। कल अचानक मदर की तबीयत खराब हो गई।" बार-बार थूक सटककर इन्द्रपाल किसी तरह इतना कह पाया।

"मुझसे क्या चाहते हैं ?" वे फिर उसी तरह बोले, अपने कागजों में मशगूल, न गुस्से में, न जल्दी में, सीधे, सहज, सधे हुए शब्दों में।

इन्द्रपाल चुप बैठा रहा। वह समझ नहीं पा रहा था कैसे अपनी बात पूरी

करे। जरूरत से ज्यादा वक्त लेकर वह उन्हें नाराज भी करना नहीं चाहता था। अपनी सारी हिम्मत बटोरकर फिर बोला, "रिसेप्शन पर आपसे मिलने के लिए कहा था।"

"बरख़ुरदार वह इसलिए कि ऑपरेशन की फाइनल लिस्ट यहाँ से निकलती है। आपकी मदर की तीन आर्टरीज..." वह फाइल हाथ में लेकर उसमें से पढ़ रहे थे। "आप जानते हैं उनका ऑपरेशन कल होना लाजमी है। और यहाँ के रूल्स के मुताबिक पेमेंट आज करना और भी लाजमी है।"

"अंकल मुझे सिर्फ दो दिन की मोहलत दे दीजिए," उसके मुँह से निकल पड़ा।

"देखिए, मेरे हाथ में कुछ भी नहीं है। मैं तो इनका मुलाजिम हूँ..."

"अंकल प्लीज। मैं बिल्कुल अकेला हूँ। आप मुझ पर भरोसा कीजिए। मैं आज ही पी.एम. ऑफिस जाकर मुआवजे के बारे में पूछताछ करना चाहता था, लेकिन एक मिनट भी नहीं मिला। माँ की हालत अच्छी नहीं है अंकल..." कहते-कहते उसकी आवाज टूट गई।

खाँ साहब बुजुर्ग थे। उनके चेहरे पर भलमनसाहत, हमदर्दी लिखी हुई थी। लेकिन वहाँ के कानून बदलना उनके हाथ में नहीं था। वे फाइल के कागज उलट-पुलट करते रहे।

"इस वक्त मेरे हाथ में सिर्फ दो सौ रुपए और ये दो रिस्टवाच हैं...अंकल प्लीज माँ का ऑपरेशन मत रोकिए, मैं आपका एहसान उम्र भर नहीं भूलूँगा।"

"तुम नौजवान हो हिम्मत रखो, ऐसे दिल कच्चा नहीं किया करते। पी.एम. के ऑफिस में एक मेरे वाकिफ हैं, अफसर अली। उनके पास चले जाना, मैं फोन भी कर दूँगा। इंशा अल्लाह कल ही आपका पूरा काम हो जाएगा। परसों आपकी मदर का ऑपरेशन करवा देंगे।"

"अंकल प्लीज। एक दिन तो बहुत लम्बा होता है। उन्हें कुछ हो गया तो..."

"देखो हमेशा बुरा-बुरा नहीं सोचते।"

"मुझ पर रहम खाइए, कल हो जाने दीजिए उनका ऑपरेशन। विश्वास करिए, मैं हर हालत में कल शाम तक पैसे लाकर जमा करवा दूँगा...डॉक्टर साहब कह रहे थे मम्मी के दिल की हालत बहुत नाजुक हैं...इसीलिए तो उन्होंने ऑपरेशन कल रखा है।"

"तो आप क्या चाहते हैं मैं झूठ बोलूँ ?"

"जी ?"

"बिना पेमेंट हुए यहाँ 'पेड' की मुहर लगा दूँ ?"

''अंकल यह बात झूठ की नहीं है, विश्वास की है।''

''वो सब ठीक है। लेकिन मान लो, खुदा-ना-ख्वास्ता किसी वजह से आपको कल पैसे नहीं मिले तो क्या होगा ? मेरी इज्जत, नौकरी सब खत्म हो जाएगी। यह करना मेरे उसूलों के अगेंस्ट है,'' परेशानी और अनिश्चय में उनका चेहरा बुरी तरह जकड़ गया, वो हाथ में पेंसिल पकड़े चुपचाप बैठे रहे।

''आपकी मर्जी है अंकल।'' इन्द्रपाल कुर्सी से उठ गया, ''भगवान की मर्जी है...'' वह दोनों हाथों से अपना मुँह ढककर फफककर रो पड़ा, उसकी नाक से पानी बहने लगा। हिचकियाँ बँध गईं। ''इंसानियत भी तो कुछ होती है...बेचारी माँ...''

''रुको।'' सिद्दीकी साहब अचानक बोले।

''देखिए, मैं यह लिस्ट अप्रूव किए देता हूँ। बहुत बड़ा रिस्क ले रहा हूँ मैं... ।''

''आप मुझ पर विश्वास रखिए।''

''ठीक है, लेकिन अपना वायदा मत भूलना।''

''जी नहीं, बिल्कुल नहीं। थैंक्यू अंकल, थैंक्यू सो मच।''

''मैं अफसर अली साहब से भी अभी बात कर लेता हूँ। आप सब कागज लेकर कल सुबह-सुबह वहाँ पहुँच जाइए।''

''जी।''

रूमाल से अपना मुँह अच्छी तरह पोंछकर इन्द्रपाल रिसेप्शन पर पहुँचा।

''मैं...अपनी मदर से मिल सकता हूँ ?''

''कहाँ हैं ?'' दो-तीन बार पूछने के बाद वहाँ बैठी लड़की ने झुंझलाकर जवाब दिया।

''जी, इमरजेंसी में थीं, अब हार्ट कमांड में।''

''एक घंटे बाद, मीटिंग आवर्स में।''

''वहाँ के मीटिंग आवर्स क्या हैं ?''

''सामने बोर्ड पर नहीं देख सकते आप ? इतना सब हमसे पूछेंगे तो हम काम कब करेंगे,'' वह बेवजह चिड़चिड़ाई।

इन्द्रपाल का मन किया चिल्लाकर उससे पूछे कि रिसेप्शन काउंटर का और कौन-सा काम होता है। लेकिन वह बुरी तरह थक रहा था। इस समय उसका सिर्फ एक ही लक्ष्य था, माँ का ऑपरेशन और कल सिद्दीकी साहब का पैसा...माँ से मिलने के बाद वह कुछ फोन कॉल करेगा, और सुबह-सुबह पी.एम. के दफ्तर निकल जाएगा। सचिन अस्तपाल में ठहरेगा...वह इन्हीं ख्यालों में डूबा था कि–

''अटेंडेंट ऑफ देवेन्दर साहनी रिसेप्शन पर...''

''जी,'' उसने घबराते हुए रिसेप्शनिस्ट की तरफ देखा।

"आप हैं देवेन्दर साहनी के अटेंडेंट ?"

"जी।"

"कहाँ रहते हैं आप लोग ? जब आपको मालूम है कि आपके पेशेंट की हालत इतनी खराब है ? पिछले फोर्टी-फाइव मिनट्स से मैं आपका नाम एनाउंस कर रही हूँ...डॉक्टर केसर राउंड पर आए थे, वे आपसे बात करना चाहते थे। अब उनसे उनके कमरे में जाकर मिल लीजिए। थर्ड फ्लोर, रूम तीन-सौ-तीन।" उसने स्लिप काउंटर पर रख दी।

इन्द्रपाल वह पुर्ज़ा उठाकर निढाल कदमों से लिफ्ट की तरफ जाने लगा। सुबह से पैदल-पैदल भागते-भागते उसकी अँतड़ियाँ तन गई थीं। पेट दर्द कर रहा था।

"मिस्टर इन्द्रपाल," पीछे से किसी ने आवाज दी।

डॉक्टर अग्रवाल ने आवाज दी थी। उनके साथ दो और डॉक्टर खड़े थे। वह भागकर उनके पास पहुँचा। डॉक्टर अग्रवाल को देखकर उसे बड़ी शान्ति मिली।

"सॉरी, मैं नीचे, फाइनेंस में था।"

"मैंने आपकी मदर का इग्जामिनेशन कर लिया है," उनके साथवाला डॉक्टर बोला। "हालत ज्यादा अच्छी नहीं है, इसीलिए हम लोग चांस नहीं ले रहे। आउट ऑफ टर्न ऑपरेशन कर रहे हैं।"

इन्द्रपाल रुआँसा हो गया।

उन्होंने उसका कन्धा थपथपाते हुए कहा, "डोंट वरी। वी विल डू ऑल दैट इज़ पॉसिबिल फॉर ह्यूमन हैंड्स। भगवान पर भरोसा रखिए..."

वे तीनों आगे बढ़ गए। इन्द्रपाल खड़ा रहा, चुपचाप, खाली, बेकार हारा हुआ। नहीं, इतनी जल्दी हथियार नहीं गिरा देगा वह। उसकी अन्तरआत्मा ने विद्रोह किया। वह माँ को वहाँ से सही-सलामत घर ले जाएगा। देखा न हर मुसीबत हल हो रही है। स्थितियों से लड़ते रहना जरूरी है। वन मस्ट इमेजिन सिसिफस हैपी। ऑफकोर्स। ऑनली दैन ही कैन विन। वह मन-ही-मन मुस्कराने लगा। इसीलिए वह इतना पॉपुलर हुआ था। हिम्मत बँधाता था हारे हुओं को। उसका ध्यान अस्पताल से हटकर दूसरे विश्वयुद्ध पर जा अटका...कदम से कदम मिलाकर मार्च करते नौजवान, और फिर, पहाड़ पर शिला ऊपर को सरकाता हुआ सिसिफस... हँसता हुआ सिसिफस...

"ब्लड वगैरह का इन्तज़ाम कर लिया आपने ?" डॉक्टर केसर को सी ऑफ करके डॉक्टर अग्रवाल अपने कमरे में जा रहे थे।

"जी हाँ।" उनके साथ चलते-चलते उसने जवाब दिया।

"वेरी गुड। फार्म तो आप साइन कर चुके हैं ?"

"जी।"

"ओ. के. दैन। कुल सुबह आप जल्दी मिल लीजिएगा मदर से। फिर हम लोग उन्हें एनैस्थीसिया दे देंगे, शाम को भी उन्हें ठीक से होश नहीं आएगा। परसों कुछ बात कर सकेंगी।" कमरे में मुड़ते-मुड़ते उन्होंने पूछा, "फाइनेंशियल मैनेजर साहब से मिल लिए ?"

"जी।" इन्द्रपाल असमंजस में पड़ गया, उन्हें बताए कि न बताए ? क्या जरूरत है जब लिस्ट निकल चुकी है ? सिद्दीकी साहब अपनी बात से नहीं मुकरेंगे। फिर भी, कहीं कोई लास्ट मिनट हिच आ जाए। डॉक्टर अग्रवाल हमेशा इतने प्यार से बात करते हैं। उन्हें मालूम रहेगा तो जरूरत पड़ने पर सिचुएशन सँभाल लेंगे।...वो..."

"हाँ।"

"मैं फाइनेंशियल मैनेजर साहब से मिला था। उन्होंने फार्म पर दस्तखत कर दिए हैं। एमाउंट मैं कल डेफिनिटली जमा करवा दूँगा। वे मान गए हैं।"

"क्या ?"

"पैसों का इन्तजाम आज नहीं हो सका, डॉक्साब। कल डेफिनिटली हो जाएगा। सिद्दीकी साहब को मैंने सब कुछ बता दिया है। वे सैटिस्फायड हैं। आप भी ध्यान रख लीजिएगा।"

"ओह ! वे मान गए हैं तो हमें कोई परेशानी नहीं है, ठीक है। आप चिन्ता मत करिए।"

"थैंक्यू सो मच डॉक्टर साहब।" वह खुशी में उछलता हुआ कमरे से बाहर आ गया।

"फाइनेंशियल मैनेजर मिलाना।"

"यस सर," डॉक्टर अग्रवाल की सेक्रेटरी ने जवाब दिया।

"सिद्दीकी साहब ? अग्रवाल हियर, देखिए हार्ट कमांड बेड नं. दस।"

"जी हाँ, जी हाँ, जिनकी हालत बहुत नाजुक है, जिन्हें आपने इमरजेंसी बेसिस पर कल के लिए एंटर किया है–"

"वह नाम ड्रॉप कर दीजिए। उन्हें फाइनेंशियल प्रॉब्लम्स हैं।"

वक्त की कमी

"डॉक्टर साहब, कोई ऐसी गोली है कि बच्चे का विकास जल्दी हो सके—जन्म से पहले भी, बाद में भी ?"

'जी ?"

"मेरा मतलब जैसे आजकल और चीजों की गोलियाँ मिल जाती हैं, उसी तरह ऐसा कोई नुस्खा होता हो कि यह प्रोसेस भी तेज की जा सके ?"

"मैं समझा नहीं ?"

"वक्त बदल रहा है न, डॉक्टर साहब, और विज्ञान प्रगति कर रहा है। हर चीज अब तुरन्त हो जाती है—फास्ट फूड, रेडीमेड कपड़े वगैरह। उसी तरह अगर कोई ऐसी गोलियाँ होती हों जिनसे यह बड़े होने की प्रोसेस कुछ 'स्पीड अप' हो सके..."

डॉक्टर अपने सामने बैठे दम्पती की तरफ हैरत से देखने लगे। लेकिन इससे पहले कि वे कुछ जवाब देते वह नवयुवक फिर बोला, "बात यह है, मेरी पत्नी भी काम करती है। दरअसल वक्त न मिलने के कारण अभी हम लोगों ने शादी भी नहीं की है। अब हमारे यहाँ यह तो है नहीं कि कुँआरे चर्च गए और पति-पत्नी बनकर आ गए। यहाँ तो वही पुराना रिवाज है, शादी करनी हो तो महीने भर की छुट्टी लो, दुनिया-भर का सामान जोड़ो, ढेर-ढेर लोगों का खाना-पीना, लेना-देना—बेकार की इल्लत हैं। हम तो मन में एक दूसरे को अपना जीवनसाथी मानकर साथ रहने लगे।"

"लेकिन आपका यह विजिटिंग कार्ड ?"

"हाँ, मैं इन्हें अपनी पत्नी मानता हूँ, ये मुझे अपना पति।"

"यह आपका व्यक्तिगत मामला है। मेरा काम तो..."

"बिल्कुल ठीक। यही तो मैं कह रहा हूँ। अब जैसे बच्चा हमने इस तरह प्लान किया है कि मैटर्निटी लीव कैश करवाई जा सके क्योंकि यह हमारे हाथ में था। इसका जन्म भी सोच रहे हैं उसी तरह करवा लेंगे जैसे हमें सुविधा होगी—चाहे 'सिजैरियन' हो या 'पेन इंड्यूस' करके। दर्द उठने के लिए कौन बैठा रहेगा ?"

“बिल्कुल ठीक।” अब बात को कुछ समझते हुए डॉक्टर ने हामी भरी।

“तो...उसी तरह अगर कोई ‘फास्ट ग्रोथ पिल्स’ होती हों...? आजकल तो हर बात की गोलियाँ होती हैं, डॉक्टर साहब। बढ़ने की, घटने की, सोने की, रोने की, हँसने की। जरूर इस मुसीबत की भी होती ही होंगी। ये नौ महीने जन्म से पहले, और कम-से-कम चार साल बाद की अवधि अगर किसी तरह कम की जा सके तो प्लानिंग में सुविधा रहे। उसके बाद बच्चे को स्कूल में डाला जा सकता है।

“देखिए यह तो प्रकृति का नियम है—”

“अजी क्या प्रकृति ? आप लेटेस्ट शोध वगैरह तो पढ़ते ही होंगे ? अब तक कुछ तो हो ही गया होगा। अगर फल वक्त से पहले पकाए जा सकते हैं, पेड़ों की ऊँचाई मर्जी के मुताबिक घटाई-बढ़ाई जा सकती है, किसी भी मौसम में कुछ भी पैदा किया जा सकता है तो इस क्षेत्र में भी कुछ तो होगा ही डॉक्टर साहब ? आप पैसे जितने चाहिए ले लीजिए बस समय बचाने का कोई साधन बता दीजिए।”

“जरूर। अगले हफ्ते इसी समय।”

क्या आप सोचते हैं ?

मेरा एक मित्र है, परिजात चौबे—अन्तर्मुखी, अल्पभाषी, अति संवेदनशील, लेकिन लोकप्रिय। वह या तो हटकर, अलग बैठा रहता है या बोलना शुरू करता है तो रुकता नहीं। और उसकी हर टिप्पणी पर ठहाका लगता है। लोग उसके इस 'मूड' में आने की राह देखा करते हैं। अध्ययन और मनन में आसक्त रहने के कारण वह अत्यन्त एकान्तवासी और एक स्पष्टतया गैरमिलनसार नहीं तो काफी हद तक असहनशील-सा हो गया है। दरअसल अधिकतर समय अपनी मर्जी से, अपने अनुकूल वातावरण में बिता पाने में सक्षम, वह बाहरी दखलंदाजी सहन ही नहीं कर पाता। अनभ्यस्त है। अपनी छोटी-सी मित्रमंडली में बहुत वाचाल, उन्मुक्त अविक्षुब्ध, और अविक्षोभित, किसी के भी तर्क-विमर्श का हँसकर स्वागत करनेवाला किन्तु अजनबी, अनामंत्रित हस्तक्षेप के एकदम विरुद्ध, इतना कि टिप्पणीकार के विचार, शालीनता से स्वीकार-अस्वीकार करना तो दूर वहाँ से बौखलाकर उठ जाता है, और उसके बाद दिन-भर, हरेक पर चिड़चिड़ाता रहता है, थोड़ी-थोड़ी बात पर बिगड़ता रहता है। बेहद अशान्त, क्रुद्ध मुद्रा में अन्यमनस्यकता से इधर-उधर चक्कर काटना शुरू कर देता है गोया समूची पृथ्वी पर अब उसके चैन से बैठ पाने की जगह ही न हो। ऐसे मौकों पर मैं उसके पास ज्यादा नहीं टिकता। कौन बेकार की आफत मोल ले ? कहीं और जा बैठता हूँ। लेकिन पिछली बार जब मिलते ही उसने यह शिकायत शुरू की कि, "देश की जनसंख्या बहुत बढ़ गई है। फालतू लोग बेकार इधर-उधर घूमते-फिरते रहते हैं, अपना समय तो जाया करते ही हैं, औरों का वक्त भी खराब कर देते हैं, चलते रास्ते उनसे निरर्थक पूछकर," मैं चौंक गया। जिज्ञासावश पूछ बैठा—

"क्या हुआ ?"

"कुछ नहीं," उसने उसी रूखे, खीझे हुए स्वर में उत्तर दिया। कुछ रुककर खुद ही, स्पष्टीकरण करने लगा, "जाने कौन सिरफिरा था ! मेरी सुबह खराब कर गया। समझो, आज का दिन ही गया।" उसने सिर पीटते हुए ऐसे कहा, जैसे आसमान सीधे उसके सिर पर ही गिर पड़ा हो।

"हुआ क्या ?" सिड़ीपन का आनन्द उठाते हुए मैंने जानबूझकर अनभिज्ञता जताई।

"ऐसा कुछ खास नहीं," उसने भी कदाचित् खेल जारी रखने की गरज से 'खास' को बड़ी 'बेखासियत' से गुनगुनाया और चुप हो गया। लेकिन अन्दर भरी चिड़चिड़ाहट भला कहाँ खपती ? मन हल्का करने के लिए उसे किसी के साथ साझा करना नितान्त आवश्यक था। अकस्मात् वह फिर बोलने लगा–

"सुबह घूमने गया तो यों ही रास्ते चलते एक आदमी ने मुझे रोककर पूछा 'क्या आप सोचते हैं ?' कोई बात हुई, भला ? मूड ही खराब कर दिया स्साले ने। इन उल्लुओं से पूछो कि जब भगवान ने दिमाग दिया है तो उससे सोचेंगे नहीं तो क्या घास काटेंगे ?"

"बेवकूफ हैं साले।" मैंने हाँ में हाँ मिलाकर उसकी दलील की दाद दी।

"साला ! अपनी मुसीबत मेरे सिर मढ़ गया। खुद तो हो गया सवाल पूछकर गायब, मैं अभी तक परेशान हूँ। वास्तव में, उसके बाद से मैं कुछ सोच ही नहीं पा रहा। इसीलिए मेरा गुस्सा बढ़ता जा रहा है–अपने आप पर," उसने सफाई देते हुए जोड़ा।

उसकी हालत बड़ी मनोरंजक थी। मुझे हँसी आने लगी पर मैं दबा गया। कुछ देर बाद वह फिर शुरू हो गया–

"असल में, मैं यह तय नहीं कर पा रहा कि, क्या वाकई में–मैं सोचता हूँ ?" इतना कहकर वह ऐसे चुप हो गया जैसे किसी परिवार के सदस्य का मातम कर रहा हो।

वातावरण हल्का करने के इरादे से मैंने कहा, "देखो भई, मैं तो सोचता हूँ," और खुलकर हँस पड़ा। मुझे यों ही हँसी आ गई या उसकी छोटी-सी बात पर इतना क्रोधित होने पर वह मेरी अचेत प्रतिक्रिया थी, मैं नहीं कह सकता। जो भी हो, मैंने मौका पाते ही अपनी घुटन कम की थी। उसे, मेरा यह व्यवहार निश्चित रूप से अच्छा नहीं लगा। न जाने क्यों फिर मेरे मुँह से निकल पड़ा–

"अरे यार, हो क्या गया, अगर चलते रास्ते किसी बेचारे ने तुमसे यह पूछ भी लिया कि, 'क्या आप सोचते हैं ?' हो सकता है उसका प्रश्न 'जेनुइन' हो, एकदम वास्तविक। उसकी कोई जिज्ञासा हो, अकुलाहट हो या, कोई और निजी कारण हो। अब तुम मुझसे पूछ लो, 'क्या आप सोचते हैं ?' और बात खत्म करो।"

असर कूतने की गरज से मैंने उसकी तरफ देखा। वह अब शान्त, दार्शनिक मुद्रा में मेरे चेहरे के भाव आँकने का प्रयत्न कर रहा था और मैं उसे समझाने की कोशिश के साथ-साथ उस अजनबी प्रश्नकर्ता के पहलू को भी ताड़ने में लगा था,

ताकि परिजात के सामने एक विश्वासप्रद, तर्कसंगत उत्तर रख सकूँ। लेकिन लगता है उस दिन मेरे अन्दर कोई शैतान प्रवेश कर गया था। मेरे मुँह से हर शब्द उसे नाराज करनेवाला ही निकल रहा था। मैंने अपने को कहते सुना—

"सोचना, सोच पाना, या सोचने की क्रिया ही जीवन का एकमात्र द्योतक है, प्रमाण है। अगर आप सोच नहीं सकते, या सोचने में असमर्थ हैं या फिर इस क्रिया की आवश्यकता से ही अनभिज्ञ हैं तो आप अपने-आपको जीवित कहेंगे या मृत ? चौंको मत परिजात ! बात एकदम साफ है, आप सोच सकते हैं, तो सक्रिय हैं, क्रियाशील हैं, अन्यथा..."

वह सुनता रहा। मेरा साहस बढ़ता गया।

"देखो घूमने तो मैं भी जाता हूँ। मुझसे तो, कोई कुछ पूछता नहीं। अब तुम्हारे जैसे परम विद्वान, प्रकांड पंडित, वेदों के ज्ञाता-विज्ञाता किसी को रास्ते में चलते दिख जाएँ तो वह क्यों मौके का फायदा नहीं उठाए ?" मेरे कथन में न चाहते हुए भी शायद थोड़ा-सा व्यंग्य था, किन्तु मीठा। उसे लगा मैं उसका मजाक उड़ा रहा हूँ। क्रोध में भरकर बोला—

"यार जो कहना है, साफ-साफ क्यों नहीं कहते ? फालतू की हिमायत कर रहे हो !"

"नहीं, तुम गलत समझे। मैं किसी की हिमायत नहीं कर रहा। सिर्फ तुम्हें यह समझाने की कोशिश कर रहा हूँ कि तुम दूर से ही इतने विद्वान दिखते हो कि एक बेचारे ने सरल स्वभाव से अपनी शंका तुम्हारे सामने रख दी, बस।"

"इस हद दर्जे की मूर्खता निवारण के लिए उसे विद्वान चाहिए था ?" यह अहम्मन्यता और बेवजह दूसरे का तिरस्कार मुझे बुरा लगा। मैंने कुछ चिढ़कर कहा—

"दोस्त, पढ़ते-लिखते तो तुम बहुत हो, लेकिन जीते बड़े संकुचित संसार में हो। और फिर उसी में खोए रहते हो। तुम इतनी-सी बात समझने की कोशिश क्यों नहीं कर रहे हो कि अगर किसी ने आगे बढ़कर तुमसे कुछ पूछने का कष्ट 'सहा' है या किया है तो जरूर उसकी कोई विशेष समस्या होगी, कारण होगा, कोई मजबूरी होगी। अकारण किसी को मूर्ख कह देना ठीक नहीं। हो सकता है वह कोई समाजशास्त्री हो, मनोवैज्ञानिक हो, और आजकल की उद्वेगपूर्ण जीवन-प्रणाली का, समाज में फैले भय-आतंक का मनुष्य की मानसिक शक्ति पर क्या प्रभाव पड़ रहा है, विषय पर शोध कर रहा हो। आफ्टर ऑल, आज जो चारों तरफ हो रहा है उससे गुजरने के बाद कितनों के दिमाग ठीक काम कर सकते हैं ?"

"ठीक है।" वह कुछ क्षण तुष्ट दिखा, फिर तमक पड़ा—

"लेकिन यह कोई तरीका है। शंका-समाधान का ?"

"तुम यह बताओ मेरे दोस्त कि तुम्हें अगर उसकी बात पसन्द नहीं आई तो उसका यह सीधा निष्कर्ष कैसे निकल गया कि वह मूर्ख है, पागल है ? तुमने उसकी बात का जवाब नहीं दिया, वह चुप रहा। उसने किसी तरह का विरोध, अनुरोध, आग्रह कुछ भी नहीं किया। यह तो मानसिक परिपक्वता की निशानी है, बुद्धिमत्ता की निशानी है, तुम उसे मूर्ख किस आधार पर कह रहे हो ?"

न जाने क्यों, कैसे मैं अनायास ही उस अनामी प्रश्नकर्ता की पैरवी करने लगा था। जैसे कोई अदृश्य शक्ति मुझे प्रेरित कर रही हो। वास्तव में, मैं अब सचमुच सोचने लगा। आजकल के हालातों को देखते हुए उसका प्रश्न मुझे ज़रा भी अप्रासंगिक या अनुचित नहीं लगा। बल्कि बरसों पहले पढ़ा देक्यार्त का वह वाक्य याद हो आया जिसको लेकर उसने एक लम्बा निबन्ध लिख डाला था, "कोगितो अर्गो सुभ" यानी "मैं सोचता हूँ, इसलिए हूँ"। दूसरे शब्दों में, "सोचना ही जीवित होने का प्रमाण या आधार है।"

मुझे कुछ उत्तेजित, विचारमग्न देखकर परिजात अपना क्रोध भूल गया। हारा-सा, चुपचाप मेरी बात सुनने लगा। और मैं बोलता गया, "उसने कुछ गलत नहीं किया। नम्बर एक, जब हर काम इन्सान की आशाओं के विपरीत हो, अकारण हो, असमान हो तो स्वाभाविक है कि उसका विश्वास टूट जाए, और फिर वह हर तथ्य की पुष्टि के लिए अपने आपसे, औरों से, बार-बार प्रश्न करता रहे। नम्बर दो, मनुष्य एक जीवित, चेतन प्राणी है। उसका मस्तिष्क हर समय क्रियाशील रहता है। हो सकता है उस समय उसके मस्तिष्क में सोचने की क्रिया को लेकर कोई दुविधा आ गई हो; तीसरा, कि वह कोई दार्शनिक हो और यह जानना चाहता हो कि कितने लोग सोद्देश्य, अर्थपूर्ण जीवन व्यतीत करते हैं और कितने यों ही एक निरुद्देश्य, निरर्थक और अभिप्रायहीन जिए चले जा रहे हैं। तुम अपनी अहम्मन्यता में उसका प्रश्न समझ ही नहीं पाए। मुझे ही लो, मुझमें तुम्हारे बराबर न ज्ञान है न बुद्धि, किन्तु तुम नहीं जानते कि मैं यह सोचकर कितना परेशान रहता हूँ कि आखिर मैं जी क्यों रहा हूँ ? या कि क्या कोई अपने आपसे यह पूछता है कि वह क्यों जी रहा है। अगर किसी के जीने से, या जीते रहने से किसी को लाभ, हानि, सुविधा, असुविधा, कुछ भी नहीं है तो वह अकारण ही पृथ्वी का भार बढ़ा रहा है। क्या इसमें कोई बुद्धिमत्ता है ?"

"मेरा मामला पूरी तरह व्यक्तिगत है, मेरा अपना है। मेरे से किसी ने कुछ पूछा नहीं है। यह मेरा अपना शौक है, चस्का है, आदतन मजबूरी है कि समय-समय पर यह चेक कर लिया जाए कि हमारे, यानी हममें से किसी के भी मरने या जीने से किसी का—छोटा या बड़ा—कोई मकसद पूरा हो रहा है क्या ? हम अपनी जिम्मेदारी निभा रहे हैं या नहीं ? दूसरे शब्दों में, हम सोच रहे हैं, सोच पा रहे

हैं, या सोचते हैं या नहीं ?"

"बात घूम-फिरकर आ वहीं जाती है। आखिर बिना सोचे इन्सान जी कैसे सकता है ? जैसे तुम अभी कह रहे थे कि भगवान ने मस्तिष्क दिया है। सोचना मस्तिष्क का स्वभाव है, उसकी प्रकृति है तो यह कैसे सम्भव है कि वह अपने सामने, अपने आसपास कुछ भी गलत-बिना गलत होता देखकर, सुनकर, पत्थर की मूरत बना रहे। फिर उसके वहाँ होने-न-होने से कोई फायदा ? वह सज्जन, मेरे ख्याल से, मनुष्य में इसी व्यवस्था की उपस्थिति की पुष्टि भर कर रहा था।

"आजकल जो कुछ घट रहा है, वह किसी भी सोचनेवाले को पूरे समय व्यस्त रख सकता है, तरह-तरह की जटिल उलझनों में डाले रख सकता है, उसे झकझोर सकता है, तोड़ सकता है, ऐसा 'शॉक' दे सकता है कि वह बाकी उमर सोचने के काबिल ही न रहे। लेकिन दूसरी तरफ़ है मस्तिष्क की अपनी प्राकृतिक, अन्तर्निहित शक्ति जो किसी पड़ाव पर चाहे क्षीण हो गई हो, लुप्त नहीं होती। उसका प्रश्न इस बात का प्रमाण है कि मनुष्य अभी सोचता है, सोच सकने में सक्षम है। यह अलग बात है कि उसकी मति भ्रष्ट हो चुकी हो और वह उसी भ्रष्ट मति से जिए चला जा रहा हो, सोचता चला जा रहा हो। हो सकता है, यही कारण हो कि हर रोज, हम समाचार-पत्र सुबह तरह-तरह की दिल दहला देनेवाली होनी-अनहोनी, स्वाभाविक-अस्वाभाविक समाचार पढ़कर चुप बैठे रहते हैं। करते कुछ नहीं। यह भी सम्भव है कि कुछ कर ही नहीं सकते। मजबूरी है। वास्तव में आजकल सुबह-सुबह का वह आधा-पौना घंटा जो समाचार-पत्र देखने-पढ़ने में लगता है दिनभर का सबसे ज्यादा पीड़ा-भरा समय होता है। फिर भी विडम्बना यह है कि हम इस घड़ी का इन्तजार बेचैनी से करते हैं, पेपर देर से आने पर चाय अच्छी नहीं लगती, दिन शुरू ही नहीं होता। हमें हर हालत में पेपर चाहिए होता है, समय पर चाहिए होता है, हर रोज चाहिए होता है। क्यों ? क्या इसलिए कि हम अपने आपको औरों की यातनाओं से नियमित रूप से अवगत कराते रहें, उन्हें कष्ट पाता देखते रहें ? इससे ज्यादा तो हम कुछ नहीं करते। कोई कुछ नहीं करता। कर ही नहीं सकता। सिर पीटकर रह जाता है।

"खबरें ज्यों की त्यों दोहराने से क्या फ़ायदा ? तुम भी समाचार-पत्र पढ़ते ही हो। समाज में बचे हैं कोई नीति-नियम ? आजकल सम्भव-असम्भव सब कुछ हो रहा है। पहले कभी सुना था कि पिता ने पुत्री पर बलात्कार किया ? या किसी दम्पती को तीन साल वैवाहिक जीवन बिताने के बाद ग्राम पंचायत उन पर एक दूसरे को भाई-बहन मान लेने का फरमान निकाल दे। किसी ने कुछ महीनों की बच्ची से अपनी हवस पूरी की ? बेटे को सामने खड़ा करके माँ को बेइज्जत किया ? भाई की जान लेकर बहन के साथ सामूहिक बलात्कार किया ? पति को

तरह-तरह से सताकर उसके सामने उसी की स्त्री को भोगा ? नंगा करके गलियों में घुमाया ? खुद पुलिस की हिरासत में महिला बेइज्जत की गई ? क्या है—यह सब ? कोई मान-मर्यादा बची है कहीं ? किसका मस्तिष्क काम कर सकता है, इन वाक्यों को पढ़ने के बाद ? इस तरह के अत्याचारों से दुःखी होकर न जाने कितनी लड़कियाँ अपनी जान ले लेती हैं। ऐसी बेमिसाल, वाहियात हरकतें हो रही हैं सब तरफ कि अक्ल बिल्कुल काम नहीं कर रही।

"औरतों का किस्सा छोड़ो, सामाजिक संस्थाओं को लो। वे लोग जो नियम निर्धारित करते हैं, रक्षा करते हैं आदर्श समझे जाते हैं—न्यायाधीश, गुरु, आचार्य, उपकुलपति, पुलिस और सेना के वरिष्ठ अधिकारी, मंत्री, शायद अभी कुछ दिन पहले एक उपप्रधानमंत्री भी, आए दिन विविध कारणों से निलम्बित होते हैं। न्यायकर्ता पुलिस अधिकारियों को भ्रष्ट, असभ्य नागरिक बताते हैं, गिरफ्तार करवाते हैं और पुलिस अधिकारी उन पर इल्जाम लगाते हैं। पुलिस थानों पर पुलिस कर्मचारियों के हाथों क्या-क्या होता है यह किससे छिपा है। डॉक्टर इलाज कम, पैसा ज्यादा बटोरते हैं। परिवार तो जैसे खत्म ही हो गए हैं। गुमराह बच्चे इधर-उधर भटकते रहते हैं। लूटते हैं, मारते हैं, अपनी जान लेते हैं या औरों की।

"ऐसी-ऐसी चीजें पढ़ने को मिलती हैं कि कोई अच्छा-भला आदमी पागल हो जाए, लेकिन वास्तव में कोई पागल होता नहीं है। पृष्ठ पलटकर आगे पढ़ता जाता है। क्यों ? सोचा है तुमने कभी ? शायद हमारी संवेदनशीलता भोथरा गई है, हमारा विवेक खत्म हो गया है, हमारी सोचने की शक्ति खत्म हो गई है। लेकिन अगर वह खत्म हो गई होती तो मैं भी नहीं सोच पाता। इसका मतलब, वह शक्ति तो है उसे कार्यान्वित नहीं किया जा रहा। उसका कारण ? हमारी वर्तमान सामाजिक स्थिति का वर्णन करने के लिए अंग्रेजी में एक बड़ा खूबसूरत शब्द है, 'सिक'। जिस मानसिक स्थिति से हम आज गुजर रहे हैं, हमारा समाज गुजर रहा है, उसे अंग्रेजी में आसानी से कहा जा सकता है 'सिक'। हिन्दी में इतना कुछ कह सकनेवाला कोई सार्थक, अर्थपूर्ण शब्द मुझे नहीं मिल रहा। घुन का चित्र अवश्य सामने आए जा रहा है, बार-बार, घुन का लग जाना—

"ऐसी रुग्ण अवस्था लेकिन मनुष्य का मस्तिष्क है कि लगा हुआ है उस रहस्य को ढूँढने में जिससे उसकी उम्र बढ़ाई जा सके, बुढ़ापे की रफ्तार कम की जा सके, मृत्यु को अपने हाथों में, अपने नियंत्रण में किया जा सके। कहते हैं साठ से ऊपरवाले बूढ़ों की संख्या में महत्त्वपूर्ण वृद्धि हुई है। मेरी आत्मा मुझसे पूछती रहती है इस सब कवायद का मकसद ? क्या करेगा इन्सान इतना जीकर ?

"मैं भटक गया अपने रास्ते से। बात अपने जीवन की कर रहा था, और फिर मैंने इतना कुछ कह डाला। लेकिन अब मेरा प्रश्न, बाकायदा मेरे सामने आ

खड़ा हुआ था, 'मैं आखिर क्यों जी रहा हूँ ?' शायद इसलिए कि मौत अभी आई नहीं है, और अपने आप जान लेना जुर्म है, गैर-कानूनी है, वर्जित है। इसलिए मैं जिए जा रहा हूँ मजबूरी है। यूँ तो मुझे कोई परेशानी नहीं है, सुख ही सुख है सब तरफ बशर्ते मैं अपनी आँखें बन्द रखूँ। यह मुझसे नहीं होता। न मैं आँखें बन्द रख पाता हूँ, न अपने मस्तिष्क को लगातार सोचते रहने से रोक पाता हूँ। मुझे आदत पड़ी हुई है, सोच-विचार करते रहने की, सोच-सोचकर दुःख सहने की। मजबूरी है।

"तुम्हें चाहे उस बेचारे का प्रश्न कितना भी बुरा लगा हो लेकिन यह समझ लो कि हमें अपने जीने का कारण साबित करने की जरूरत के बारे में कभी-कभी सोच लेना चाहिए। रुककर, यह देख लेना चाहिए कि हम क्यों दौड़ रहे हैं, जबकि प्रकृति के, या मानव सभ्यता के विकास या प्रगति में हम कोई योगदान नहीं दे रहे। हमारे सारे लक्षण पूर्ण पतन के हैं। अगर सीधे शब्दों में ढालकर देखो तो तुम मुझे भी अपने आपसे वही प्रश्न करते पाओगे, जो उस अजनबी ने तुम्हारे मुताबिक, तुमसे पूछकर बेवजह तुम्हारी सुबह खराब कर दी, 'पूरा दिन ही बिगाड़ दिया।' क्यों दोस्त यह इतना बड़ा आरोप सिर्फ इसीलिए ना कि उसका प्रश्न अनजाने में तुम्हें तुम्हारे अपने सुरक्षित संसार से बाहर खींच लाया ?

"मैं नहीं समझता कि यह प्रश्न अनजाने में पूछा गया होगा, या आदतन होगा। यह तो जानबूझकर, खास मकसद से पूछा गया सवाल है। और वह सज्जन जिसने तुमसे यह प्रश्न पूछा अगर कोई शोधकर्ता नहीं तो निश्चित रूप से उन भोथराई बुद्धिवाले बुद्धिजीवियों में से एक होगा जो इस प्रकार के कुठाराघातक प्रश्न पूछ-पूछकर या तो अपने सहजीवियों की शिथिल हुई सोचने की शक्ति को क्रियान्वित करने का परोपकारी प्रयास कर रहा होगा, या फिर आज की सामाजिक हालातों को देखकर अपनी समझ-बूझ खो चुकने के बाद प्रत्येक आते-जाते, परिचित-अपरिचित से इस प्रश्न के द्वारा इस बात का अनुमान लगा रहा होगा कि, उसे छोड़कर अभी कितनों में यह जीवनप्रद, अनिवार्य क्षमता बची हुई है..."

हट के

नींद कुछ जल्दी खुल गई थी। थोड़ी देर बिस्तर में आँखें मूँदकर पड़े रहने के बाद मैं उठकर बालकनी में गया। वहाँ की ताजी हवा बदन को इतनी सुहा रही थी कि मैं वहीं खड़ा हो गया। आँखें बन्द करके उस मादक ठंडकता को पूरे शरीर से पीने लगा जैसे कि अंग-अंग में मुँह बने हों। मन किया फिर से सो जाऊँ। लेकिन एक बार नींद टूटकर दुबारा थोड़े ही आती है खास तौर से जब रोज उठने का समय नजदीक हो। वैसे भी वातावरण में उठने का आग्रह था, उनींदी चिड़ियों का गला फाड़-फाड़कर चिल्लाना, सूरज की किरणों का धीरे-धीरे ऊपर को उठकर खिलते जाना, सड़क पर स्कूल जानेवाले बच्चों की भाग-दौड़, पेपरवाले, दूधवाले, कुत्ते घुमानेवाले मार्निंग वॉकर्स, कचरा बीननेवाले सब वायुमंडल को इतना दूषित कर देते हैं कि एक बार उठकर फिर से सोना तो दूर आराम से उठने का आनन्द तक नहीं उठाया जा सकता। सुबह से ही चारों तरफ भाग-दौड़, शोर-गुल।

मैंने झाँककर नीचे देखा। पेपर अभी नहीं आया था। उस भुकभुके में खाली खड़ा मैं नीचे का नजारा देखने लगा : जगह-जगह कचरे के ढेर, उनमें मुँह मारती गायें। बीच के पार्क की घास घुटनों तक लम्बी। बहुत बार दोपहर को मालियों को किसी पेड़ की छाँह में बैठकर आपस में बातें करते देखा था। दो बैल और घास काटने की मशीन भी वहीं उनके पास पड़ी होती थी। बैल कभी बैठकर जुगाली करते रहते, कभी खड़े-खड़े पूँछ से मक्खियाँ उड़ाते रहते, वहीं गोबर, पेशाब सब। गोबर या तो वहाँ पड़ा-पड़ा सड़ता रहता या बारिश में बहकर घास में मिल जाता। घास रोज एक-एक सूत बढ़ती जाती। लेकिन माली काम अपनी मर्जी से करते थे। वे म्यूनिसिपैलिटी के मुलाजिम थे। हमारा उन पर कोई हक नहीं था। जब किसी आला अफसर का इंसपैक्शन हो रहा होता तो घास कट जाती, नहीं तो बढ़ती रहती। मैंने मन में तय किया कि बच्चों को सख्त हिदायत दे दूँगा कि इस पार्क में न जाया करें। घास में लुढ़कने की आदत है, बीमार हो जाएँगे।

घड़ी में अभी सिर्फ साढ़े-पाँच बजे थे। गीता और दोनों बच्चे गहरी नींद में सो रहे थे। मैं अपने ऊपर झुँझलाने लगा : क्यों इतनी जल्दी नींद खुल गई मेरी ?

अच्छा-भला दिन निकलने से भी पहले खराब हो गया। मैं रोज साढ़े-सात बजे उठता हूँ। आठ बजे तक चाय पीता हूँ, पेपर पढ़ता हूँ, फिर शेव करते-करते मार्निंग न्यूज देखता हूँ। ठीक पौने-नौ बजे नाश्ते के लिए टेबल पर आ जाता हूँ। तब तक दोनों बच्चे भी उठ जाते हैं। सबसे थोड़ी-बहुत बातचीत, फिर दफ्तर। लेकिन आज इन फालतू मिले दो घंटों का क्या करूँ ? इन्हें कहाँ उपयोग करूँ ? मेरी निगाह सामने दूर से सीधी आती सड़क पर गई। ऊँची-ऊँची निकर और टी-शर्ट पहने एक सज्जन जॉग कर रहे थे। उनके पीछे एक अधेड़ आदमी मुसे हुए सफेद कुरते-पाजामे में दूध की बाल्टी पकड़े जा रहा था, उसके ज़रा पीछे एक महिला थीं पॉलिथीन के बैग में अंडे और ब्रेड पकड़े। इतने आगे-पीछे चलकर भी वे लोग आपस में बात कर रहे थे। कहीं से रेजगारी बजने की महीन आवाज आए जा रही थी या तो उस थैले में से या उन श्रीमान् के कुरते की जेब में से। सड़क के दूसरे किनारे पर एक अकेली महिला बत्तख की तरह ढुलकती-ढुलकती बार-बार रुक-रुककर हाथ में पकड़ी कागज की पुड़िया में से कुछ निकाल-निकालकर, झुककर किनारे-किनारे डाल रही थी। कभी-कभी कहीं खड़े रहकर सुस्ता लेती थीं। उनके पीछे आ रहे थे चार बूढ़े, हाथ में छड़ी लिए हुए, जोर-जोर से हँसते-बोलते चारों आराम से चल रहे थे। बात कम कर रहे थे, हँस ज्यादा रहे थे। गली के कोने पर पहुँचकर वे खड़े हो गए।

"मैं तुम्हें लिखकर दे सकता हूँ कि मन्दिर बनेगा और जरूर बनेगा," एक बोला।

"साले मन में सब चाहते हैं, ऊपर से उल्टी बात करते हैं।"

"मुझे यह बताओ हिन्दू अगर बी.जे.पी. में नहीं होंगे तो कहाँ होंगे ?"

"बिल्कुल।"

"अजी जो कहे कि बी.जे.पी. कम्यूनल पार्टी है वो साला अपने बाप का बेटा नहीं, बस।"

"बाप का नहीं तो..."

"आजकल क्या ठिकाना ? बाप हो न हो माँ का होना जरूरी होता है।" किसी ने तपाक से वाक्य पूरा किया और चारों मजाक की सूक्ष्मता पर दिल खोलकर हँस पड़े।

"नहीं जी, अभी इस अनमैरिड मदर के फितूर ने यहाँ जोर नहीं पकड़ा।"

"यहाँ पैदा हुई सन्तानों के बाप हैं।"

"क्यों वो हैं तो सही नीना गुप्ता।"

"कौन नीना गुप्ता ?"

"वही टी.वी. एक्ट्रैस।"

"अजी तो उसने कौन से अकेले ही पैदा कर ली होगी अपनी औलाद ? किसी ने तो..." यहाँ कहनेवाले ने अपनी आवाज मन्दी कर ली। उसने जो भी कहा वह तो मुझे ठीक से सुनाई नहीं दिया लेकिन उसके बाद लगा ठहाका वातावरण में गूँजने लगा।

मैं हँस पड़ा यह देखकर कि सुबह-सुबह इन फूसड बूढ़ों पर कैसी जवानी चढ़ रही थी। इन चारों के काफी पीछे एक कम उम्र की पतली-सी लड़की एकदम सीधी तेजी से चलती दिखाई दी : जीन्स, टी-शर्ट, मैचिंग कैनवस शूज, छोटे-छोटे लालू यादव कट बाल, नाक की सीध में दूर किसी बिन्दु पर जमीं आँखें। जब वह बालकनी के नीचे से गुजरी तो मुझे लगा 'स्विश' की आवाज हुई थी। उसे देखकर उन चारों ने अपनी बातचीत बन्द कर दी और वह अपना सीधा हाथ पीछे कमर पर रखकर उनके पास से निकल गई। उसके आगे निकलते ही एक बोला।

"यार इसे कहते हैं सुबह का घूमना, हम लोग तो मटरगश्ती करते हैं।"

"बिल्कुल साब, वक्त जाया करते हैं।"

"मजा आ जाता है यार, रोज सुड़ुक से निकल जाती है बराबर से।"

"क्यों खन्ना साहब ?" एक ने चुटकी ली। दूसरा बोला, "यह क्या किस्सा है भई हमें भी बताओ।"

"ऐसा कुछ ख़ास नहीं है। ये...ये ही जो अभी यहाँ से गई, बेचारे खन्ना साहब इनसे बहुत बार बात करने की कोशिश कर चुके हैं लेकिन वो है कि इनकी तरफ कभी देखती तक नहीं 'गुड मार्निंग' का जवाब, 'गुड मार्निंग' ऐसे कि कहा हो 'चुप रहो।' " वे फिर जोर से हँस पड़े। उनमें से एक कुछ झेंपता-सा दिख रहा था। मैंने अन्दाजा लगाया वही होगा मनचला खन्ना।

मैं सोचने लगा वाकई, थी तो चीज दमदार। एक बार देखकर मुँह उस तरफ फिर से मोड़ना पड़ता था : निहायत सादा पर गजब की झटक। क्या पर्सनैलिटी बख्शी थी बनानेवाले ने। चाल में क्या लचक, वाह ! मैं उसके छोटे होते आकार को देख ही रहा था कि नीचे से फेंका हुआ पेपर रेलिंग से टकराया। उसके बाद मैं अपने रूटीन में लग गया। पूरे दिन अपने काम बदस्तूर रोज की तरह करता रहा। रात को जब बिस्तर में लेटा तो न जाने कहाँ से वह लालू यादव नुमा बाल, सीधी सामने देखती आँखें, ठसके की चाल और उन बूढ़ों के मजे ले-लेकर हँसते चेहरे मेरी आँखों में घूम गए। मैं मुस्कराने लगा। खन्ना की मुरझाई शक्ल मेरे सामने आई और फिर मुझे नींद आ गई।

अगली सुबह मेरी आँख फिर जल्दी खुल गई। लेकिन ऐसा नहीं लगा कि मैं बेवजह जल्दी उठ गया हूँ। मैंने ब्रश किया, मुँह धोया, बाल बनाए, चश्मा पहना

और बाहर आकर खड़ा हो गया। एकदम सुनसान, कोई हलचल नहीं। या तो मैं देर से उठा था या सब लोग समय से पहले चले गए थे। हो सकता है घड़ी गलत हो। मैं नीचे जाकर अपनी हाथ की घड़ी में टाइम देखकर आया। दोनों घड़ियाँ ठीक पौने-छह बजा रही थीं। कहीं कोई फरक नहीं था। तभी घर से कुछ दूर वह पुड़ियावाली महिला अपना दैनिक दान-कर्म करती नजर आई। शायद दूध-अंडे वाली जोड़ी जा चुकी थी। इधर-उधर आँख दौड़ाने पर देखा उन चारों बूढ़ों की टोली पार्क के दूसरे कोने पर गुट बनाए अपनी गुफ्तगू में मस्त थी।

उनके पीछे से अचानक वह निकली : चमकती, दमकती। वक्त कनफर्म करने की भागादौड़ी ने मुझे कुछ हड़बड़ा दिया था। लेकिन सब ठीक था, जैसे भागते-भागते बस मिल गई हो। मैं जहाँ था वहीं खड़ा हो गया। वाह, क्या चाल है, क्या चेहरा...हाय ! बेचारा खन्ना ! मैं उसी तरह खड़ा रहा, देखता रहा। जब वह आकृति दिखनी बन्द हो गई तो लग गया अपने रूटीन में। यह सिलसिला इसी तरह आठ-दस दिन चला। मैं रोज उसे देखता और यह जानने की कोशिश करता रहता कि वह कौन है, कहाँ रहती है, क्या मकान नम्बर है, क्या करती है ? अकेली है या शादीशुदा है ? मैं ऊपर से ही आँखें गड़ा-गड़ाकर यह देखने की कोशिश करता कि उसकी माँग में सिन्दूर है या नहीं, माथे पर बिन्दी है या नहीं। वह हमेशा अकेली ही क्यों आती है वगैरह-वगैरह। मैं क्यों इस तफ्तीश में लगा हुआ था ? क्या कोई खास वजह ? नहीं, नहीं ऐसा कुछ नहीं था। मेरा अपना भरा-पूरा परिवार था। यह तो महज एक सामाजिक जिज्ञासा थी, पड़ोस की जानकारी रखना, मेल-मिलाप बनाए रखने की औपचारिक आवश्यकता और शायद किसी हद तक एक मानवीय स्वाभाविक इच्छा। आँखें जब कुछ देखती हैं तो खुद-ब-खुद दिल उसे जानने, समझने की कोशिश करता है, बस।

कुछ समय बाद एक दिन मैं नीचे उतर आया और गेट खोलकर वहीं उसके बाहर चहलकदमी करने लगा। जब वह कुछ पास आई तो शिष्टाचार के नाते मैंने मुस्कराने की कोशिश की। लेकिन वह एक हवा के झोंके की तरह सीधी निकल गई, जैसे मुझमें और पार्क के किनारे-किनारे लगे पेड़ों में कोई फरक न हो। अगले दिन मैं नीचे नहीं आया। जाने क्या समझती है, अपने आपको ?

यह भी तो हो सकता है कि उसने वाकई मुझे देखा ही न हो। तीन-चार दिन बाद मैं उसके आने से कुछ पहले उसी तरफ धीरे-धीरे चलने लगा, जिधर से वह आती थी। वह जैसे ही सामने दिखी, मेरा दिल जोर-जोर से धड़कने लगा। इस विश्वास से बड़ी शान्ति मिली कि घर के बाकी लोग आठ बजे से पहले नहीं उठते। सन्तू जरूर कुछ जल्दी उठकर कुत्ते को घुमाता है, दूध लेने जाता है। तो जाए, उसका क्या। वह क्या समझेगा मैं यहाँ क्या कर रहा हूँ। मैंने झट से आगे

बढ़कर कहा–

"गुड मार्निंग।"

"गुड मार्निंग।"

जब तक वह बेहद रूखी आवाज मेरे कानों तक पहुँची वह लेन के मोड़ पर पहुँच चुकी थी। कोई बात नहीं, मैंने अपने-आपको समझाने की कोशिश की। वह मुझे जानती थोड़े ही थी कि जवाब देने के लिए रुकती। अगले दिन मैंने 'गुड मार्निंग' ऐसे कहा जैसे हम लोग एक-दूसरे को बहुत अर्से से जानते हों और रोज सुबह मिलते हों। उसने कोई जवाब नहीं दिया, बल्कि मेरी तरफ सख़्ताई से देखते हुए आगे निकल गई। मुझे अच्छा नहीं लगा। हम पड़ोसी हैं, एक ही कॉलोनी में रहते हैं, भला यह कोई तरीका हुआ आपस में बात करने का ? दो-एक दिन बाद अपने कुत्ते को मैं खुद घुमाने ले गया और उसके पास आते ही बोला, "क्या आप किसी स्कूल में पी.टी.आई. हैं?"

उसने मेरी तरफ ऐसे देखा जैसे कह रही हो आपके दिमाग का कोई पुर्जा ढीला है जनाब, और आगे निकल गई। मैं वहाँ खड़ा-खड़ा अपने प्रश्न की गूँज सुनता रहा। उसके बाद कई दिनों तक रोज मैं अपने कुत्ते को उसी के रास्ते में ठीक उसके आने के समय घुमाता, लेकिन उसकी तरफ देखता भी नहीं। क्या समझती है अपने-आपको ? पर इससे मेरी समस्या सुलझी नहीं। एक दिन उसके निकल जाने के कुछ देर बाद मैंने गैरेज से अपनी गाड़ी निकाली यह सोचकर कि पीछे-पीछे जाकर देखूँ कि आखिर कौन है, कहाँ रहती है ? कुछ दूर जाने पर वह मुझे बाकायदा उसी तरह तेज कदमों से आगे जाती दिखी। मैं बराबर से गाड़ी लेकर आगे चला गया, घुमाकर वापस घर आ गया। उसका पीछा करने की हिम्मत नहीं हुई।

इस घटना के कुछ महीने बाद पत्नी के उलाहने पर मैं पास ही के मार्केट में अपने गैस डीलर से मिलने गया, मुझे सिलिंडर चाहिए था। मैंने बड़ी विनम्रता से उसे बताया कि सिलिंडर बुक किए हुए बीस दिन हो चुके थे, बार-बार रिमाइंड करने के बावजूद अब तक सिलिंडर सप्लाई नहीं हुआ था। घर पर बहुत परेशानी हो रही थी। वह कभी मेरी तरफ, कभी दुकान के बाहर देखता हुआ मेरी बात सुन रहा था या समझिए मुझे अपनी बात कहने का मौका दे रहा था। दुकान के बाहर एक तरफ तरतीब से सिलिंडर चिने हुए थे और मेरे सामने लोग वहाँ खाली सिलिंडर लेकर आते, हाथ के हाथ पेमेंट करते और भरा हुआ सिलिंडर ले जाते। न उनसे कोई नम्बर पूछता न बुक करने की तारीख। और मुझसे लगातार वह यही कहे जा रहा था कि, "पीछे से शार्टेज चल रही है हम क्या करें। उतना ही माल तो सप्लाई करेंगे जितना आएगा। अगले हफ्ते आपके यहाँ पहुँचाने की

कोशिश करेंगे।"

"कब तक कोशिश करते रहेंगे आप," काउंटर के सामने लगी भीड़ में से किसी ने तिड़ककर पूछा। मैंने चौंककर पीछे देखा। शिकायत किसी की भी हो, पैरवी मेरी भी हो रही थी। कोई महिला थी बहुत रुष्ट।

"पूरी कॉलोनी को तंग कर रखा है आपने ?" इस आवाज में इतना रौब था कि मैं अपनी कुर्सी से जरा-सा उचककर बोलनेवाले का चेहरा ढूँढने लगा। अरे, इन्हें तो मैं जानता हूँ, मुझे लगा।

"...बुकिंग किए हुए तीन दिन हो गए हैं," वो डीलर की तरफ चिल्लाए जा रही थी। शक्ल जानी-पहचानी लगी। मेरी बात खत्म हो चुकी थी, मुझे जवाब देकर डीलर अब इन महिला की तरफ व्यंग्य और तिरस्कार के मिले-जुले भाव से देखने लगा जैसे कह रहा हो ठीक है, ठीक है ज्यादा शोर मत करो। मैं अपनी स्मृति में उस महिला को ढूँढता हुआ बाहर निकलने के लिए भीड़ काटने की कोशिश कर रहा था।

"बीस-बीस दिन तक अगर आप गैस सिलिंडर नहीं दे सकते तो अपनी दुकान बन्द क्यों नहीं कर देते ?" वह डीलर की अवहेलना से और अधिक क्रुद्ध होकर बोली। "किसी ज्यादा काबिल आदमी को काम करने का मौका मिलेगा।"

"अजी, आप क्यों इतना शोर कर रही हैं ? आपको तो बुकिंग किए अभी तीन दिन ही हुए हैं।" उसका मजाक-सा बनाते हुए भीड़ की तरफदारी करके उसकी राय जीतने और उसे बेवकूफ साबित करने के दोहरे उद्देश्य से उनकी तरफ हाथ नचाकर वह फिर बोला, "ये देखो, ये सब कब से खड़े हैं। कह रहा है इनमें से कोई कुछ ? कितने-कितने दिनों से बुकिंग कर रखी है सबने। सब जानते हैं कि सप्लाई तो बारी-बारी ही हो सकती है।"

"चुप करो।" वह जोर से चिल्लाई। विक्रेता की दी हुई फालतू की दलील पर इतना नहीं, जितना लोकमत को अपनी तरफ करके उससे उसकी खिल्ली उड़ाते हुए जवाब देने के ढंग पर।

"मुझे तीन ही दिन हुए हैं तो क्या हुआ? इनकी बुकिंग को बीस दिन हुए कि नहीं ?" उसने मुझे इंगित करके कहा। मैं निहाल हो गया। "बाहर से बाहर लोग सिलिंडर उठा रहे हैं। पैसे दे रहे हैं, भरा हुआ ले जा रहे हैं। ऊपर से आप बात करते हैं, बारी-बारी की ? इतने लोग खड़े हैं तो ठहरो मैं सबकी तरफ से कम्प्लेंट लिख लेती हूँ कि आप सिलिंडर रोककर ब्लैक में बेच रहे हैं।" इस जवाबी हमले से डीलर का चेहरा एकदम फक हो गया। उस पर घबराहट साफ दिखने लगी। मैं बाहर निकलते-निकलते रुक गया और उस महिला के पास आकर खड़ा हो गया। उसने एक कोरा क़ागज मेरी तरफ बढ़ाया, "यह लीजिए, इस पर अपना

नाम, पता, बुकिंग की तारीख लिखकर यहाँ दस्तखत कर दीजिए, आप, और आप, आप सब...'' उसने वहाँ खड़े असन्तुष्ट ग्राहकों से कहा।

मेरे बाद उस खाली कागज पर सब लोग बड़ी निष्ठा से बारी-बारी अपने नाम इत्यादि लिखकर साइन करने लगे। एक ही वार में यों लोगों को अपने विरुद्ध हुआ देखकर झेंपते हुए डीलर हमारे पास आकर धीरे से बोला, ''छोड़िए, यह कम्पलेंट-वम्पलेंट। आपको सिलिंडर चाहिए ना, और आपको भी मैडमजी ? तो ले लो। औरों को फिर दे देंगे।''

अपने अन्दर की भभक उसने अपने बुकिंग क्लर्क पर निकाली।

''देखो, आगे से इस सप्लाई में इतनी देर नहीं होनी चाहिए, समझे ?''

''वाह ! क्या 'हट के' चीज है यार !''

तो क्या

"अरे यार, तुम अक्ल की बात क्यों नहीं करते ?" रवि की आवाज में झुँझलाहट से ज्यादा थकान थी।

"नाअक्ली की कौन कर रहा है ?" शान्तनु ने हल्के-हल्के मुस्कराते हुए शान्त, अविचल स्वर में जवाब दिया।

"तुम !"

"हा ! हा ! हा !" वह खिलखिलाकर हँस पड़ा।

"देखो, आसमान से नीचे उतरो। ये उसूल, आदर्श, इश्क, मोहब्बत, सामाजिक सुधार वगैरह, सऽऽऽ ब लड़कपन के खुमार होते हैं। जैसे-जैसे आदमी बड़ा होता जाता है, दुनिया और दुनियादारी समझने लगता है, उसके पैर जमीन पर उतरने लगते हैं। वह जिन्दगी की वास्तविकताओं को समझने लगता है, उनसे जूझने लगता है, सही और गलत का फर्क पहचानने की कोशिश करने लगता है। कुछ करने से पहले समाज के तौर-तरीके मालूम करता है, उसमें अपनी स्थिति का जायजा लेता है। यानी उसके बाद वह हर काम, कम-से-कम हर बड़ा काम सोच-समझकर करता है।"

"मतलब ?"

"मतलब यही कि घर बसाना कोई हँसी-खेल नहीं होता। जिम्मेदारी का काम होता है। इसके कुछ रीति-रिवाज होते हैं, नेम-संस्कार होते हैं, नियम होते हैं।"

"हूँ ऊऽऽ, फालतू के ढकोसले ! मैं उन्हें नहीं मानता, बात खत्म।" शान्तनु व्यंग्य-भरे स्वर में कहकर चुप खड़ा हो गया।

"वाह ! तुम्हारे 'बात खत्म' कह देने-भर से क्या बात खत्म हो जाती है ? ऐसे नहीं होता यार। तुम बात को समझने की कोशिश तो करो। तुम्हें पुराने रीति-रिवाज पसन्द नहीं थे, तो कम-से-कम कानून-कायदों का तो ख्याल किया होता। समाज की औपचारिक आवश्यकताओं की तो कदर की होती। यह थोड़े ही कि जो मन में आया, जैसे मन में आया, कर डाला।"

"जैसे ?"

''जैसे क्या ? तुम अच्छी तरह जानते हो मैं क्या कह रहा हूँ।''

''फिर भी मेरी समझ में नहीं आ रहा कि मेरी वजह से, मेरे व्यक्तिगत जीवन को लेकर तुम इतने परेशान क्यों हो रहे हो।''

''अजीब बात करते हो यार ! तुम तो ऐसे बात कर रहे हो जैसे तुम किसी अलग, अकेली दुनिया में रहते हो, आसमान में कहीं चढ़े हुए और हम बेवजह तुम्हारी प्राइवेट दुनिया में दखलन्दाजी कर रहे हों। ऐसा नहीं होता यार। व्यक्तिगत जीवन इतना व्यक्तिगत कभी नहीं होता। क्या होता है व्यक्तिगत जीवन ? प्रत्येक व्यक्ति समाज में रहता है और समाज व्यक्ति में। दोनों की अपनी-अपनी अलग-अलग जगहें हैं, और आवश्यक हैं और बराबर महत्त्वपूर्ण हैं। जहाँ तक शादी का सवाल है, वह एक सामाजिक संस्था है, उसके अपने नीति हैं, नियम हैं, जिनका पालन कमीबेसी सभी करते हैं, करना पड़ता है।''

''लेकिन हम लोगों ने शादी की ही नहीं।'' शान्तनु ने सहजता से कहकर सफाई जताते हुए कन्धे उचकाए।

''यही तो कह रहा हूँ दोस्त कि जो तुमने किया है या कर रहे हो वह गलत है, गैरकानूनी है, अनैतिक है, हमारे सामाजिक नियमों का उल्लंघन है।''

''हुआ करे।''

''व्हाट डू यू मीन, 'हुआ करे ?' यहाँ कोई जंगल राज चल रहा है कि जिसको जैसे जँचा कर लिया ? हम एक सभ्य समाज में रहते हैं...''

''अबे यार तो मैंने ऐसी कौन-सी असभ्यता कर दी ?''

''असभ्यता भी और क्रिमिनल आफैन्स भी।''

''कौन कहता है ? इट इज़ नॉट ए कॉगनिजिबिल क्राइम। समझे ? इतना मैं जानता हूँ।''

''ठीक है। इट इज़ नॉट ए कॉगनिजिबिल क्राइम बट इट इज नॉट एन एक्ट ऑफ रेस्पेक्ट आइदर।''

''क्यों ? इसमें क्या अनरेस्पेक्टिबिल है ? बताओ मुझे।''

''तुम बच्चों की तरह बात कर रहे हो शान्त। तुम्हें मैं क्या बताऊँ ? मैं अचानक इतने साल बाद तुमसे मिला हूँ। मुझे यह विश्वास नहीं हो रहा कि तुम इसी बिल्डिंग में, इतनी प्रैस्टिजियस कॉलोनी में, पिछले आठ साल से रह रहे हो और तुम्हारे हालात के बारे में किसी को कानोंकान खबर तक नहीं है ! कौन जानता है कि तुम शादीशुदा हो या यों ही रह रहे हो—मन की मर्जी से ?''

''तो हो क्या गया यार ? तुम तो ऐसे बात कर रहे हो जैसे मैंने किसी का खून कर दिया हो और आज अचानक पकड़ में आ गया होऊँ ?''

''खून ? हाँ खून ही तो किया है तुमने। खून क्या होता है ? नाश, हनन,

आघात, वध, निग्रह। सिर्फ आदमी का खून ही तो खून नहीं होता। तुमने सिद्धान्तों का खून किया है और फिर यह भी नहीं कि बस साथ रह रहे हो, इस हालत में तुमने बच्चे भी पैदा कर डाले ?"

"हाँ ! और ये बच्चे बाकायदा स्कूल जाते हैं। हम दोनों कहीं इधर-उधर छिपते नहीं, अपने-अपने दफ्तर जाते हैं। हमारा अपना-अपना नाम है, इज्जत है, दोस्त हैं, सोशल सर्किल है। सब कुछ है। मुझे कहीं कोई कमी नहीं महसूस होती। क्योंकि किसी को असलियत नहीं मालूम। जिस दिन पोल खुली सारा स्ट्रक्चर ढह जाएगा। बड़ी उम्र के लोग शायद तुमसे बात तक करना बन्द कर देंगे, बाकी छींटाकशी करेंगे, उँगलियाँ उठाएँगे तुम पर, तुम्हारे बच्चों पर। सर्वेन्ट क्लास—इनको तो तुम जानते ही हो ?"

"मैं इन चीजों की परवाह नहीं करता।"

"लेकिन और लोग तो करते हैं।"

"किया करें। तुम जानते हो रिमि और मेरा बचपन का साथ है। हम लोग साथ पढ़े हैं, साथ बड़े हुए हैं। हम दोनों कलाकार हैं। बरसों से साथ काम कर रहे हैं। और चूँकि एक-दूसरे को बेहद चाहते हैं, प्यार करते हैं, एक साथ रहते हैं। इसमें क्या एबनॉर्मलिटी हो गई ? हमारे बच्चे हैं, घर है, वह सब कुछ है जो किसी भी सुखी परिवार में होता है। हम शान्ति से, आनन्द से जी रहे हैं। हमें औरों से क्या। जो उनके मन में आए करें, हमारी बला से !"

"तुम बड़ी बेतुकी बातें कर रहे हो, यार। यह 'मन में आए करें' क्या होता है ? कुछ चीजें कही नहीं जातीं, अंडरस्टुड होती हैं। यहाँ जितने लोग रहते हैं, उनकी एक हैसियत है, स्टेटस है। यह कहीं दर्ज नहीं करवाया गया। बस है। तुम ही बताओ रिमि का क्या स्टेटस है ? मेरा मतलब लीगल स्टेटस ? और तुम्हारे बच्चे ? वे तो निश्चित रूप से अवैध ही गिने जाएँगे। जानते हो कितना गम्भीर गुनाह है यह ? खाली समाज के प्रति नहीं, बच्चों के प्रति भी। कल को किसी ने उनसे यह बात कही तो उन्हें अच्छा नहीं लगेगा, खुद तुम्हें अच्छा नहीं लगेगा। कभी सोचा है बड़े होकर उन पर क्या गुजरेगी ?"

"आज तक तो ऐसी..."

"ठीक है, आज तक जरूरत नहीं पड़ी, इसका मतलब यह नहीं कि फैक्ट्स बदल गए। और एक बात थोड़ी है। हजार पहलू हैं। भगवान न करे, पर मान लो तुम लोगों में अनबन हो गई, तुम झगड़ पड़े या तुम्हें कुछ हो गया तो रिमि कहाँ जाएगी ? कौन आगे बढ़ेगा उसकी मदद करने ? उसके माँ-बाप ? बहन ? भाई ? आस-पड़ोस ? कोई नहीं। शायद ही कोई आगे आए। वह क्या कहलाएगी ? तुम्हारी रखैल ? कॉन्क्यूबिन ? कैप्ट ? 'बीवी', 'विधवा' माँ—मतलब कानूनन,

कहलाने का हक तो उसे होगा नहीं। और तुम्हारे बच्चे ? क्या स्टेटस होगा उनका ? क्या अधिकार होंगे उनके ?''

''तुम बिना बात खौफ पैदा कर रहे हो।''

''नहीं ! तुम्हें डराने की मेरी कोई इच्छा नहीं है। मैं सिर्फ सावधान करने की कोशिश कर रहा हूँ। अकस्मात् ही सही, चूँकि यह बात मेरे सामने आ गई है तुम्हें वास्तविक स्थिति समझाने की कोशिश कर रहा हूँ। अब भी कुछ नहीं बिगड़ा शान्त।''

शान्तनु बिना कुछ बोले चुपचाप शून्य में ताकता रहा। रवि ने उसे फिर उकसाने की कोशिश की—

''मुझे तुम्हारी नेकदिली पर शक नहीं है। लेकिन अगर तुम रिमि को वास्तव में प्यार करते हो, बच्चों के प्रति बाप की जिम्मेदारी समझते हो तो उसे और अपने बच्चों को बेनाम मत रखो।''

''यार तुम कौन-सी सदी की बात कर रहे हो ?'' शान्तनु बौखलाकर बोला। ''क्या उसका अपना नाम नहीं है ?''

''अरे यार फिर वही बात,'' रवि ने लम्बी साँस छोड़ते हुए कहा। ''अपना नाम, अपना जीवन, अपना वर्तमान, अपना भूत। इसके बाद ? इसके अलावा ? भविष्य की चिन्ता की है कभी तुमने ? वह रिमि है, ठीक है। मैं जानता हूँ, तुम जानते हो, इसके अलावा वह तुम्हारी पत्नी है, तुम्हारे बच्चों की माँ है। यह एक अलग स्टेटस हुआ कि नहीं ?...या कि वह कोई वस्तु है जिसे तुम प्यार करने के लिए अपने बच्चे पैदा करने के लिए इस्तेमाल...''

''शटअप !''

''सुनने में क्रूड लगता है, जानता हूँ। लेकिन यही तो मैं तुम्हें बताना चाह रहा हूँ कि तुम जाने-अनजाने वास्तविकता से मुँह छिपा रहे हो।''

''मैं मुँह क्यों छिपाऊँगा यार ? मैं इन चीजों की परवाह ही नहीं करता।''

''इसमें परवाह करने, न करने का सवाल नहीं है। कुछ चीजें बस करनी होती हैं। उन्हें न करने की च्वाइस हमारे पास नहीं हुआ करती। इतना तो तुम समझते ही होगे ? और यह भी कि हमारा समाज एक पैट्रिआर्कल समाज है, पितृसत्तात्मक समाज। मैं तुम्हारा दोस्त हूँ। मेरे मन में तुम्हारे और रिमि के लिए बहुत प्यार है, आदर है। मैं तुम्हारे प्यार की, हिम्मत की दाद देता हूँ लेकिन यह मानने को बिल्कुल तैयार नहीं हूँ कि तुम जो कर रहे हो वह ठीक है। तुम सिर्फ इतना-सा देखो, अगर तुम अपना अस्तित्व इतने जोर-शोर से एसर्ट कर रहे हो तो औरों को नजरअन्दाज कैसे कर सकते हो ?''

दोनों थोड़ी देर चुप बैठे रहे, रवि उत्तर की प्रतीक्षा में अपने मित्र की तरफ

देखता हुआ और शान्तनु विचलित, चिन्तामग्न दूर किसी और दुनिया में लीन। एक लम्बे अन्तराल के बाद शान्तनु कहने लगा, "तुम शायद ठीक ही कह रहे हो..." वह इतना कहकर रुक गया। रवि उत्साह से भरा उसकी आगे बात करने की प्रतीक्षा में उसकी तरफ एकटक देखता रहा।

"...लेकिन मैं अपने उसूल छोड़ने को तैयार नहीं," शान्तनु ने अपना वाक्य दृढ़ता से पूरा किया और रुक गया। कुछ सोचता हुआ वह फिर कहने लगा, "हम पिछले सत्रह साल से साथ रह रहे हैं, हमें कभी कोई दिक्कत नहीं आई। आज तुम न जाने कहाँ से सीन में टपक पड़े हो और बेकार का बवंडर खड़ा कर रहे हो। मैं नहीं समझता कि रिमि का कोई स्टेटस नहीं है। यह सब बवाल तुम्हारे अपने दिमाग की उपज है। तुम सामाजिक बेड़ियों में बँधे हुए हो। मैं उन्हें तोड़ चुका हूँ। मेरी शक्ति रिमि में है और उसकी मुझमें। अगर मेरा और तुम्हारा एक पृथक, स्वाश्रित, व्यक्तिगत स्टेटस है तो उसका भी है। वह भी हमारी तरह एक पूर्ण नागरिक है। उसका भी वही स्टेटस होना चाहिए जो मेरा या तुम्हारा। वह रिमि घोष है, उसी नाम से जानी जाती है और जानी जाएगी। किसी की बीवी, माँ या विधवा के नाम से क्यों ?"

"हाँ, यह ठीक है, मेरे और तुम्हारे लिए, हमारे छोटे से सर्किल के लिए। आम समाज के लिए नहीं। वक्त बदलने में समय लगता है। सामाजिक मानसिकता का विकास धीरे-धीरे होता है।"

"बस फिर आ गए उसी ढर्रे पर। स्टॉप टॉकिंग लाइक ए ग्रैंडफादर। बेकार में उसका पॉजिशन कमजोर किए जा रहे हो। हम नहीं समझते कि हमने कोई गलत कदम उठाया है या कोई गलत काम किया है। हम पूरी निष्ठा से अपना कर्तव्य निभाते हुए—सबकी तरफ, समझे तुम ? समाज की तरफ, एक दूसरे की तरफ, बच्चों की तरफ, अपने और परिवार-जनों की तरफ—चैन से जी रहे हैं। हमारे जीवन में विश्वास है, शान्ति है। हमने कोई गलती नहीं की। सिर्फ रास्ता अपना और अपनी मर्जी का अपनाया है।"

"लेकिन..."

"व्हॉट 'लेकिन' ! थोड़ी देर के लिए तो तुमने वास्तव में मुझे कनफ्यूज कर डाला। तुममें आत्मविश्वास की कमी है, समझे ? हर मंजिल पर पहुँचने के लिए आत्मविश्वास चाहिए होता है। वह हममें है। अगर तुम गलत काम नहीं कर रहे तो समाज कुछ भी करने के लिए तुम्हें बाध्य नहीं कर सकता, कभी करता भी नहीं। मन साफ होना चाहिए। जैसे हम रह रहे हैं, कोई भी रह सकता है। आवश्यकता आपसी वफादारी की होती है, औरों की स्वीकृति की नहीं। हम कुछ भी करें, जब तक कि वह किसी का अनिष्ट नहीं कर रहा, गलत नहीं है, किसी

को पसन्द आए-न-आए, हमें क्या ?''

''ठीक है तुम्हें क्या ! लेकिन हर बात का एक औचित्य होता है। हम जिस समाज में रहते हैं, उसकी अवहेलना नहीं कर सकते। उसके बुनियादी, प्रथागत नियमों का, मान्यताओं का, रीति-रिवाजों का पालन करना शिष्टाचार और आपसी व्यवहार के लिए आवश्यक हो जाता है।''

''चुप करो यार ! फालतू की दकियानूसी करके मुझे परेशान कर रहे हो। मैं या रिमि हम दोनों किसी ऊपरी दिखावे, स्वाँग, ढोंग, या पाखंड में विश्वास नहीं करते। हम एक साफ ईमानदार जीवन जी रहे हैं। न किसी के रास्ते में आ रहे हैं न किसी से कुछ माँग रहे हैं।''

''सिर्फ उनका तिरस्कार कर रहे हो...'' रवि ने बीच में टिप्पणी दी।

''हम किसी का तिरस्कार नहीं कर रहे। ये सब फालतू के शब्द तुम हमारी अच्छी-भली सीधी-सादी जिन्दगी में जबरदस्ती घुसा रहे हो।''

''अगर किसी को न मानो तो वह तिरस्कार ही तो हुआ ?''

''देखो यार, मैं बेकार की बहस नहीं कर सकता। मैंने न किसी का तिरस्कार किया है न अनादर, तुम्हारे रीति-रिवाज, परम्पराओं तक का नहीं। मैं एक शान्ति प्रिय आदमी हूँ, शान्ति से जी रहा हूँ। मेरे जीवन में आन, औचित्य, आदेश, मान, प्रतिमान, ईमान सब कुछ है। सिर्फ दिखावा नहीं है, शोरगुल नहीं है।''

''यही तो मैं कह रहा हूँ। तुम्हें अगर हो-हल्ला, गाना-बाजा पसन्द नहीं था तो सिविल मैरिज कर लेते। किसने रोका था ? कुछ करते तो सही। यह क्या बात हुई कि चुपचाप यहाँ आकर घर ले लिया और रहने लगे...सबके बीच, सबकी तरह,'' रवि ने रूखेपन से शिकायत की।''

''तो कैसे रहता ?'' शान्तनु ने भी उसी तरह जवाब दिया।

''हम सब तो शादीशुदा लोग हैं।''

''ओ यार, तुम यह राग अलापना बन्द करोगे या नहीं ? तुम शादीशुदा लोग हो तो क्या हो गया ?'' मित्र की आवाज में इतनी कठोरता देखकर रवि कुछ सकपका-सा गया। ''तुम्हारे और हमारे बीच कोई अन्तर नहीं है, समझे ? रहन-सहन में कोई फरक नहीं है। जैसे तुम रहते हो वैसे हम रहते हैं। जो तुम करते हो वह हम करते हैं। कहीं कोई कमी हो तो बताओ।''

''ये सब ऊपरी चीजें हैं। मैं इनकी बात नहीं कर रहा। तुम असली मुद्दा अवॉइड किए जा रहे हो।''

''मैं कुछ अवॉइड नहीं कर रहा। बात तुम ऊपरी कर रहे हो। बार-बार वही ऑफिशियल, सोशियल, लीगल किस्सा। अबे पर्सनल लेवल पर क्यों नहीं आते तुम ? हम, रिमि और मैं, पर्सनल लेवल पर जीते हैं, समझे ? और हमारी पर्सनल

इन्टीग्रिटी का मुकाबला तुम कभी नहीं कर सकोगे, कर ही नहीं सकते, अनभिज्ञ हो। दूसरे सामाजिक-व्यक्तिगत स्तर पर भी हम एक-दूसरे को पूरी तरह समर्पित हैं : प्यार करते हैं, आदर करते हैं, एक दूसरे के सगे-सम्बन्धियों से मिलते हैं, रस्मोरिवाज पूरे करते हैं, जरूरत पड़ने पर मदद लेते हैं, देते हैं। क्या नहीं करते हम लोग ? या क्या नहीं है हमारे पास ?''

''जो भी है, तुम एक विवाहित दम्पती नहीं कहला सकते। न वह तुम्हें अपना पति कह सकती है न तुम उसे अपनी पत्नी।''

''तो क्या ? हमने यह कहा ही कब ? हमने शादी नहीं की, न शादी का ढोंग। हम इस विभेदक प्रथा में विश्वास नहीं करते। हम एक-दूसरे को अपना साथी, हेतु, प्रेमी मानते हैं और यही कहते हैं। बिना किसी बाहरी दबाव के जिम्मेदारी से, प्रेम से साथ-साथ रहते हैं। हमारे सम्बन्ध का प्रमुख आधार है हमारा अपना, गहरा प्यार, साथ रहने की चाह। यह प्यार तब तक बना रहेगा जब तक हम साथ रहना चाहेंगे या वाइसी-वर्सा। हमारे जीवन की नींव ही प्यार है। तुम कह सकते हो यही बात ? नहीं। अब चुप क्यों हो गए ? आम तौर पर शादीशुदा जीवन में क्या होता है ? शादी हुई और एक—मतलब कि पुरुष अचानक, रातोरात आसमान में चढ़ जाता है या चढ़ा दिया जाता है। पति-परमेश्वर, स्वामी, सर्वस्व, करता-धरता-भरता, नाथ और न जाने कितने ऊल-जलूल टाइटिल मिल जाते हैं उसे और दूसरा, यानी स्त्री उसकी पत्नी, मात्र एक वस्तु, बना दी जाती है, उसकी एक निजी सम्पत्ति, एक पजेशन, खिदमतगार। क्यों ? हमारे यहाँ, हमारे समाज में, शादी की रस्म में प्यार नाम की कोई चीज कहीं आती ही नहीं। विवाहित जीवन में भी ज्यादातर प्यार नहीं, प्यार का ढोंग होता है। इतनी ऊँच-नीच में प्यार हो सकता है कभी ? और जो यह रीति-रिवाजों का किस्सा तुम इतनी देर से किए जा रहे हो, इनके प्रति भी किसी के मन में वास्तविक सम्मान नहीं होता, सम्मान का ढोंग होता है, दिखावा होता है, लीक पीट लेने की क्षमता का दिखावा।''

''नहीं।''

''नहीं क्या ? आगे भी तो कुछ बोलो। निन्यानवे प्रतिशत लोग रिवाज या उनका महत्त्व तक नहीं समझते। वह पंडित जो दुनिया-भर के मन्त्र बुदबुदाता है खुद उन्हें नहीं समझता। फिर प्यार और सम्मान स्वैच्छिक भावनाएँ होती हैं। वे या तो स्वतः महसूस होती हैं या नहीं होतीं। उन्हें ऊपर से नहीं थोपा जा सकता।''

''ठीक है। मैंने कब इनकार किया ? परन्तु यह तुम मानोगे ही कि इन ढोंगी लोगों को ढोंग करने के बावजूद कानून से, समाज से एक घर में एक साथ रहने की अनुभूति होती है, स्वीकृति होती है जबकि आपके एक साथ रहने पर कोई

भी आपत्ति कर सकता है। किस रिश्ते से साथ रहते हो, बता सकते हो तुम मुझे ?''

''प्यार और इच्छा के रिश्ते से। लेकिन तुम यह नहीं समझ सकोगे। तुम एक कॉकून में जीते हो, समाज नाम के कॉकून में। जब उससे बाहर निकलोगे तब ही बाहर की असली दुनिया देख और समझ पाओगे। मेरी और रिमि और तुम्हारी और मधुरा की जीवनशैली में कुछ भी अन्तर नहीं है।''

कुछ हिचकते हुए रवि ने जवाब देने के लिए मुँह खोला ही था कि शान्तनु ने अपनी बात में आगे जोड़ा, ''सिवाय इसके कि रिमि को 'लेने', सौ-टू-से, मैं पुराने राजा-महाराजाओं की तरह अचकन, साफा, सेहरा, माला में सजाकर, झाड़-फानूस लटकाए घोड़ी पर सवार बैंड-बाजे, फौज-पलटन के साथ उसके दरवाजे पर नहीं पहुँचा था। ये सब फालतू के ढकोसले हैं, जिन्हें तुम असली रस्म बता रहे हो।''

''छोड़ो यार ! मैं भी जानता हूँ ये सब ऊपरी चीजें हैं। लेकिन ये हमारे पारम्परिक रिवाज हैं, इनकी अपनी एक अहमियत है... ।''

''ठीक है। लेकिन इनकी मौजूदगी से कोई सम्बन्ध लोप नहीं हो जाता। ये हैं तो ठीक है नहीं हैं तो न सही।''

''रुको, रुको। वे अपनी जगह हैं मैं मानता हूँ। असलियत से मेरा मतलब था विवाह का संस्कार। एक बालिग पुरुष का एक बालिग स्त्री के साथ...''

''बस यार ! बहुत हो गया। दरअसल तुम सब कुछ मिक्स कर रहे हो—कानून, रिवाज, धर्म, संस्कार। एक बार ढंग से सोच के तर्कपूर्ण तरीके से कुछ बात कहो तो मैं जवाब भी दूँ—लेकिन यह तुम कर ही नहीं सकते क्योंकि असल बात कुछ है ही नहीं। जो भी है फालूत का झमेला, तुम्हारा अपना ऑब्जेक्शन है। जो कुछ दलील तुमने मेरे सामने रखी है सब फालतू की बातें हैं। लीगेलिटी के सारे पक्ष मैं अच्छी तरह समझता हूँ, जहाँ तक धर्म का सवाल है अग्नि को साक्षी मानकर बिना समझे कुछ मन्त्र दोहरा लेने से या उसके सात चक्कर काट लेने से इंसान फरिश्ता नहीं बन जाता। वास्तविकता तो यह है कि इस सेरेमनी, समारोह, संस्कार, दस्तूर—जो भी कहो, के सम्पन्न होते ही दो अच्छे-भले सहवर्गी, सहयोगी व्यक्ति एक होने के बजाय दो अलग-अलग वर्गों में बँट जाते हैं। और ठीक यहीं से, इसी बिन्दु से शुरू होता है पुरुष वर्चस्व, एक परिपूर्ण व्यक्ति और उसके व्यक्तित्व का तिरोहण, दोहन, दुर्व्यवहार। इन सब चीजों को देखकर ही तो बाहर, खास तौर से फ्रांस में आज आधे से ज्यादा दम्पती बिना शादी किए साथ रहते हैं। वे अपने आपको मित्र कहते हैं या अविवाहित दम्पती।''

''फ्रांस को फ्रांस में छोड़ो। तुम भारतीय हो, यहाँ रह रहे हो, यहाँ की बात करो।''

"कहीं की भी बात कर लो। पुरुष और स्त्री सब जगह एक ही होते हैं। उनकी बेसिक मानसिकता समान होती है। उसका विकास निर्भर करता है और प्रभावित भी होता है—उनके सामाजिक वातावरण, रीति-रिवाज, धर्म, शिक्षा आदि पर। हमारे यहाँ शादी की प्रथा या संस्कार को पूरा करने का ढंग कुछ ऐसा है कि बेवजह बिना चेष्टा के, शायद अनजाने में समाज का एक अच्छा-भला टुकड़ा दो वर्गों में बँट जाता है—लड़केवाले और लड़कीवाले। तुम जानते हो मैंने जब से सुधि सँभाली मैं इन सब चीजों के एकदम विरुद्ध रहा हूँ। रिमि भी मेरी तरह शादी के नाम से भी चिढ़ती थी। हमने मिलकर यह फैसला कर लिया कि हम यह बुराई, सामाजिक कमी अपने जीवन में नहीं आने देंगे। हम पिछले सत्रह साल से साथ रह रहे हैं और खुश हैं। हमें अपनी जिन्दगी में कभी ऐसा महसूस नहीं हुआ कि जैसे हम कोई अस्वाभाविक, गैर-जिम्मेदार, गैर-कानूनी या किसी भी तरह से कोई गलत काम कर रहे हैं। न हमारा आपस में कभी कोई बड़ा झगड़ा हुआ न अलग होने की जरूरत हुई। हम एक-दूसरे के प्रति उसी तरह वफादार हैं जैसे कोई भी विवाहित दम्पती होता है, सम्भवतया ज्यादा क्योंकि हमारे जीवन का आधार ही आपसी ईमानदारी और आदर है। अगर मैं रिमि के लिए आवश्यक हूँ तो वह भी मेरे लिए उतनी ही आवश्यक है। हमने कभी एक-दूसरे की उपेक्षा नहीं की। जबकि शादी के बाद जैसा मैंने देखा है, ज्यादातर पति, खास तौर से हमारे देश में अपनी पत्नी की खास परवाह नहीं करते। उसे अपनी निजी सम्पत्ति मानकर चलते हैं। उसका अपना कोई इंडिपेंडेंट जीवन ही नहीं होता। उसका अपना व्यक्तिगत स्टेटस कुछ नहीं होता—फलाँ की बहन, फलाँ की बेटी, फलाँ की बीवी, फलाँ की माँ। इसे तुम स्टेटस कहते हो ? रिमि इस लॉस के लिए कभी तैयार नहीं थी।"

"और तुम ? तुम्हारी अपनी कोई इच्छा या स्वतंत्र राय नहीं थी ?"

"तुम घूम-फिरकर फिर वहीं आ अटके ! इतना पढ़-लिखकर भी आखिर रहे जाट के जाट ही। स्त्रियों के प्रति वही तिरस्कारपूर्ण, धृष्ट रवैया। तुम यह स्वीकार क्यों नहीं करते कि उनकी इच्छा, और उनके विचार भी उतने ही महत्त्वपूर्ण हैं जितने पुरुषों के। उसकी इच्छा कहते ही तुम तुनक पड़ते हो। यह क्यों नहीं सोचते कि यदि उसकी इच्छा मेरे लिए कोई मायने नहीं रखेगी तो मेरी इच्छा उसके लिए क्यों रखेगी ? जैसे वह वैसे मैं।"

"तुम तो पागल हो। ज्यादा ही कलाकारी छाँट रहे हो।"

"नहीं। बुरा मत मानना। मेरे ख्याल से तुम बहुत अहंकारी हो। अहं और मानसिक विकास आपस में समग्र रूप से जुड़े होते हैं," कहकर शान्तनु रुक गया और मित्र के चेहरे पर अपनी टिप्पणी का असर देखने लगा। फिर धीरे-धीरे बात

पूरी की, "दरअसल जो जितना अहंकारी होता है वह उतना ही कमअकल भी होता है।"

"यानी कि मैं कमअकल हूँ।"

"मैंने कब कहा ? मैंने तो यह कहा ही नहीं कि 'तुम' कमअकल हो। मैं तो ह्यूमन नेचर के एक जनरल फीचर का, एक आम आदत का जिक्र कर रहा हूँ। अपनी समझ से वह कारण ढूँढने की कोशिश कर रहा हूँ जिसकी वजह से हर समाज और समुदाय में सदियों से नारी अपने अधिकारों के लिए संघर्ष करती रही है। तुम्हें विश्व के हर कोने में पुरुषों द्वारा उसके दोहन, उत्पीड़न और जवाब में उसके विद्रोह की कहानी मिल जाएगी। यह समस्या पुरुष के स्वभाव से जुड़ी हुई है। जहाँ शिक्षा का जितना विकास हुआ है वहाँ उनके सम्बन्ध उतने ही बदले हैं। हमारे यहाँ ही देखो वैदिक काल में यह अपमानजनक प्रवृत्ति नहीं मिलती। तब स्त्रियों को समाज में ऊँचा स्थान दिया जाता था। लेकिन ये पुरानी बातें हैं। वे लोग हमसे कहीं ज्यादा विकसित होते थे, विवेकशील होते थे और इसीलिए हमसे ज्यादा सुशील और सहानुभूतिपूर्ण। वे स्त्री को उचित स्थान देने में अपनी महानता समझते थे..." कहते-कहते शान्तनु रवि की तरफ ध्यान से देखने लगा। रवि ने झूठी विनम्रता दिखाते हुए कहा–

"कहते चलिए, मैं सुन रहा हूँ।"

शान्तनु ने कुछ चिढ़कर दोहराया, "मस्तिष्क जितना कम विकसित होता है आदमी में उतना ही अहं ज्यादा होता है और जिसमें जितना अहं होता है वह उतना ही क्रूर और ओछा होता है। हर समाज में दोनों तरह के पुरुष होते हैं, कहीं कम कहीं ज्यादा। पहले स्त्रियाँ अपने ऊपर यह अत्याचार सह लेती थीं आज वे पढ़ी-लिखी हैं, आत्मनिर्भर हैं, अपने स्थान और अधिकारों के प्रति सजग हैं, सचेत हैं। वे क्यों सहें अपना स्वयं का तिरस्कार, रूढ़िवादी परम्पराओं के नाम पर पुरुषों की तानाशाही, अन्याय। तुम उनसे उतनी ही इज्जत पाओगे जितनी तुम उन्हें दोगे, सीधी बात है।"

"लिहाजा शास्त्रों में से विवाह का संस्कार काट दिया जाए, यही कह रहे हो ना तुम ? आधुनिक समाज में पन्द्रह संस्कार काफी हैं।"

"यार तुम्हें कुछ भी समझाना बड़ा मुश्किल है। हद दर्जे के दकियानूस हो। इतनी देर से हम बेवजह बहस किए जा रहे हैं। वास्तव में बात दो स्तरों पर हो रही है। तुम ऊपरी आवरण को लेकर बैठे हो। तुम्हारा हर तर्क उसी पर केन्द्रित है जबकि मैं लगातार जोर दे रहा हूँ समस्या के 'कोर' पर, केन्द्र पर, तत्त्व पर, उसकी जड़ पर। बोलो मधुरा मैं ठीक कह रहा हूँ कि नहीं।" मधुरा को कमरे में आते देख कुछ राहत पाने की नियति से, कुछ उसकी उपस्थिति को दर्ज करने के

लिए उसने खास तौर से मधुरा को सम्बोधित किया।

रवि अपनी पत्नी के आने की बिना कोई परवाह किए उसकी तरफ देखे चुपचाप बैठा रहा जैसे मधुरा का आना-न-आना उसके लिए कोई मायने ही न रखता हो। जैसे वह वैसी ही कोई वस्तु हो जैसे पर्दा, कुर्सी या मेज। जबकि शान्तनु ने उसके कमरे में आते ही हल्का-सा मुस्कराकर उसका अभिवादन किया, उसके बैठने के लिए स्थान देखने लगा, और फिर जानबूझकर उसे सम्बोधित करके उसे अपनी बातचीत में भाग लेने के लिए आमंत्रित किया। लेकिन मधुरा जो पिछले कुछ क्षणों से वहाँ खड़ी दिलचस्पी से उन दोनों की बातें सुन रही थी उसका प्रश्न सुनते ही अचकचा गई। अपने पति की तरफ देखने लगी जो दम्भ में भरा न जाने कहाँ देख रहा था। शान्तनु ने कहा--

''घबराओ मत मधुरा, हम लड़ थोड़े ही रहे हैं। बोलो ना, जो तुम्हें ठीक लगता है बताओ।''

''ना बाबा, झगड़ा तुम दोनों का है, मैं बीच में क्यों पड़ूँ ?''

''वाह ! शाबाश ! यह हुई ना बात ! इसे कहते हैं सच्चा पत्नी-धर्म। खैर मनाओ कि रिमि यहाँ नहीं है।'' वह बहुत निराश स्वर में कहने लगा, ''एक्चुअली तुम्हारी जैसी सती-सावित्रियाँ ही जिम्मेदार हैं समाज में स्त्री जाति के अवमूल्यन के लिए। कितनी अजीब बात है कि तुम स्वतन्त्रता से अपने विचार तक जाहिर करने में हिचकिचा रही हो क्योंकि, सम्भवतया, वे रवि की सोच के विपरीत हैं--क्योंकि तुम उसकी पत्नी हो। ग्रेट ! अपना मन मारकर अपने धर्म का, परम्परा का पालन कर रही हो। खुद जानबूझकर अपना हक छोड़ रही हो। तुम यह क्यों नहीं सोचतीं कि रवि की पत्नी होने के अलावा तुम अपने आपमें एक सर्वथा पृथक, शरीर-बुद्धि सहित सम्पूर्ण व्यक्ति भी हो। जब तुम खुद अपने आप अपना अस्तित्व नकारोगी, अपनी शिक्षा-दीक्षा, सोच-समझ, अपना विवेक, बुद्धि अस्वीकार करोगी तो दूसरा उसका फायदा क्यों नहीं उठाएगा ?''

''वी आर ए हैपी फेमिली, ए हैपी कपल माई डियर फ्रेंड,'' रवि विजयी स्वर में एक-एक शब्द पर जोर देता हुआ बोला। ''हम लड़ाई-झगड़ा नहीं करते। घर में प्यार से, 'सलीके' से रहते हैं।''

''बेशक ! यह प्यार है ? इसे प्यार कहते हो तुम, जहाँ घर में शान्ति बनाए रखने के लिए, किसी को अपने विचार तक दूसरे पर ढालने पड़े ? हाँ-में-हाँ मिलानी पड़े ? कुछ कहने से पहले दूसरे की शक्ल ताकनी पड़े ? इसीलिए तो चोटी से गर्त तक की यात्रा में पत्नी के लिए 'अनुगामिनी' शब्द भी किसी अक्लमन्द ने ही जोड़ा होगा--वह जो सदैव दूसरे के दिखाए मार्ग का अनुगमन करे।'' शान्तनु की आवाज में व्यंग्य से कहीं ज्यादा दर्द था।

"बिल्कुल ! तुम्हें शायद नहीं मालूम। पति का एक पर्याय 'स्वामी' भी होता है।" अकड़ में भरा हुआ रवि, मधुरा की तरफ धृष्टता से देखता हुआ बोला। मधुरा जो अब तक मुस्करा रही थी इस शब्द के इतने आत्माभिमानी प्रयोग से चिढ़ गई। उसकी सहज, स्वाभाविक मुस्कान पर अपमान और रोष की परत झलकने लगी। वह गम्भीर हो गई।

शान्तनु अपने विचारों पर इतने मूर्खतापूर्ण आक्षेप से आहत हुआ, थका-सा हाथ पर हाथ रखे बैठा रहा। थोड़ी देर कोई कुछ नहीं बोला। बिल्कुल चुप। फिर पराजित स्वर में वह यह कहता हुआ उठ खड़ा हुआ कि, "लेडीज अगर खुद ही अपने आपको इंफीरियर मानेंगी, पीछे रहेंगी तो दूसरे क्यों उन्हें अपने बराबर जगह देंगे ?"

रवि, घमंड में चूर, खिल्ली-सी उड़ाता हुआ कृपालु टोन में बोला, "कौन इंफीरियर मानता है इन्हें ? आजकल औरतों को बराबर हक देने के लिए तो दुनिया-भर के कानून बन रहे हैं, अभियान चल रहे हैं। उन्हें ऊँचा उठाने के लिए, उनकी स्थिति मजबूत करने के लिए।"

"इसीलिए शायद उन पर जुल्म भी ज्यादा हो रहे हैं, आए दिन मारपीट, अपहरण, हत्या, बलात्कार, मानसिक पीड़ा।"

"यह तो जो है सो है," कन्धे उचकाता हुआ रवि टेबल पर अभी थोड़ी देर पहले मधुरा द्वारा रखी ट्रे के पास आया और खड़ा हो गया। "वायलैंस कहाँ नहीं है ?"

अपनी बात खत्म करके वहाँ खड़ा-खड़ा वह बार-बार मधुरा की तरफ देखने लगा जैसे कि वह अपना कोई काम भूल गई हो। मधुरा जानबूझकर दूसरी तरफ मुँह किए बैठी रही। उसके होंठ एक बार शायद कुछ कहने के लिए थोड़े से खुले भी लेकिन वह फिर एक ठंडी साँस भरकर चुप बैठ गई।

अपने मित्र के इतने अनसमझ, अभिमानी आक्षेपों से हुई पीड़ा शान्तनु के चेहरे पर स्पष्ट दिख रही थी। वह दुःखी था लेकिन अपनी बात छोड़ने को तैयार नहीं। वह आर्त किन्तु स्थिर आवाज में फिर बोला—

"मैंने कहा न तुम अक्ल से बात करो। कानून बना देने से क्या कभी सुलझी है कोई सामाजिक समस्या ? कानून तो सिर्फ एक तरह के हथियार होते हैं जो बनके रखे रहते हैं। उनकी शक्ति उनके प्रयोग में होती है। अगर उन्हें मजबूती से, अक्ल से, तरीके से काम में लाया जाएगा तो वे निश्चित रूप से कारगर साबित होंगे नहीं तो एक तरफ बेकार पड़े रहेंगे जैसे और बहुत-सी चीजें पड़ी रहती हैं। अल्टीमेट सिचुएशन, अगर देखा जाए तो लेडीज के अपने हाथों में है। वे चाहें तो मजबूती से लड़ सकती हैं चाहें तो डरकर चुपचाप बैठ सकती हैं, खुद अपनी

उपेक्षा कर सकती हैं, औरों से करवा सकती हैं।''

''उपेक्षा की या डरकर बैठ जाने की बात नहीं है शान्तनु,'' मधुरा आखिर अब बोल ही पड़ी, ''यू हैव टू बी ए लिटिल प्रैक्टिकल।''

'' 'प्रैक्टिकल' या सबमिसिव, रादर आउटराइट स्लेविश,'' शान्तनु उस पर बरस पड़ा।

''तुम छाँट-छाँटकर कितने भी प्रोवोकेटिव शब्द इस्तेमाल कर लो मैं वही कहूँगी जो कह रही हूँ,'' मधुरा ने उस तीखे प्रहार का जवाब मीठी, सधी हुई आवाज में दिया।

''इग्जैक्टली ! मैं भी तो कब से यही कह रहा हूँ कि जब उसूलों के सहारे सोच-समझकर कोई फैसला किया जाए तो उस पर अमल करना चाहिए। अटल रहना चाहिए। यह नहीं कि जैसे सुविधा हुई उसे बदल डाला। कम-से-कम अपने फैसला करने की कपैसिटी, क्षमता में तो विश्वास होना चाहिए। अगर मैं अपने फैसले हर रोज बदलूँ तो वे फैसले ही क्या हुए ? इसका मतलब यह होगा कि मुझे उनमें विश्वास नहीं है। और अगर मुझे खुद को अपने फैसलों में विश्वास नहीं होगा तो औरों को क्यों होगा ? बात चाहे रिमि और मेरी सिचुएशन की हो—यानी हमारे बिना शादी किए साथ रहने की—या इन जनरल, लेडीज के स्टेटस की।''

''नहीं, तुम जर्नलाइज नहीं कर सकते,'' मधुरा ने टोका।

''क्यों ? मैं समझता हूँ अपने-आपको लोअर स्टेटस देने के लिए लेडीज खुद जिम्मेदार हैं। खुद अपनी अवनति में उनका भी उतना ही योगदान है जितना पुरुषों का।''

''हमेशा नहीं।''

''किसी हद तक तो ?''

''हाँ किसी हद तक। काफी हद तक।''

''यह मानती हो न तुम ? तो इसका मतलब यह हुआ कि तुम उस वर्ग में शामिल हो जो कहता कुछ है और करता कुछ है ?''

''मेरी बात छोड़ो, मैं...''

''क्यों छोड़ो ? अगर रवि इस बात को लेकर कि रिमि और मैं क्या बिना परम्परागत शादी किए साथ-साथ रह रहे हैं, इतना किस्सा कर सकता है तो मैं क्यों तुम्हारे विचारों की तुलना तुम्हारे एक्चुअल जीवन से नहीं कर सकता ?''

''देखो शान्ति से जीना एक बात है और बेकार मुद्दों को उठा-उठाकर जीवन भर झगड़ना दूसरी।''

''मधुरा तुम इतनी पढ़-लिखकर भी अपने आपको उसी कैटेगरी में डाल रही

हो जिसमें हमारे देश की शायद चौरानवे प्रतिशत अनपढ़ औरतें आती हैं। और यह मत भूलो कि यह वर्गीकरण तुम खुद कर रही हो।''

''छोड़ो ये बेकार की बातें। तुम कैसे भी रहो रवि को क्या हक है बीच में बोलने का। वी आर गुड फ्रेंड्स एंड दैट इज इनफ। चलो, कुछ और बात करो यह विषय बदलो।''

''क्यों ?''

रवि इस पूरे दौरान खिड़की के पास खड़ा होकर अपने चुरुट को मुँह में रखता-निकालता हुआ बाहर देखता रहा था। ''कैन वी कन्टीन्यू आवर डिस्कशन ?'' शान्तनु ने उसे जोर से आवाज दी। रवि हँसकर बोला–

''तुम जानो। मैं बीच में क्यों पड़ूँ ?''

''क्योंकि मधुरा...''

''मधुरा नोज व्हाट इज गुड फॉर हर,'' शान्तनु को काटते हुए रवि ने हेकड़ी भरी अनावश्यक टिप्पणी दी। मधुरा का चेहरा फौरन प्रतिरोध में तमतमाने लगा, लेकिन इससे पहले कि वह कुछ कहे रवि ने अपनी बात में एक वाक्य और जोड़ दिया, ''आई मीन शी नोज द डिफरेन्स बिटवीन प्रोपर एंड इम्प्रोपर।''

''प्रोपर, इम्प्रोपर का कोई सवाल नहीं है,'' मधुरा ने उग्रता से रवि को झिड़का। ''मैं झगड़ा करना पसन्द नहीं करती, बस।''

''यह तुम रवि से कह रही हो ना...कि मुझसे।'' शान्तनु ने चुटकी ली।

''दोनों से,'' और मधुरा फिर अपनी सहज उन्मुक्त हँसी हँस दी। उसके साथ वे दोनों भी हँस पड़े। वातावरण में फैला तनाव कुछ छँट गया। ''यों ही बहस में पड़ गए तुम लोग। चलो कॉफी पीते हैं।''

''नहीं मैं चलता हूँ। ताज्जुब है अब तक रिमि यहाँ आई क्यों नहीं ? मैं सिर्फ तुम्हारी यह आइस ट्रे लौटाने आया था। न जाने कैसे यह किस्सा शुरू हो गया। वह सोच रही होंगी कि मैं कहीं चला गया।''

''यहीं बुला लाओ न। साथ खाना खाएँगे। मैं उससे काफी दिनों से मिली भी नहीं हूँ।''

''नहीं, नहीं। अब मैं चलता हूँ शाम को सब घर में होते हैं ना, बच्चे भी, हम लोग भी। इवनिंग टाइम इज फेमिली टाइम, सेकरेड।''

''ओ ! हाऊ नाइस ! हमारे यहाँ ऐसा कुछ नहीं है, साथ हो गए, तो हो गए नहीं तो सब अपने-अपने कमरों में।''

''नहीं, नहीं, बच्चों को मत बुलाओ,'' रवि गम्भीरता से उनके बीच में बोला। ''कहीं उनके सामने कुछ मुँह से निकल गया तो उन्हें दुःख होगा।'' इतना कहकर वह अपनी पत्नी की तरफ देखने लगा।

“तुम मेरी तरफ क्या देख रहे हो। अपनी फिकर करो,” मधुरा ने फिर चिढ़कर कहा।

“अरे यार न हमें आज तक कोई परेशानी हुई, न बच्चों को। तुम्हीं लोगों ने आज यह बेकार का किस्सा...”

“मुझे क्यों बीच में डाल रहे हो ? मैंने तो कुछ कहा नहीं,” मधुरा ने शान्तनु को टोका।

“गुड !”

“क्या ?”

“कुछ नहीं। मैं यही चाहता था।”

“पता नहीं क्या बोल रहे हो तुम। पहली बार जब रिमि ने अपने बारे में मुझे बताया था तब एक क्षण को तो जरूर मुझे लगा था कि कुछ असामान्य है। मैंने सोचा था क्या ऐसा हो सकता है ? क्या यह ठीक है ? लेकिन फिर दुबारा इस बारे में मैंने कभी नहीं सोचा। न मुझे कभी कुछ अलग या अजीब लगा। जैसे हम वैसे तुम। मुझे तो रोजमर्रा की जिन्दगी में कोई फरक नहीं दिखता। हो सकता है कानून की कोई बारीकियाँ हों लेकिन उनसे मेरा क्या वास्ता ?”

“अच्छा, तुम्हें मालूम था ? तुमने मुझसे कभी जिक्र तक नहीं किया ?” रवि ने अपनी पत्नी पर आरोप-सा लगाते हुए पूछा।

“कभी जरूरत ही नहीं हुई। कोई कैसे भी रहे, हमें क्या ?”

“अगर मैं ऐसे रिमि को बात-बात पर दोष देने लगूँ तो वह तो मुझे छोड़कर चली जाए।”

“तभी तो कह रहा हूँ कि तुमने ठीक नहीं किया।”

“शटअप ! क्या बेतुकी बातें करते हो ? मैं बात कर रहा हूँ आदर्शों की, उसूलों की, समाज में स्त्रियों की स्थिति परिवर्तन की और तुम हो कि...यही तो मुझे बर्दाश्त नहीं, लेडीज का इस तरह अपनी हैसियत गँवाना।”

“लेकिन तुम्हारे जैसे पुरुष कितने हैं शान्तनु ?” मधुरा बोली। “और जहाँ तक लेडीज का सवाल है बुरा सबको लगता है लेकिन वे कुछ कर नहीं पातीं। तुम जानते हो अपनी बात मनवाने के लिए सबसे पहले उनका फाइनेंशियली आत्मनिर्भर होना जरूरी है यानी हाथ में कोई परमानेंट जॉब। और ज्यादातर लेडीज शादी के वक्त रिजॉइन कर देती हैं। दुबारा जॉब मिलने में दिक्कत होती है, करने में दिक्कत होती है, पचास मुसीबतें आती हैं।”

“ये तो बहुत छोटी बातें हैं। अपने उसूलों के लिए इंसान बड़ी से बड़ी सेक्रीफाइस देता है।”

“मुझे वह भी मालूम है। रिमि बता रही थी कि वह शादी करने में बिल्कुल

विश्वास नहीं करती थी लेकिन तुम अपने विचारों में कितने दृढ़ हो उसे मालूम नहीं था। कह रही थी जब उसने तुम्हारे सामने यह बात रखी, तो वह तुम्हारी 'हाँ' की जगह 'ना' के लिए भी पूरी तरह तैयार थी। यानी वह तुम्हें छोड़ने के लिए एकदम दृढ़संकल्प थी।''

''बिल्कुल ! हम दोनों एक-दूसरे के हर विचार की इज्जत करते हैं। मुझे छोड़ो। तुम उसकी तरफ से सोचकर देखो। बिना शादी किए, अपने घरवालों से झगड़कर, अपना सब कुछ दूसरे को देकर बिना किसी बाहरी जोर के, साथ रहने का फैसला करना कोई आसान होता है ? लेकिन हमें एक-दूसरे में पूरा विश्वास था। इसीलिए आज तक कोई परेशानी नहीं हुई।''

''शुरू में भी दिक्कत नहीं हुई ? किसी ने...''

''किसने ? क्या ? हम दोनों साथ जो थे। देखो समाज या लोगों की चैं-चैं सिर्फ तब तक चलती है जब तक आप सुनो या कोई आदमी अकेला पड़ जाए। लोग थोड़े दिन हुज्जत करते हैं, लेकिन अगर उनकी परवाह न करो तो अपने आप चुप हो जाते हैं—एक बात। दूसरी बात अगर आप अपने दायरे में बिना किसी के रास्ते में आए अपना जीवन जी रहे हो तो कोई कुछ नहीं कहता। वैसे इतना आसान भी नहीं है जितना शायद मेरे कहने से तुम्हें लग रहा हो। अपने पैरों में दम होना चाहिए। बेवजह मोर्चा मत लो, समाज-सुधारक मत बनो, अपना जीवन जीए जाओ। सब ठीक हो जाता है, कुछ अहम् बातों का ध्यान रखना पड़ता है जैसे आप घर ऐसी जगह लो जहाँ लोग पढ़े-लिखे हों, सोशियली अंडर स्टैंडिंग हों, प्रगतिवादी विचारवाले हों। और बहुत धीरज से काम लेना पड़ता है, जल्दी कुछ नहीं होता। वास्तव में बाद में बहुत से दम्पती कहते हैं हम भी तुम्हारी तरह होते तो अच्छा रहता।''

''बस ! बस ! छोड़ यार, बेकार उसे बुद्धू बना रहा है,'' रवि बीच में बोला।

''शान्तनु बात मुझसे कर रहे हैं रवि,'' मधुरा गुस्से में बोली। हमेशा की तरह ऐसे मौकों पर गुस्से में आपे से बाहर हो जाने की जगह इस समय रवि ने चुप हो जाना बेहतर समझा। और बड़प्पन का दिखावा करता हुआ बोला, ''सॉरी।''

अपने अनुरूप अवसर देखकर शान्तनु ने तपाक से कहा—

''वहाँ खिड़की में, खड़ा-खड़ा क्या सॉरी, सॉरी कर रहा है यार। यहाँ आकर बैठ। कुछ समझने की कोशिश कर।''

''ठीक है यहाँ आ जाते हैं,'' अपनी झेंप को खिसियायी हँसी में छिपाता हुआ रवि उनके पास आकर बैठ गया।

''देख यार, तू हमारा किस्सा छोड़ दे। मैं और मधुरा, हम लोग बात कर रहे हैं उसूलों की, समाज और व्यक्ति के बीच कॉन्फ्लिक्ट्स, यानी विरोध, असंगति

की। तूने रूसो तो पढ़ा ही होगा...''

''मैं इस समय क्लास अटेंड करने के मूड में नहीं हूँ,'' कहते हुए रवि फिर उठने लगा।

शान्तनु ने खींचकर उसे वापस बिठा दिया। ''ओ.के.। माई फॉल्ट। नो रेफरेंसिस टू रीडिंग। हमारी बात सुनो, और हमें भूल जाओ। एक बार खुले दिमाग से सोचकर देखो कि आखिर शादी क्या है ? खास तौर से जैसे हमारे समाज में की जाती है।''

''ये बेकार के किस्से मुझे पसन्द नहीं हैं।''

''ठीक है, यह भी मंजूर है। तुम सिर्फ मेरी बात ध्यान से सुन लो और सुनकर उस पर अपनी ओपीनियन दे दो, यह तो कर सकोगे ना ? इसके बाद मैं तुमसे कुछ नहीं मागूँगा। जस्ट गिव मी टेन मिनट्स ऑफ योर वेरी प्रेशियस टाइम।''

''बोल।''

''ध्यान से सुन। मैं मजाक नहीं कर रहा।''

''हाँ, ठीक है।''

''हमारे यहाँ शुरू से आखिर तक शादी की रस्म को देख। शुरू से ही, बेवजह, एक परिवार को दूसरे से नीचा कर दिया जाता है। बात तय हुई और एक अचानक बड़ा मेहमान बन गया और दूसरा उसका विनम्र मेजबान, आजीवन सेवा-सत्कार करने के लिए तत्पर और फिर यह किस्सा उम्र-भर चलता रहता है। मैं प्रत्येक रस्म का जिक्र तक करने में शर्म महसूस करता हूँ। सोचकर देख कि यह फर्क क्यों आता है ? दोनों परिवारों का स्टेटस बराबर क्यों नहीं रखा जाता ? और अगर ऐसा किया जाए तो क्या काफी हद तक यह इन्डिस्क्रिमिनेशन खत्म नहीं हो जाएगा ? जैसे मिलना-जुलना किसी एक के घर में मत रखो। किसी तीसरे स्थान पर रखो। जहाँ दोनों परिवारों को जाना पड़े, लेना-देना बिल्कुल वर्जित, शादी, एक्चुअल शादी की रस्म यानी मंडप भी किसी तीसरी जगह हो जहाँ 'दोनों' परिवार समय पर पहुँच जाएँ। घोड़ी, बारात, गाजे-बाजे जिन्हें पसन्द हैं रखें लेकिन बारात स्वागत, मिलनी यह सब बन्द हो जाए। और जब बारात किसी तीसरे स्थान में जाएगी तो दोनों परिवार मेहमान भी होंगे और मेजबान भी—एक-दूसरे का खर्चा भी आधा-आधा बाँटा जाए। पंडित के साथ-साथ एक सरकारी आब्जर्वर या ऐसा ही कोई अधिकारी हो। डोली या विदा की रस्म बिल्कुल खत्म। तो मैं समझता हूँ यह बेवजह बनाया हुआ बड़े-छोटे का भेद बहुत जल्द दूर हो जाए। नहीं ?''

रवि अपने मित्र की बात वास्तव में बड़े ध्यान से सुन रहा था। लेकिन जवाब में चुप बैठा रहा। मधुरा के चेहरे पर नई चमक झलकने लगी। शान्तनु ने फिर कहा, ''कुछ तो बोल।''

“बात तो गलत नहीं है लेकिन नामुमकिन है। समाज को बदलना इतना आसान नहीं होता।”

“तो इसका मतलब यह थोड़े ही है कि कोशिश शुरू ही न की जाए।”

रवि चुपचाप सिर झुकाकर बैठ गया।

“जो मैंने कहा वह ठीक तो है ना ? तू मानता है ना कि यह लड़कीवाले, लड़केवाले का किस्सा खत्म हो जाना चाहिए ?”

“हाँ।”

“तो फिर ? मैंने कुछ गलत कहा ?”

“नहीं। लेकिन रास्ता मुश्किल है।”

“तो क्या ?”

तीनों ने चौंककर देखा। जवाब खाने की टेबल से आया था जहाँ न जाने कब से रवि-मधुरा के दोनों बच्चे चुपचाप बैठे यह बहस सुन रहे थे।

जोंक

"बोल सियावर रामचन्द्र की जै ! भगवान श्रीकृष्ण की जै ! महाबली बजरंगबली की जै !...माताजी, माऽऽ ताजी, भगवान के नाम पर हमें सिर्फ एक..." पोर्च में गाड़ी खड़ी करते ही उतरते हुए अचानक यह आर्तनाद इतने पास सुनकर मैं चौंक गई। इधर-उधर दृष्टि दौड़ाने पर देखा कि आवाज गेट से आ रही थी जहाँ दरबान अपनी पूरी शक्ति लगाकर किसी आदमी से जूझ रहा था और वह दूसरा, तेजी से अपनी बैसाखी खटकता-पटकता अन्दर घुसने के लिए हाथ-पैर मार रहा था।

बड़ा-सा सिर, तेल में चमकते सजे-सँवरे बाल, चौकोर चेहरा, तेज, पैनी, बड़ी-बड़ी सुरमा डली आँखें, इस समय इतनी दूर से भी मुझ पर गड़ी हुईं, माथे पर पसीने की बूँदों के नीचे चन्दन, रोली, भभूत का लेप, ऊपर सिन्दूर की बड़ी-सी बिन्दी, ठिगनी-सी गर्दन, उसके नीचे बेडौल, भारी शरीर, एक टाँग जमीन पर टिकी हुई, दूसरी जरा ऊँची लटकी हुई-सी, काली पैंट और साफ-सुथरी कमीज पहने, हाथ में एक काला-सा थैला लटकाए एक लँगड़ा आदमी मुँह से लगातार भगवान स्तुति बतौर विलाप करता हुआ गाड़ी के पीछे-पीछे जबरन गेट के अन्दर घुसने का प्रयास कर रहा था और दरबान पूरे जोर-शोर से उसे रोकता हुआ या रोकने का प्रदर्शन करता हुआ अपनी कर्तव्यपरायणता का प्रमाण दे रहा था—अपना डंडा बगल में दबाकर एक हाथ से गेट बन्द करते हुए और दूसरे से आगन्तुक को बाहर की तरफ धकेलते हुए। वह व्यक्ति अभी बाहर ही था लेकिन उसने अपनी बैसाखी इस तरह आगे टेक रखी थी कि गेट बन्द नहीं किया जा सकता था। दरबान की हरकत हमेशा की तरह उस जबरदस्ती करनेवाले को रोकने की ईमानदार कोशिश नहीं थी, बल्कि सिर्फ अपनी कर्तव्यनिष्ठा के दिखावे पर ध्यान आकर्षित करने की थी। मैं कई बार देख चुकी थी कि उसकी सहानुभूति वास्तव में उन सब लोगों के साथ हुआ करती थी जिन्हें अन्दर आने से रोकने के लिए उसे खास तौर से नियुक्त किया गया था। बहरहाल, वह यह प्रमाणित करने में कोई कमी नहीं रखता था कि वह मुफ्त की तनख्वाह नहीं ले रहा, अपना फर्ज

निभा रहा है।

"क्या कर रहे हो तुम ? देख नहीं सकते उसकी टाँग टूटी हुई है," मैंने दरबान को झिड़का। मैं सिर्फ लंच के लिए घर आई थी और मुझे जल्दी वापस लौटना था। मुझे यह देखकर गुस्सा आ रहा था कि यह लम्बा-चौड़ा हट्टा-कट्टा हाथ में डंडा लिए आदमी दरवाजे पर तैनात है और उसके बावजूद एक बाहरी आदमी जो कि लँगड़ा है अन्दर आ गया है। ऊपर से मुझे दिखाने के लिए वह फालतू का नाटक कर रहा है और वह भी इतनी नाअक्ली से कि अगर उस लँगड़े को चोट आ जाती तो सबसे पहले उसे लेकर मुझे अस्पताल भी भागना पड़ेगा क्योंकि चोट मेरे घर के गेट के अन्दर लगी होगी और मेरे दरबान द्वारा लगाई गई होगी। आजकल लोग जरा-जरा-सी बात का मुआवजा माँगते हैं। अब तक वह व्यक्ति पोर्च में दाखिल हो चुका था और दोनों बैसाखी जमीन पर पटककर मेरे पैरों को छूते हुए मेरे सामने साष्टांग प्रणाम की मुद्रा में लम्बा हुआ पड़ा था, नाक जमीन को छू रही थी। मैं अचकचाकर एक कदम पीछे हट गई। दरबान गेट पर खड़ा रहा।

"ये क्या कर रहे हैं आप ? पैर मत छुइए मेरे।"

"हम बहुत दुःखी हैं माताजी, सहायता हेतु आपके पास आए हैं। आपसे प्रार्थना कर रहे हैं, हम पर दया कीजिए माताजी..."

"अरे भई, तो सामने से तो हटो। ठीक से खड़े होकर जो कहना है जल्दी से कहो और फिर जाओ यहाँ से।" मुझे बहुत चिढ़ आ रही थी। भूख भी लग रही थी।

"...हम वही कर रहे हैं माताजी। आपको अपना दुःख ही तो सुना रहे हैं।" जब से मैंने वह जै-जैकार सुनी थी उसका बोलना लगातार चालू था। एक मिनट को भी बन्द नहीं हुआ था। वह एक चाबी-भरे यंत्र की तरह, इस समय लेटे हुए भी, निरर्गल बोले चला जा रहा था और इतनी जल्दी-जल्दी कि मुझे बार-बार लग रहा था कि उसकी जीभ दाँत से कट जाएगी।

"हमें सिर्फ एक मिनट दे दीजिए माताजी। हम आपका एहसान कभी नहीं भूलेंगे। हम आपका ज्यादा समय नहीं लेंगे। सिर्फ कुछ सहयोग माँग रहे हैं। हम भिखारी नहीं हैं माताजी। हमें मदद चाहिए, हमारी टाँग टूट गई है, साधन नहीं है। हम एक बार अपना इलाज करवा लें फिर आपका पैसा आपको लौटा देंगे। हम..." इत्यादि, इत्यादि, इत्यादि। उसकी बात चले जा रही थी, बेरोक। मैं किंकर्तव्यविमूढ़ उसे देख रही थी। उसका किस्सा सुन रही थी, सुनने के लिए मजबूर थी। मेरी इच्छा, मेरी स्वतन्त्रता, स्वाधीनता मुझसे छीनी जा चुकी थी। और वह, मेरा दरबान गेट पर खड़ा ऐसे देख रहा था जैसे कोई नुक्कड़ नाटक चल

रहा हो। नारायण अन्दर था मेरी घेराबन्दी से बेखबर।

वह लँगड़ा था बहुत उद्यमी। मुँह से तो अथक परिश्रम कर ही रहा था उसके दोनों हाथ भी खाली नहीं थे। अब वह गाड़ी के सहारे खड़ा होकर अपने काले बैग में जल्दी-जल्दी कुछ ढूँढ रहा था। मैं अधीरता से इन्तजार कर रही थी उससे छुट्टी मिलने का। उसे अपने बैग में से तरह-तरह के पुलिन्दे निकालते देखकर मैंने कहा–

"देखिए यह सब पढ़ने के लिए मेरे पास समय नहीं है। मैं सिर्फ खाना खाने आई हूँ, मुझे जल्दी वापस जाना है।"

"माताजी सिर्फ जरा-सी कृपा..."

"अरे क्या तुम 'कृपा' 'कृपा' करे जा रहे हो ? कहा न मेरे पास टाइम नहीं है। बाहर जाते हो या मैं पकड़कर निकलवाऊँ ?"

"हम चले जाते हैं माताजी। ये कागज जरा देख लेते..."

"फिर वही बात, मैं कह रही हूँ..."

"जाते हैं, जाते हैं। हम गलत समय पर आ गए। माफ करें। शाम को आ जाएँ माताजी ?"

"हाँ ठीक है, शाम को आ जाइए। अभी जाइए आप।" उसकी विनम्रता के सामने अपने बेहद उद्धत व्यवहार पर गिल्टी महसूस करते हुए मैंने कहा। जब वह वास्तव में गेट से बाहर चला गया, मैंने चैन की साँस ली। गुस्सा न होती तो क्या करती ? कुछ लोग कैसे होते हैं पीछा ही नहीं छोड़ते, मैं सोच रही थी। आखिर यह आया कहाँ से, इसी उधेड़बुन में मैं खाने की टेबल पर जा बैठी।

शाम को ऑफिस के बाद मुझे एक रिसेप्शन पर जाना था। वहाँ से आठ बजे घर पहुँची तो गेट पर वह फिर मौजूद था। देखते ही मुझे बहुत तेज गुस्सा आ गया। बाहर ही गाड़ी रोककर मैंने दरबान से बिना आवाज ऊँची किए कहा–

"इसे अभी समझाकर भेज दो, बोलो इतवार को आ जाएगा।"

लेकिन फिर वही किस्सा। गेट से दो-तीन मीटर अन्दर दोनों का जूझना वह 'माताजी' 'माताजी' पुकारता हुआ घुसता आ रहा था और दरबान अपनी नाकाबिलियत का इश्तिहार कर रहा था। कोई विकल्प न देखकर मैंने उसे बुला लिया और पोर्च में खड़े होकर पूछा, "बताइए आपकी क्या मुसीबत है ?"

"हम आपको तंग करना नहीं चाहते माताजी लेकिन लँगड़ी टाँग से..."

"ये सब छोड़िए, आप अपनी समस्या पर आइए..."

"हमें मदद चाहिए माताजी।"

"अरे भई, तो क्या मदद ? कैसी मदद ?"

"अभी बता देते हैं माताजी।" और वह इधर-उधर देखने लगा जैसे बैठने को स्थान ढूँढ़ रहा हो। मेरे कुछ न कहने पर खुद ही बोला, "बैठकर दो मिनट..."

"तुम बड़े अजीब आदमी हो। इस समय बैठकर बात करने का टाइम नहीं है मेरे पास। जानते हो अभी क्या बजा है ?"

"माताजी, हम पर क्रोध मत करिए।" और वह हू-हू करके रोने लगा। मेरा गुस्सा और बढ़ गया।

"रोने की क्या जरूरत है। एक तो बिना बात घर में घुस आए हो, मेरे सिर पड़ रहे हो। ऊपर से हू-हू, बन्द करो ये रोना !"

वह चुप हो गया।

"उन्होंने कहा था हमसे आपके पास आने के लिए नहीं तो हम कतई नहीं आते माताजी।"

"किन्होंने कहा था ?"

"वही तो हम ढूँढ रहे हैं। सुबह हमारे हाथ में आपका पूरा पता था। अब हम रखकर भूल गए हैं। उन्होंने कहा था आपसे मदद जरूर मिलेगी।"

"किन्होंने ?" मैंने गुस्से में उबलते हुए पूछा।

हाथ की आस्तीन से आँसू पोंछते हुए वह बोला—

"हम बहुत दुःखी हैं माताजी, हमें डाँटिए मत...आज्ञा हो तो यहाँ बैठ जाएँ ? अभी सब बताए देते हैं।"

"ठीक है," मैंने हारकर कहा। "लेकिन जल्दी करिए।"

मैं वहीं खड़ी रही। रात के आठ, साढ़े-आठ बजे पोर्च की लाइट में खड़े-खड़े बात करना मुझे अच्छा नहीं लग रहा था। मैंने अन्दर जाकर उसे बाहर बरामदे में बुलवा लिया ताकि बैठकर ढंग से बात हो सके। दस मिनट तक अपने कागज लगातार उथल-पुथल करने के बाद उसने एक आई-कार्ड मेरे सामने कर दिया।

"ये हमारा आई कार्ड है माताजी। हम एडवोकेट हैं...थे पहले।"

कहने तो मैं कुछ और जा रही थी लेकिन 'एडवोकेट' सुनकर चुप हो गई। वास्तव में उस कार्ड में बाईं तरफ वकीलोंवाला काला कोट पहने उसकी तस्वीर थी और सामने घर का पता, नाम इत्यादि। अब मुझे उसके प्रति अपने बर्ताव पर लज्जा महसूस होने लगी। अच्छा भला, पढ़ा-लिखा आदमी, शायद बुरे दिनों से गुजर रहा है और मैं उससे बात करने के लिए वक्त तक नहीं निकाल पा रही। लेकिन मेरी समझ में यह नहीं आ रहा था कि एडवोकेट रहने के बाद उसे इस तरह घर-घर भागने की जरूरत कैसे आ पड़ी ? मैंने कहा—

''कब थे आप एडवोकेट ?''

''हम एडवोकेट ही नहीं माताजी, मिडिल स्कूल में टीचर भी रहे तीन साल।'' और उसने सीधे हाथ की तीन उँगलियाँ ऊपर उठाकर दिखाईं। यह रहस्य बढ़ता जा रहा था। मैं कुछ भी समझ पाने में असमर्थ, बेहद परेशानी महसूस कर रही थी लेकिन उस आदमी से, जो कभी टीचर रह चुका हो, हाई कोर्ट में एडवोकेट रह चुका हो, मैं क्या कहती, सिवाय इसके कि–

''मुझे यह जानकर दुःख हो रहा है कि आप पर इतनी बड़ी मुसीबत आ पड़ी है। आपको शुरू में ही बता देना चाहिए था कि आप एडवोकेट रह चुके हैं,'' मैंने माफी-सी माँगते हुए कहा।

''कोई बात नहीं माताजी, कोई बात नहीं।'' उसने बड़ी उदारता से कहा। ''हमें मालूम था हमें आपसे मदद अवश्य मिलेगी। हमारी समस्या ये टूटी टाँग है। हमारे लिए बार-बार आना-जाना मुश्किल हो जाता है इसलिए हम दोपहर से यहीं बैठे रहे।''

मुझे फिर एकाएक थकान लगने लगी।

''बताइए, क्या मदद माँग रहे हैं आप ?''

उसने लपककर अपने हाथ में पकड़े दो कागज मेरे सामने कर दिए। उनमें से एक ऑल इंडिया इंस्टीट्यूट ऑफ मेडिकल साइंसेस के किसी डॉक्टर का प्रेस्क्रिप्शन था और दूसरा बम्बई के किसी अस्पताल का। मैंने दो बार वे कागज ऊपर से नीचे तक पढ़ डाले लेकिन पूरी बात समझ में नहीं आई, क्योंकि उसका बोलना बराबर जारी था और मुझे उस पर खीझ आ रही थी। वह शायद चुप रह ही नहीं सकता था।

''आप दो मिनट चुप बैठें तो मैं ये पढ़ लूँ।'' मैंने बहुत रुखाई से उससे कहा।

''ज...जी, जी माताजी। हम इतने घबराए हुए हैं कि आपको जल्दी-जल्दी सब बता देना चाहते हैं ताकि आपका कम-से-कम समय लगे। हम भिखारी नहीं हैं माताजी, किस्मत के मारे हैं।''

''बताइए, क्या बताना चाह रहे हैं।''

''जी। हम आगरा के रहनेवाले हैं, एक गरीब परिवार के। हमारे पिताजी उसी मिडिल स्कूल में मास्टर थे जिसमें बाद में हम पढ़ाने लगे। हम घर में बड़े थे तो जल्दी काम में लगा दिए गए, लेकिन हमें पढ़ने का बहुत शौक था। सो हम साइकिल से शाम को शहर चले जाते फिर हमने 'ईवनिंग क्लास' में बैठ-बैठकर पहले बी.ए. की परीक्षा पास की, फिर लॉ कर लिया, उसके बाद टीचरी छोड़कर हम एडवोकेट हो गए। चार-छह महीने अच्छे निकले, माताजी, बस फिर एक दिन

अचानक हमें ज्वर हो गया। पिताजी ने दवा लाकर दी। पहले दिन हम ठीक रहे लेकिन अगले दिन जाने कैसे हमारे कूल्हों से नीचे का हिस्सा सुन्न हो गया। टाँगों में से सत जाता रहा। हम खड़े तक नहीं हो सके माताजी। बहुत दवा-दारू, झाड़-फूँक करी, बहुत पैसा बरबाद किया पर कोई फायदा नहीं हुआ। फिर आगरा से हम दिल्ली आ गए, सीधे मेडिकल गए। वहाँ डॉक्टर साहब ने हमें अच्छी तरह देखा। दिल के बहुत भले हैं वो। वो जो कागज आपने पकड़े हैं ना माताजी, उनमें देखिए। उन्होंने हमारे लिए कितना, कितना किया है। उन्होंने हमसे यह भी कहा कि हम तुम्हारे इलाज का आधा पैसा माफ करवा देंगे, सोशल वर्कर से मिल लो। सो हम सोशल वर्कर से मिले...''

''तो मुफ्त हो रहा है ना आपका इलाज ?'' मैंने बात खत्म करने की कोशिश की।

''सुनिए तो माताजी,'' वह अब 'द्रुत गति' में बोलने लगा, ''हम सोशल वर्कर से मिले तो वो कहने लगीं, 'भाई डॉक्टर साहब तो ऐसे ही लिख देते हैं, बहुत झंझट हैं सरकारी ग्रांट के साथ। इसीलिए हमने बहुत केस वापस कर दिए हैं।' उनका कभी ये पता नहीं चलता कि एप्लीकेशन का क्या प्रोफॉरमा है, कौन-से अफसर के पास जमा करनी है, कहाँ जाना है। जहाँ जाओ बस यह जवाब मिलता है कि 'यह हमारे डिपार्टमेंट का नहीं है।' यह कोई नहीं बताता कि किस डिपार्टमेंट का है।. हम फिर डॉक्टर साहब के पास पहुँचे तो उन्होंने हमारे लिए मुफ्त ऑल इंडिया रेलवे पास बना दिया और दिल्ली में इधर-उधर जाने के लिए डी.टी.सी. का भी मुफ्त पास, पर ग्रांट के लिए कुछ नहीं बोले। तब से हम दिल्ली-आगरा तो आते-जाते रहते हैं, दो-एक बार बम्बई भी हो आए हैं। हमारे एक मित्र कह रहे थे कि बम्बई के डॉक्टर ज्यादा अच्छे हैं उनका बहुत नाम है। हमने उन्हें अपनी टाँग दिखाई। वो कहने लगे ठीक कर देंगे, साढ़े तेरह हजार रुपया लगेगा। अब इतना प्रबन्ध हम कैसे करें! बस यही हमारी समस्या है माताजी।''

''लेकिन आप एडवोकेट रह चुके हैं तो कुछ तो कर सकते थे अब तक। कुछ तो पैसा होना चाहिए था आपके पास। आप कहीं से माँग सकते थे, लोन ले सकते थे। कोई आप अनपढ़, अनजान तो थे नहीं ?''

''आजकल पैसा कहाँ होता है, माताजी। फिर हम छह साल से ये टूटी टाँग लेकर दर-दर ठोकर खा रहे हैं।''

''छह साल से ?'' मैं सोच में पड़ गई। मुझे उसकी कहानी में उसका एडवोकेट होना बहुत अटपटा लग रहा था। अब और ज्यादा लगने लगा, फिर उसका हू-हू करके रोना। लेकिन आई-कार्ड अब भी मेरे हाथ में था। मैं कभी उसे, कभी उसका

चेहरा देख रही थी।

"साढ़े तेरह हजार में से दस तो हम दे चुके हैं माताजी, सिर्फ साढ़े तीन हजार नहीं जुटा पा रहे।" वह सहसा बोला।

यह सुनकर मेरी बेइत्तफाकी कुछ कम हुई, लेकिन बात का औघड़पन बाकायदा बना रहा। मेरी समझ में नहीं आ रहा था कि वह ऐसा कैसा एडवोकेट था कि अपने पैर का इलाज नहीं करवा सका। यह सोचकर कि तथ्यों की इतनी छानबीन मैं कहाँ तक कर पाऊँगी मैंने अपने-आपको उसकी उस समय माँगी हुई मदद तक सीमित रखकर अपना पीछा छुड़ाने का निश्चय किया। सौ रुपए का नोट उसकी तरफ बढ़ाते हुए मैंने कहा, "माफ करें इससे ज्यादा मैं कुछ नहीं कर पाऊँगी।" वह चुपचाप उसे देखता रहा। फिर हाथ जोड़कर रुँधी हुई आवाज में कहने लगा, "माताजी, हम भीख नहीं माँग रहे। हम भिखारी नहीं हैं। हम आपका पैसा लौटा देंगे। हम पर विश्वास करिए।"

मैं बड़े असमंजस में पड़ गई। मैं जानती थी मैं उसकी मदद कर सकती हूँ। मैं ऐसे कई संस्थानों की सदस्य थी जिनकी सहायता से उसका पूरा इलाज मुफ्त करवाया जा सकता था, लेकिन उस समय देर बहुत हो चुकी थी, मैं बहुत थकी हुई थी, और खास बात यह थी कि मैं उसके बारे में कुछ और जानकारी हासिल करना चाहती थी, लेकिन मेरे पास समय नहीं था। मैंने उससे कहा, "ठीक है। आप ये दोनों कागज मेरे पास छोड़ जाइए। मैं पूरी कोशिश करूँगी कि आपकी ज्यादा से ज्यादा मदद की जा सके।"

मदद के नाम से उसका चेहरा खिल गया लेकिन कागज छोड़ने में वह आनाकानी करने लगा। मुझे बहुत बुरा लगा। मैंने गुस्से में वे कागज वहीं टेबल पर रख दिए और यह कहते हुए कि, "ये लीजिए, ले जाइए आप अपने कागज और यहाँ दोबारा कभी मत आइएगा," अन्दर चली गई। वहीं से मैंने आवाज लगाई, "नारायण, बाहर पहुँचा आओ इनको और आगे से कभी अन्दर मत आने देना।"

अब उसका 'माताजी गलती हो गई' 'माफ करें' ये करें वो करें चालू हो गया था। लेकिन नारायण उसे जल्दी बाहर ले गया। थोड़ी देर बाद वह दोनों प्रेस्क्रिप्शन लेकर खुद मेरे पास आया--

"मेम साहबजी, वह बहुत माफी माँग रहा है। कह रहा है अब हम कभी बीच में नहीं बोलेंगे। आप कहें तो ये प्रेस्क्रिप्शन रख लूँ नहीं तो दे आऊँ उसको वापस। मैं उसे समझा आया हूँ कि इन कामों में समय लगता है। जो मदद देता है, कागज भी देखना चाहता है। कागज यहाँ छोड़ दे और आठ-दस दिन बाद आकर पता कर ले। रोज-रोज न आए।"

नारायण ने ठीक किया था। मैंने इस सख्त हिदायत के साथ कि वह आगे

से उस आदमी को घर के अन्दर नहीं आने देगा वे कागज उससे ले लिए। उसे आगाह करते हुए फिर कहा–

"देखो, अब यह तुम्हारी जिम्मेदारी है। कितना अजीब आदमी है। कितना ज्यादा बोलता है।" तभी मुझे ध्यान आया कि उसने मुझे वह नाम नहीं बताया जिसने उसे मेरे पास भेजा था, "और देखो वह कह रहा था कि किसी ने उसे मेरे पास भेजा था। अगली बार वह नाम भी उससे पूछ लेना।"

मैं मन में योजना बना रही थी कि उसके बारे में किससे बात करूँ, कैसे वह एमाउंट अरेंज करूँ लेकिन अन्दर गहराई में एक उड़ता-सा शक घर करता जा रहा था, जिसे बार-बार मैं यह सोचकर बाहर खदेड़ने की कोशिश कर रही थी कि जब इतनी एन्क्वाइरी हो ही नहीं सकती तो शक को जगह क्यों दी जाए ? अपना काम करते रहो। किसी ने मदद माँगी है, कर सकते हो तो कर दो। नहीं कर सकते तो मना कर दो, उसकी ईमानदारी उसके साथ।

दो दिन शान्ति से गुजरे। तीसरे दिन सुबह-सुबह छह बजे गेट पर फिर वही रुदन, वही क्रन्दन, "माताजी, माताजी।" आवाज बेडरूम तक साफ आ रही थी। इससे पहले कि मैं कुछ कहती नारायण बाहर भागा।

"कौन है ?" मेरे पति ने चौंककर पूछा।

"कोई नहीं। एक लँगड़ा है, बार-बार आ जाता है।"

"तुमसे इतनी बार कहा है इन लोगों को कुछ दिया मत करो। एक बार जरा भी कुछ मिल जाता है फिर ये पीछा नहीं छोड़ते।"

थोड़ी देर में नारायण अन्दर आ गया। मैंने कान लगाकर सुनने की कोशिश की। सब शान्त था। कोई हृदय-विदारक गुहार, पुकार कुछ नहीं। बड़ी राहत मिली। अगले दिन मेरी गाड़ी के निकलने के लिए दरबान ने गेट खोला तो रिफलेक्टर में गेट के बीचों-बीच फिर वह मूरत मौजूद, दोनों हाथ जुड़े हुए, आँखें मुझ पर गड़ी हुईं, चेहरा रोने को तैयार। मैं इंजन बन्द करके फोन के पास जाकर बैठ गई। नारायण से उसे अन्दर बुलवाया। अन्दर घुसते ही 'नमस्ते माताजी' कहता हुआ वह एक कुर्सी की तरफ बढ़ा।

"नहीं, नहीं बैठने की जरूरत नहीं मैं जा रही हूँ। ये पकड़िए," कहते हुए मैंने जिन एक-दो लोगों से बात की थी उनके पते एक कागज पर लिखकर उसके दोनों प्रेस्क्रिप्शन उसकी तरफ बढ़ा दिए और बहुत मेहनत से संयत किए स्वर में कहा–

"ये लीजिए, ये आपके दोनों कागज, ये कुछ पते। मैंने इनसे आपके बारे में बात की है। वहाँ चले जाइए। जो भी बन सकेगा वे जरूर देंगे।" अपने पर्स से कुछ रुपए निकालते हुए मैंने कहा, "ये मेरी तरफ से।"

मेरे हाथ में से रुपए उसने ऐसे ले लिए जैसे गाय रोटी खाती है, ''हम रुपए माँगने नहीं आए थे माताजी, वे कागज लेने आए थे। आपकी बहुत दया...''

''वह सब ठीक है,'' मैंने झल्लाकर कहा, ''अब आप यहाँ से चले जाइए और दोबारा कभी मत आना।''

मैं अपनी बात खत्म कर चुकी थी। उसके जाने का इन्तजार कर रही थी। लेकिन वह वहाँ से हिला नहीं। बिल्कुल चुप खड़ा रहा। मैंने हारकर फिर पूछा–

''अब जा क्यों नहीं रहे भई ?''

''माफ करें माताजी,'' कहते-कहते उसने सिर जमीन तक झुका लिया। ''हम आपको नाराज करने नहीं आए थे आप तो भगवान समान हैं...''

''नारायण, अब इसे बाहर छोड़ आओ,'' कहकर मैंने आँखें बन्द कर लीं।

वह जमीन में जमकर बैठ गया। मेरे दिए हुए रुपए निकालकर मेरे पैरों में रख दिए, ''ये ले लीजिए माताजी। हमें माफ कर दीजिए। हम सच कह रहे हैं, हम रुपए लेने नहीं आए थे। दुःख के मारे हैं। सिर्फ यह पूछने आए थे कि हमारे लिए कुछ हुआ कि नहीं। हममें बुद्धि नहीं है माताजी...''

वह रैं-रैं चले जा रही थी। मैं उठकर अन्दर चली ग़ई। नारायण उसे जबरदस्ती खींचकर गेट के बाहर कर आया।

मन बहुत खराब हो गया था। मैं अपने-आपको समझा रही थी–चलो, पैसा गया तो जान तो छूटी। कुछ देर बाद मैं उठी, बी.बी.सी. की न्यूज देखी और किताबें उठाकर चल दी। गेट से निकलकर मैंने गाड़ी को फारवर्ड गियर में डाला ही था कि मेरे सीधे हाथ को वह विनय-अनुरोध-आग्रह की प्रतिमा फिर मौजूद।

''अब क्या हो गया ?''

''क्षमा करें माताजी, हम...''

''अरे बाबा, तुम अपनी मुसीबत क्यों नहीं बोलते ? क्यों खड़े हो यहाँ अभी तक ? अब और क्या चाहिए ?''

''कुछ नहीं माताजी, कुछ नहीं चाहिए। टाँग टूटी है ना, धीरे-धीरे चले जाएँगे। अभी चले जाएँगे...ये जो आप पते दिए हैं ना, ये सभी जगह जाएँगे...''

''तुम्हारे पास तो अस्पताल का बना फ्री बस-पास है। बेकार का बहाना क्यों कर रहे हो, चले क्यों नहीं जाते ?''

''चले जाएँगे माताजी, अभी जाएँगे...हम सिर्फ ये कह रहे थे कि जहाँ आप जा रही हैं, वहाँ तक आँपके साथ चले जाते...''

मैंने झक मारकर गाड़ी का दरवाजा खोला, ''आइए।'' वह मेरे बराबर की सीट पर आराम से बेफिक्री से बैठ गया। मैंने तीन जगह बात करके तीनों पते

उसे दिये थे। अब तीनों के यहाँ मैं ही उसे लेकर गई। हरेक के यहाँ इसकी पैरवी की। जहाँ से रुपए मिले, लेकर इसे सँभलवाए। माथुर जो कुछ ही दिन पहले सेशन जज के पद पर रिटायर हुए थे, उन्होंने अपना कान्ट्रीब्यूशन हाथ में पकड़ा हुआ था। लेकिन रुककर कहने लगे–

"एक अनजान आदमी को इतना कैश देना ठीक नहीं है। फैक्ट्स वेरिफाई तो करने चाहिए।"

"मैंने उसे डॉक्टर से चैक कर लिया है जिसने इसका प्रेस्क्रिप्शन बनाया है," कहते हुए मेरा ध्यान मेरे साथ आए व्यक्ति पर गया। वह पूरी श्रद्धा से बिना पलक झपकाए माथुर के हाथ में पकड़े रुपयों को देख रहा था।

"फिर भी...यू विल मी सरप्राइज, कैसे बुद्धू बना जाते हैं ये लोग !"

"ऑफकोर्स !" मैंने सहमति जताई। "लेकिन मैं अब बहुत थक गई हूँ। बैंक जाकर इसके लिए ड्राफ्ट बनवाना मेरे बस का नहीं है। मेरे पास तो कोई स्टॉफ भी नहीं है," मैंने दयनीयता से कहा।

"लेकिन यह है कौन ? किसी ने इसे भेजा था तुम्हारे पास या...?" माथुर ने जानना चाहा।

"जाने कहाँ से आ टपका," मैंने फुसफुसाकर कहा। "पहले दिन कह तो रहा था कि किसी ने इसे मेरा पता दिया था। लेकिन अब आठ-दस दिन हो गए हैं, सारे वक्त मेरे सिर पर सवार रहता है। अभी तक उसने अपना नाम मुझे नहीं बताया है। जो भी पूछो, उसका सीधा जवाब ही नहीं देता। कभी कुछ बोलता है, तो कभी कुछ। प्लीज, किसी तरह इससे मेरी जान छुड़ाओ।"

"ओके, ओके। तुम सेंटिमेंटल बहुत हो ना, कहने में भी जल्दी आ जाती हो, घबरा भी जल्दी जाती हो..."

"व्हाट, घबरा जल्दी जाती हो ? यू हैव एनी आइडिया, किस तरह यह धरना दिए हुए है मेरे घर में ? रात को ग्यारह बजे, सुबह छह बजे कभी भी घंटी बजा देता है, और फिर दहाड़-दहाड़कर 'माताजी', 'माताजी'। आसपास के लोग देखने लगते हैं। रवि को इतना तेज गुस्सा आता है, लेकिन बस मेरी तरफ देखकर चुप हो जाते हैं।"

"तुम उससे छिपाती रहती हो न।"

"यह बात नहीं है। उन्हें सोशल वर्क, चैरिटी वगैरह कुछ पसन्द नहीं है। वह कहते हैं, सब धोखेबाजी है। इतनी-इतनी सी बातों पर आर्ग्यूमेंट्स हो जाएँ, यह मुझे अच्छा नहीं लगता। जब हमारे उसूल इतने अलग-अलग हैं, और उन्हें अपने किसी काम में दखल पसन्द नहीं है तो उन्हें मेरे बीच में भी नहीं बोलना चाहिए।"

"बट, ही मे बी राइट। ये लोग अकेली लेडीज को ज्यादा ठगते हैं।"

"क्या बात कर रहे हो ? मैं अस्पताल जाकर उस डॉक्टर से मिलकर आई हूँ जिसने इसका प्रेस्क्रिप्शन बनाया।"

"इसे साथ ले गई थीं ?"

"हाँ, यह बाहर खड़ा था।"

"मतलब, प्रेस्क्रिप्शन के साथ मरीज अन्दर नहीं गया न ?"

"हो सकता है, कहीं कुछ गड़बड़ हो," मैंने उसका तर्क मानते हुए कहा, "वैसे इसकी कहानी मेरी भी समझ में नहीं आ रही। अपने-आपको एडवोकेट बता रहा है। आई-कार्ड भी है इसके पास। फिर घर-घर भीख माँग रहा है।"

"चलो, ठीक है, मैं देखता हूँ।"

"यहाँ आना भाई," माथुर ने उसे अपने पास बुलाया। वह वहीं कुछ दूर खड़ा था और हमारी बातों को कान भी लगा रहा था, लेकिन अब एकदम एक गँवई गबदू की तरह अनजान बना, पास आकर हाथ जोड़कर खड़ा हो गया।

"लाओ, जितने रुपए मेम साहब ने इकट्ठे करके आपको दिए हैं, मुझे दे दो। मैं आपके अस्पताल के नाम ड्राफ्ट बनवा देता हूँ ताकि पैसा उसी काम में लगे जिसके लिए हम दे रहे हैं।"

"हम उसी काम में लगाएँगे साहब, हम पर विश्वास रखिए साहब," वह बदहवास बोला, "हम तो खुद ही संकट में पड़े हैं। हमें बहुत तकलीफ है साहब, हम ये पैसा और कहीं क्यों खर्चेंगे ? हमारी टाँग ठीक हो जाए तो हम आप सबका एक-एक पैसा लौटा देंगे।"

माथुर ने उसकी बात पर कोई ध्यान नहीं दिया। दोबारा सख्ताई से उससे रुपए माँगे लेकिन उसने दिए नहीं और बिना एक बार भी एक्चुएली इनकार किए हुए। मैं देखती रह गई कि कितनी चालाकी से, कितनी चतुरता से वह गबड़-गबड़ बात बनाता रहा। माथुर के हर प्रश्न का जवाब लम्बे-चौड़े किस्सों में देता रहा, दुनिया-भर का नाटक खेलता रहा—कभी अपने थैले की जाँच-पड़ताल, कभी इस जेब में ढूँढ, कभी उस जेब में ढूँढ। पर उसने हमारे ही दिये हुए रुपए लौटाकर नहीं दिए।

"टोटल कितने हो गए इसके पास ?" माथुर ने मुझसे पूछा।

"तीन हो गए हैं, एक तुम्हारा हो जाएगा। बस, काफी हैं।"

"ठीक है, मैं चार हजार का डिमांड ड्राफ्ट आर्थोपेडिक डिपार्टमेंट के नाम आज ही बनवाकर तुम्हारे पास भेज देता हूँ। अगली बार जब भी आए, तुम इसे पकड़ा देना।"

"ना बाबा, अब इस आफत को अपने ही पास रखो। बहुत चक-चक करता

है यह आदमी।"

हम लोगों ने अपनी बात खत्म करके उसकी तरफ देखा तो वह गायब— बैसाखी, थैला सब कुछ समेत। वह जगह एकदम खाली। इधर-उधर, अन्दर-बाहर निशान नहीं। कहीं कोई निशान नहीं।

सुलगन

"आखिर क्यों करते हो तुम इतनी छोटी-छोटी चीजों की चोरी ?" प्यार से पूछते-पूछते थककर, उन्होंने अपनी झुँझलाहट दबाते हुए एक बार फिर मुझसे कहा। मैं उसी तरह बिना हिले, बिना बोले, निर्जीव-सा वहाँ खड़ा रहा।

वह फिर बोलीं, "अरे बोलो न, तुम कुछ तो बोलो।"

मैंने आँखें उठाकर जवाब देने की नीयत से एक पल के लिए उनकी तरफ देखा। लेकिन इससे पहले कि मैं कुछ बोलता, वे फिर से अपने-आप नीची हो गईं। और मैं उन्हें जमीन में गड़ाए ज्यों का त्यों खड़ा रहा। वे जमीन नहीं देख रही थीं : मुझे उनके बेटे की टेबल से किताब उठाकर दराज खोलते हुए देख रही थीं, मेरे दराज खोलने पर उनकी पुरानी जमादारनी का चौंककर मुझे देखना देख रही थीं, मेरा उसे देखना देख रही थीं। पिछली शाम उसी किताब को पढ़-पढ़कर उनके लड़के का बार-बार खिलखिलाकर हँसना देख रही थीं। मेरा जीने के नीचे बैठकर एक-एक हर्फ को पहचानकर शब्द बनाना देख रही थीं। वे अपने सामने खड़ी मेमसाब के चेहरे का चढ़ता-उतरता गुस्सा बिना देखे देख रही थीं। उस दिन 'उसके' दिए हुए अपमानजनक जवाब पर माँ के हमेशा मौन रहते चेहरे पर चढ़ी गुस्से भरी मजबूरी देख रही थीं, उनका आँखों में से छलकते आँसू देख रही थीं।

मेरी आँखों में फिर आँसू भर आए। आँखें नीची रखकर मैं उन्हें भी छिपाने की कोशिश कर रहा था। मेमसाब के पूछे हुए प्रश्न का जवाब देना चाहता था लेकिन मैं क्या जवाब देता ? मैंने चोरी की थी। बाबा की एक किताब चुराकर काम करने के समय में सीढ़ियों के नीचे छिपकर मैं उसे पढ़ने की कोशिश कर रहा था। वो कह रही थीं कि मैं आवाज घूँटता हूँ। यह सच था। शुरू में मैंने उनकी आवाज वास्तव में नहीं सुनी थी, लेकिन बाद की दोनों आवाजों को सुनकर किताब पढ़ने की ललक में मैं उन्हें जानबूझकर टाल गया था। तीसरी आवाज सुनते ही मैं भागकर उन्हीं के पास जा रहा था कि वो खुद ही उस तरफ आ पहुँचीं। उनके पीछे-पीछे जमादारनी थी। मुझे आश्चर्य नहीं हुआ। मुझे मालूम था कि चूँकि उसने मुझे किताब उठाकर भागते हुए देख लिया था, वह शिकायत जरूर

करेगी। लेकिन मैं किताब पढ़ना चाहता था। मेमसाब मुझसे बार-बार पूछ रही थीं कि मैंने क्या उठाया था, क्यों उठाया था, और मैं कहाँ भागा था ? मैंने कई बार कोशिश की उन्हें बताने की लेकिन जब तक मैं हिम्मत करके उनकी तरफ देख पाता था, कुछ कहने के लिए अपने-आपको तैयार करता था, फिर से मेरी घिग्घी बँध जाती थी और शब्द अन्दर के अन्दर ही रह जाते थे। मैं उनके सामने रोना नहीं चाहता था। गिड़गिड़ाकर उनसे कोई रियायत माँगना नहीं चाहता था। इसीलिए सिर नीचा किए चुपचाप खड़ा था, खड़ा रहा।

"बोलता है या बुलाऊँ साब को ? इतनी देर से पूछ रही हूँ, क्या उठाया था, कहाँ गया था, और तू है कि सुट्टी मारे खड़ा है। दो थप्पड़ पड़ेंगे गाल पर तो अपने आप आवाज बाहर निकल पड़ेगी। हर तीसरे दिन बच्चों की टेबल से कोई न कोई चीज उठा लेता है। फिर जवाब नहीं देता। और भी सामान चोरी करता होगा तू ? अरे बोलता है कि नहीं ? बुलाऊँ पुलिस को ?"

मैं जल्दी से बोला, "नहीं।"

"तो क्यों उठाता है बाबा की चीजें बिना पूछे, बोल ? क्या लेकर गया था अभी उसकी टेबल से ?"

किताब मेरे हाथ में थी लेकिन उनका ध्यान तब तक उस पर नहीं गया था। थोड़ी देर बाद उनकी निगाह उस पर पड़ी। मेरे हाथों से छीनकर पन्ने सँवारते हुए वो कहने लगीं, "ये उठाई थी तूने ?"

मैंने जवाब में धीरे से "हाँ" का सिर हिला दिया।

"पढ़ना आता है तुझे ? तू तो कहता था, कभी स्कूल ही नहीं गया ?"

मेरी आँखें फिर गीली हो गईं। वह किताब एक चित्रकथा थी। उसे देखकर मेरी ललक का अन्दाज लगाते हुए या शायद मेरी आँखों में भरी असहायता देखकर उन्हें दया आ गई। अब वो बहुत धीरे-से बोलीं, "ये किताब लेकर भागा था तू ? अगर माँगकर लेता तो क्या मैं मना कर देती ? देखो बेटे, ऐसे बिना पूछे जब कोई छोटी-सी भी चीज उठाते हैं, और आँख बचाकर भागते हैं तो दूसरा उसे चोरी ही समझता है और फिर यह सोचने लगता है कि तुम्हें चोरी करने की आदत है।"

इतना कहकर वो रुक गईं। उन्होंने जमादारनी से कहा, "जाओ सन्तरा, तुम अपना काम खत्म करो।" उसके वहाँ से चले जाने के बाद वो फिर मुझसे सख्ताई से बोलीं, "बताओ तुम, क्यों ली थी यह किताब ? और उसके टेबल की दराज क्यों खोलते हो तुम ? पहले भी एक दिन खोली थी। उसे खोलकर क्या कर रहे थे तुम ? क्या ढूँढ रहे थे उसमें ?"

"कुछ नहीं।"

"कुछ नहीं ? तो खोली क्यों थी ?"

मेरी मुट्ठी में पेंसिल का पीछे का बचा हुआ छोटा-सा टुकड़ा था। मैंने उन्हें दिखाते हुए कहा इसे बनाने के लिए शार्पनर ढूँढ रहा था।

"क्या करने के लिए ?"

मैं चुप रहा। मैं लिखने की प्रैक्टिस करना चाहता था। लेकिन मैंने उन्हें यह नहीं बताया। मुझे डर था कि कहीं वो मेरा मजाक न बनाएँ।

"जब तुम्हें पढ़ना नहीं आता, लिखना नहीं आता, तो कागज-पेंसिल से क्या करते तुम ?"

उनके एक-एक शब्द ने मेरे सीने के कतरे-कतरे कर दिए। मैं अन्दर-ही-अन्दर बुरी तरह तड़प उठा। लेकिन मैं अपनी मजबूरी समझता था। अपने उम्र के किसी भी बच्चे की तरह दुःख में सरलता से रो देने की स्वतन्त्रता मुझे नहीं थी, मुझसे छीनी जा चुकी थी। मैं जीवन की हर परिस्थिति को समझने, उससे जूझने और अन्ततः जीतने का प्रयास करने का आदी हो चुका था। मैं हँसता, या रोता नहीं था, चुप रहकर अपने अन्दर शक्ति जुटाता था।

मैं उसी तरह खड़ा रहा। मेमसाब मेरे दिए हुए उत्तर पर कुछ देर सोचकर, थकी-सी मेरी तरफ देखती रहीं फिर बहुत उकताकर बुदबुदाने लगीं, "पता नहीं सच बोल रहा है कि झूठ। घर में हजारों चीजें पड़ी हैं, भगवान जाने क्या-क्या उठाया होगा।"

यह सुनना मुझे अच्छा नहीं लगा। मैंने झट से कहा–

"और कुछ नहीं उठाया मेमसाब मैंने। बस यह छोटी-सी पेंसिल, यह किताब और ये दो रद्दी कागज लिए थे।" अपना वाक्य किसी तरह पूरा करके मैं रो पड़ा। बहुत जोर से रो पड़ा मैं। मेरी सिसकियाँ मेरे आपे से बाहर हो गईं। मेम साब का गुस्सा एकदम पिघल गया। वो मेरी तरफ ध्यान से देखने लगीं। लेकिन उनकी आँखों में प्यार और दया के साथ-साथ शक भी था। कुछ देर चुप रहकर वो अचानक बोलीं, "वो जो आदमी उस दिन तुम्हें यहाँ लाया था, तुम्हारा सगा मामा है ?"

मैंने डबडबाती आँखें उनकी तरफ उठाकर पूछा, "कौन ?"

वो चौंक गईं। "अरे ? 'कौन' का क्या मतलब ? वो मामा नहीं है तुम्हारा?"

"वो माली ?" मैंने लड़खड़ाती आवाज में पूछा।

अपने सवाल के जवाब में मेरा प्रश्न सुनकर वो कुछ देर के लिए गहरे सोच में पड़ गईं। फिर बोलीं–

"मुझे ठीक-ठीक बताओ कमल, क्या बात है ? देखो, सच बोलोगे तो मैं तुम्हारी बहुत मदद करूँगी। और झूठ बोलोगे, चोरी करोगे, तो तुम्हें मार पड़ेगी,

बहोऽऽत मार पड़ेगी, समझे ? और तुम हमेशा ऐसे ही झक मारते फिरोगे। कोई तुम्हें काम नहीं देगा। ठहरो, मैं अभी उस माली को बुलवाती हूँ। पता तो चले कि आखिर असलियत क्या है।''

यह कहकर भी वो वहीं बैठी रहीं। मैं भी खड़ा रहा, यह समझ पाने में असमर्थ कि अभी और प्रश्नों के जवाब देने के लिए मुझे वहाँ खड़ा रहना चाहिए या अपना रोज का काम तरतीब से शुरू कर देना चाहिए। मैं मेमसाब के अगले आदेश का इन्तजार कर रहा था। वो बहुत परेशान बैठी थीं, शायद यह तय नहीं कर पा रही थीं कि मुझे रखें या निकाल दें, मैं चोर हूँ या नहीं। उनके चेहरे के भाव से मैं इतना ही अन्दाजा लगा पाया था। मैं मन-ही-मन सोच रहा था कि अगर उन्होंने निकाल दिया तो मैं कहाँ जाऊँगा, क्या करूँगा। डर रहा था कि कहीं सब लोग मुझे वाकई चोर ही न समझ लें। फिर माली भी मेरी बात का विश्वास नहीं करेगा। आगे पता नहीं क्या हो। शायद मैं भूख-प्यास से तड़पकर मर जाऊँ। और अपने छोटे-छोटे दोनों भाइयों और बहन को कभी देख ही न पाऊँ। पता नहीं मेरी बहन, वो बेचारी इस समय क्या कर रही होगी ? सुबह के दस बजे थे। शायद उस राक्षस के लिए अकेली खाना बनाने की कोशिश कर रही होगी, बेचारी। माँ मर चुकी थीं। मैं यहाँ भाग आया था। और संजू, बबलू किचन में मदद देने के लिए अभी बहुत छोटे थे। माँ जब खाना बनाती थीं तो मैं और बहन दोनों उनकी मदद किया करते थे। वो राक्षस तो जब भी घर में आता, खाऊँ-खाऊँ करता ही आता था। उसका ध्यान आते ही मैं अन्दर-ही-अन्दर घृणा से भर गया, मैं अपने-आपसे कहने लगा, ''इस राक्षस को एक दिन मैं जरूर मारूँगा...''

''ठीक है कमल,'' अचानक उनकी आवाज सुनकर मैं चौंक पड़ा। ''जब तुम कुछ बताना ही नहीं चाहते तो जाओ अपना काम करो।''

मैं हड़बड़ाकर इस दुनिया में वापस आया और बेहद कृतज्ञता से उनकी तरफ देखने लगा। उन्होंने अपनी बात पूरी की–

''देखो, अगली बार अगर मैंने तुम्हें कुछ भी, (कुछ पर बहुत जोर देते हुए) उठाते देखा तो मैं तुम्हें उसी वक्त काम से निकाल दूँगी, पुलिस थाने भेज दूँगी। और उस माली का भी काम छूटेगा तुम्हारे साथ, याद रखना। तुम दोनों जेल जाओगे। तुम्हें मालूम है पुलिसवाले क्या करते हैं ? बहुत मारते हैं, बेरहमाई से पीटते हैं, बाल खींचते हैं, बिजली लगाते हैं। सच उगलवानेवाली मशीन होती है उनके पास।''

मैं इन किसी भी धमकियों-सम्भावनाओं की परवाह न करते हुए किचन में चला गया। मुझे मालूम था कि ऐसी दुर्दशा होने लायक मैंने कोई काम नहीं किया था, और न ही मैं झूठ बोल रहा था। मेरे चारों तरफ काम फैला पड़ा था, लेकिन

मैं वहाँ खड़ा था। कहीं दूर कुछ देख रहा था। कर कुछ भी नहीं रहा था। मेरा मन काम करने में नहीं था। मैं सोच रहा था कि मेरी वजह से कहीं माली की नौकरी न छूट जाए। उसने आगे बढ़कर मेरी मदद की थी और मैं उसका काम छुड़वा दूँ ? उसके काम से हटा दिए जाने का कारण बनूँ ? यह तो बहुत गलत होगा। अगर मैं उसे सब कुछ पहले ही बता दूँ तो अच्छा रहेगा।

यही सोचता हुआ बिना किसी को कुछ बताए मैं माली को ढूँढने निकल पड़ा। वह बराबर के घर का काम खत्म करके कभी का जा चुका था। जब उसका पता पूछने की जरूरत आई तब मुझे मालूम हुआ कि मैं तो उसका नाम तक नहीं जानता। लेकिन मैं 'माली' कहकर ही इधर-उधर देखता, पूछता रहा। जब वह बहुत देर तक कहीं नहीं मिला और मुझे बहुत भूख लगने लगी तो मैं घर वापस लौट आया। सामने पड़ते ही डाँट पड़ने के डर से चुपचाप ऊपर जाकर बैठ गया। घर में अन्दर नहीं गया। मैं बड़ी दुविधा में पड़ा था। समझ नहीं पा रहा था कि क्या करूँ। एक बार सीढ़ियों से नीचे उतरा तो फोन पर बात करती हुई मेमसाब की आवाज मेरे कानों में पड़ी।

"...अब फिर न जाने कहाँ चला गया है बिना बताए। अभी पन्द्रह-बीस दिन ही हुए हैं काम पर रखे। छोटा है पर समझदार बच्चा है।" मैंने साँस रोककर, कान दीवार से लगा लिए, आवाज अभी आ रही थी...। "लगता तो नहीं मुझे कि इसने कोई बड़ी चोरी की होगी। इसीलिए मैंने कुछ खास कहा भी नहीं, बस पूछा था। लेकिन कुछ बोलता ही नहीं। चुप खड़ा रहता है। अब न जाने कहाँ गायब हो गया है। इन्हीं हरकतों से मुझे शक हो रहा है कि कहीं किसी के साथ तो मिला हुआ नहीं है ये ? जमादारनी ने दो बार पकड़ा है इसे संदीप की दराज खोलते हुए...कभी सोचती हूँ पुलिस में खबर कर दूँ, फिर लगता है, बच्चा है छोड़ो।" मैं उल्टे पाँव ऊपर चढ़ गया। मेरा दिल जोर-जोर से धड़कने लगा। मैं चाह रहा था खूब जोर से रोऊँ, चिल्ला-चिल्लाकर कह दूँ इन लोगों से कि मैंने चोरी नहीं की। मेरे पास है कुछ नहीं लेकिन मैं भी उन्हीं के वर्ग का हूँ। बस बदनसीब हूँ। एक शराबी, बदचलन बाप का बेटा। उस बेबस माँ की सन्तान जिसे उस राक्षस ने मेरी आँखों के सामने जला डाला और मैं कुछ न कर सका। मेरा बदन जलने लगा। कौन कहता है मैं कमजोर हूँ। बहुत दम है मुझमें, मैं उससे बदला लूँगा। आँसू पोंछते हुए, दबे पाँव मैं फिर नीचे उतरा। मेमसाब की कोई सहेली आई हुई थीं। वहीं, तीन घर आगे रहती थीं। उनके बच्चे भी उसी स्कूल में जाते थे जिसमें संदीप। वो मेमसाब से कह रही थीं–

"...आजकल कुछ पता नहीं चलता। तुम पुलिस में रिपोर्ट कर ही दो। कहीं किसी दिन संदीप या बेबी को ही लेकर न भाग जाए।"

"नहीं, नहीं, शोभा, वो ऐसा नहीं लगता मुझे, बड़ा प्यारा बच्चा है। बिल्कुल चुप रहता है, पर हमेशा डरा हुआ-सा। बड़ी दया आती है उस पर मुझे। पुलिसवाले तो बहोत बेरहमी से मारते हैं। मैं खुद ही उससे एक बार और बात करूँगी..."

"तुम कह रही हो कि वह सुबह से गायब है ? तुम्हें क्या पता कि वो अब आएगा भी लौटकर ? क्वार्टर में सामान है ?"

"पता नहीं। मैं वहाँ नहीं गई। जमादारनी को भेजा था। लेकिन उससे क्या ? वहाँ जो भी होगा वही होगा जो मैंने उसे दिया है। वो तो मेरे पास फटे कपड़े पहने, खाली हाथ आया था। मैंने ताला लगवा दिया है क्वार्टर में। जब भी आएगा तो पता तो लगेगा। कल माली को बुलवाऊँगी। आजकल नौकर रखना भी बड़ी आफत है।"

बच्चों के स्कूल से वापस आने का टाइम हो गया था। थोड़ी देर में मेमसाब और शोभा मेमसाब के घर बन्द करके बाहर जाने की आवाज आई। मैंने ऊपर छत पर जाकर उन्हें बस स्टैंड की तरफ जाते देखा। अब मैं नीचे उतरा। किचन में आया। चारों तरफ काम बिखरा पड़ा था। सिंक बर्तनों से भरा हुआ था। सब्जी काटने को रखी थी। दाल का डिब्बा खुला पड़ा था। बच्चों के लिए सुबह बनाई हुई सैंडविच के किनारे अभी तक कटिंग-बोर्ड पर बिखरे पड़े थे। सूख गए थे। मेरा नाश्ता भी अछूता रखा था, एक तरफ प्लेट में। चाय पर गहरे सिलेटी रंग की झिल्ली जम गई थी।

भूख के मारे मेरे पेट में चूहे कूद रहे थे। खाना मेरे सामने था। लेकिन मैं चुपचाप खड़ा रहा। उदासीन...खाऊँ या नहीं खाऊँ ? या पहले काम निबटाऊँ ? मैं अपने आपसे पूछ रहा था। माँ की मदद करते-करते घर का काम करना मुझे अच्छी तरह आ गया था। मैं चाहता तो बहुत जल्दी किचन साफ करके सब कुछ तरतीब से रख सकता था, लेकिन मेरी इच्छा बिल्कुल नहीं हो रही थी कुछ भी करने की। मेरा सारा ध्यान माली में लगा हुआ था। अगर वो कल भी नहीं मिला तो मैं कहाँ जाऊँगा ? नन्दू मुझे अब वापस नहीं रखेगा। नई नौकरी कैसे ढूँढूँगा मैं ? कौन मेरी मदद करेगा ? कौन जमानत लेगा ? यहाँ मेरा काम लगा हुआ है। अभी-अभी मैं मेमसाब को बात करते सुन चुका था। वो कह रही थीं, मुझे निकालेंगी नहीं। वैसे भी अच्छी थीं, मुझसे बड़े प्यार से बात करती थीं, कभी-कभी बिल्कुल माँ की तरह। मुझे उन्हें गुस्सा नहीं दिलाना चाहिए था। उनकी बात का जवाब देना चाहिए था। तभी तो वो यह समझ पातीं कि मैंने चोरी नहीं की। मैं अब अपने-आपको मजबूत करने लगा ताकि उनके बस स्टैंड से घर आते ही उन्हें एकदम सब कुछ बता दूँ। लेकिन मैंने देखा मैं रो रहा हूँ। माँ का ध्यान आते ही

मेरा मन कच्चा हो गया था। इस समय किसी के आवाज सुन लेने का डर तो था नहीं, मैं जी खोलकर रोया, खूब जोर-जोर से। अपनी आस्तीन से आँसू पोंछ रहा था तभी अचानक दरवाजा खुला और मेमसाब दोनों बच्चों के साथ अन्दर आ गईं। मुझे वहाँ देखकर पहले तो चौंकी फिर शायद मेरी शक्ल पर रहम खाकर बड़ी मुलायमियत से बोलीं, "क्या करता है, कमल ? कभी चला जाता है कभी आ जाता है। अन्दर कैसे आया तू ? मेरी तो अक्ल ही काम नहीं कर रही। कहाँ गायब था सुबह से ?"

इन प्रश्नों का मैं क्या जवाब देता ? धीरे-धीरे रोता रहा। संदीप बाबा और बेबी मेरे पास आकर मेरी तरफ देखने लगे जैसे कह रहे हों, "क्या हो गया कमल ?" इसी बीच मेमसाब की निगाह किचन और सीढ़ियों के बीच के खुले दरवाजे पर पड़ी। मैं उसे बन्द करना भूल गया था। उन्होंने पूछा, "ऊपर था तू ?"

मैंने कहा, "जी।"

"क्या कर रहा था ?"

अब तक मैं काफी रो चुका था। इस समय चुप था। मन-ही-मन यह तय कर चुका था कि जो भी हो, उन्हें सब कुछ बता दूँगा और अगर उन्होंने खुद मुझे नहीं निकाला तो वहीं काम करता रहूँगा।

मैंने धीरे से जवाब दिया, "पहले माली को ढूँढ़ने गया था, जब वह नहीं मिला तो वापस आ गया। आपके डर के मारे ऊपर जाकर बैठ गया।"

"मेरे डर के मारे ? मैं क्या मार रही थी तुझे ?"

मैंने आँखों से माफी माँगते हुए उनकी तरफ देखा। मेमसाब के चेहरे पर गहरी उदासी और पश्चात्ताप का भाव दिख रहा था लेकिन उन्होंने सख्ताई का खोल चढ़ाकर कहा, "चाय क्यों नहीं पी अभी तक ?"

"अभी पीने जा रहा था।"

"चलो पहले चाय पीयो। दूसरी बना लो। फिर खाने के लिए टेबल लगाओ।"

"जी !" मैंने मन-ही-मन भगवान का नाम लिया। फिर जैसे उन्होंने कहा था ठीक वैसे हीं किया। और मन लगाकर काम समेटने लगा। पहले जल्दी-जल्दी सब्जी काटी, टेबल लगाई, फिर बर्तन साफ किए। मेमसाब खाने के बाद रोज की तरह कमरे में चली गईं। मैंने टेबल साफ की, अपनी चपातियाँ बनाईं, और खाने से पहले डस्टिंग करने लगा। इतने में ही वो, बाबा, बेबी को सुलाकर बेडरूम से बाहर आईं। मुझे डस्टिंग करते देखकर बोलीं, "खाना खा लिया तुमने ?"

"जी, अभी खा लूँगा डस्टिंग खत्म करके।" मैंने काम करते-करते बड़ी मशीनी तौर से जवाब दिया।

वो वहीं सोफे पर बैठ गईं। मुझे अपने पास बुलाया। वो अभी तक परेशान थीं, अशान्त थीं और सच जानना चाहती थीं। उन्होंने दृढ़ता से, लेकिन प्यार से मुझसे कहा, "देखो कमल, तुम जरूर हमसे कुछ छिपा रहे हो। ठीक-ठीक बात बता दोगे तो उसमें तुम्हारा ही फायदा है..." इस इन्तजार में कि मैं अब उनकी बात समझकर, अक्ल से जवाब दूँगा, वो मेरी तरफ अपेक्षापूर्ण उत्सुकता से देखती रहीं। मैं नीची आँखें किए माँ का चेहरा देखता रहा। थोड़ी देर बाद गहरी साँस लेकर वो फिर बोलीं—

"माली क्या तुम्हारा सगा मामा है ?"

"नहीं।"

"तुम्हारे गाँव का है ?" मैंने इन्कार में सिर हिला दिया। और फिर उनकी तरफ देखने लगा जैसे आगे कुछ और कहने के लिए अनुमति माँग रहा होऊँ। एकदम उनके चेहरे पर सन्तोष और जीत की हल्की-सी झलक चमकी। जैसे मुझे ढाढ़स बँधाते हुए, वो बोलीं—

"हाँ...हाँ...बोलो, क्या बात है ?"

"जी, मैं किसी गाँव से नहीं आया।"

"तो कहाँ रहते हो तुम ? कब से जानता है तुम्हें ये माली ?" उन्होंने जल्दी-जल्दी दो प्रश्न किए।

मैं चुप रहा।

उन्होंने फिर लम्बी-लम्बी, थकी हुई साँसें लेना शुरू कर दिया था लेकिन मुझसे प्रश्न करना जारी रखा—

"तुम जानते हो उसे ?"

"नहीं।"

"अरे ?" वो भौंचक्की-सी मेरी तरफ देखने लगीं। "तो जमानत कैसे ले ली उसने तुम्हारी ?"

"जी, उस दिन जब नन्दू ने मुझे अपनी दुकान से मार के बाहर निकाल दिया था, माली वहीं चाय पी रहा था। मैं सड़क के किनारे जाकर बैठ गया था। चाय पीकर ये माली मेरे पास आया और बोला, 'रो मत। चल, मैं दिलवाता हूँ तुझे नया काम।' फिर वो मुझे यहाँ ले आया, आपके पास। आपसे बात करके, जाते-जाते वो मुझसे कह गया था, 'देख मन लगाकर काम करियो। चोरी मत करियो। मैंने अपनी जबान दी है मेमसाब को तेरे खातिर।' " इतना कहते-कहते मुझे फिर जोर से रोना आ गया। मेमसाब ने उठते-उठते अपने हाथ से मेरी पीठ हल्के से थपथपाई और फ्रिज में से खुद एक गिलास पानी लाकर मुझे दिया।

"अच्छा अब मुझे सच-सच बताओ, तुम्हारे माँ-बाप कहाँ रहते हैं ? तुम नन्दू

के यहाँ कब से काम कर रहे थे ? ये नन्दू, वो ही है ना नुक्कड़ पर चायवाला?"

"जी !"

मैं एक बार फिर सोच में पड़ गया कि उन्हें कुछ बताऊँ या नहीं, या अगर बताऊँ, तो कितना...अपने बारे में, अपने घर के बारे में, अपनी माँ के बारे में, 'उसके' बारे में, उसकी पहली शादी के बारे में, अपने दोनों छोटे भाई और बहन के बारे में। माँ की तस्वीर लगातार मेरी आँखों में घूम रही थी। वह माँ को एक पालतू कुत्ते की तरह रखता था, पिंजरे में बन्द। जब मन किया तो दो-एक बात कर ली नहीं तो बेचारी, वो पड़ी रहीं, हम चारों को कलेजे से लगाए। जब भी उससे बोलता तो दुतकार के बोलता। न उन्हें कहीं जाने देता, न किसी को घर पर आने देता, न उन्हें किसी से बात करने देता। खुद कहीं जाता तो बाहर ताला लगाकर जाता। जब मैं पाँच-छह साल का हुआ, कुछ खरीदने लायक, तो मुझे थोड़ा-बहुत बाहर भेजा जाने लगा, जैसे मुझसे पहले मेरी बहन अर्चना को भेजा जाता था—ज्यादातर 'उसकी' सिगरेट, माचिस लेने के लिए, कभी-कदा कोई और जरूरी चीज लाने के लिए। वो पैसे गिनकर दिया करता था, पूरे। मेरे पास कभी दस पैसे भी नहीं बचते थे कि सिन्धी की दुकान से एक मीठी गोली ही ले लूँ। माँ को पढ़ने का शौक था। लेकिन बेचारी तरसती रहती थीं कुछ पढ़ने-लिखने के लिए। कभी 'वो' इवनिंग पेपर लाता, खाना खाते-खाते पढ़कर भूल से वहीं छोड़ देता तो उसके जाने के बाद माँ डरते-डरते उसे उठाकर पढ़ा करती थीं। दाल, सब्जी की थैलियों के कागज सँभाल-सँभालकर खोलकर पढ़ा करती थीं। कभी-कभी बुझी हुई तीलियों से लिखने की कोशिश किया करती थीं। लेकिन वे जली हुई तीलियाँ एक शब्द से आगे नहीं चल पाती थीं। एक दिन उन्होंने हल्दी का घोल बनाकर उसमें तीली डुबो-डुबोकर हमें कुछ अक्षर लिखने सिखाए थे। तब मैंने सोचा था मैं कहीं से एक पेंसिल लाकर माँ को दूँगा।

एक दिन 'उसने' मुझे गर्म जलेबी लेने भेजा। 'उसके' पास टूटे पैसे नहीं थे। उसने मुझे पुराने से दो नोट दिए, एक पाँच का और एक दो का, और बोला, 'साठ पैसे वापस ले आना।' हलवाई का नौकर जब जलेबी तोल रहा था मैं दूसरी तरफ काउंटर पर खड़े कागज पर तेज-तेज चलते हलवाई के हाथ देख रहा था। वो बहुत जल्दी-जल्दी बिल बनाता जा रहा था। मैंने हिम्मत करके उससे पूछा, "ये पेंसिल कितने की आती है ?" उसने कुछ जवाब नहीं दिया। मैं वहीं खड़ा-खड़ा उसके हाथ देखता रहा। तभी किसी ने मुझसे कहा, "ओ लड़के ये अपनी जलेबी ले। पैसे दे दिए तूने ?" मैं जलेबी का पैकेट हाथ में थामते हुए पैसे देने आगे बढ़ा। मुझे उसका ऊपर-नीचे लहरा-लहराकर चलता हुआ हाथ बहुत अच्छा लग रहा था। उसने मेरे दिए हुए दो गुसड़े-मुसड़े नोटों को खोला। मुझे ऊपर से नीचे

तक देखा। फिर दराज खोलकर उन्हें अन्दर रख दिया और खुले पैसे निकालने लगा। जब वो गिनकर साठ पैसे मुझे दे रहा था, मैंने एक बार फिर पूरा दम लगाकर अपने अन्दर से आवाज निकाली, "ये पेन कहाँ मिलता है ?" उसने शायद सुना नहीं। मुझे कोई जवाब नहीं मिला। फिर और खरीददार आ गए। मैं खिसियाकर वहीं खड़ा हो गया। मेरे पास उसकी दुकान का एक बैरा खड़ा था उसने मेरी बात सुनी होगी, क्योंकि तभी उसने मुझे अपने पास बुलाया और जेब से एक छोटी-सी पेंसिल निकालकर बोला, "ले, ये ले जा। ये भी लिखती है।" मैं खुशी में मतवाला माँ के पास पहुँचा। माँ जब 'उसको' जलेबी और बाकी पैसे दे आई तो मैंने निकर की जेब से छिपाकर धीरे-धीरे निकालते हुए माँ को वह पेंसिल दिखाई। वो भी उसे देखकर बहुत खुश हुईं। बोलीं, "सँभालकर रख। कल से तुम दोनों को—मेरी बहन अर्चना और मुझे—लिखना सिखाऊँगी।"

जब 'वो' घर में होता था तो माँ बिल्कुल चुप रहती थीं। उसके सोने के बाद भी हम लोग बात नहीं करते थे। माँ कुछ भी कहतीं तो बहुत धीरे से, जल्दी से, ताकि वो उठ न जाए। वो, उनका रखवाला, उनका मालिक, जो उन्हें खाना देता था, कपड़ा देता था, उनके बच्चों को पाल रहा था, उनको रहने के लिए जगह देता था। तकिए से चिपकी माँ रात-रात भर सिसकियाँ दबाए रोती रहती थीं। दिन में जब 'वो' कहीं जाता था माँ हमें बिसूर-बिसूरकर बताया करती थीं कि उन्हें अपने घर की कितनी याद आती थी—अपनी माँ की, बड़े भैया की, पिताजी की, अपनी दीदी की, उस बड़ी बहन की जिसके घर में वो इस तरह कैद हो गई, धोखे से। कितना प्यार करती थीं वो दीदी उन्हें। घर में सब यही सोचते होंगे कि माँ ने उनके साथ छल किया है। क्या करती बेचारी माँ ? बिना मिले कैसे किसी को बतातीं कि उन पर क्या गुजरी, कि असलियत क्या थी ? गिन-गिनकर दिन निकाल रही थीं। कहती थीं, 'पता नहीं कौन से जन्म का बदला चुका रही हूँ मैं।' माँ अपने बचपन की बहुत-सी बातें हमें बताया करती थीं—कैसे बचपन में वो कितनी शैतान, चुलबुली हुआ करती थीं। उनका कितना बड़ा घर था, कैसे सब लोग उन्हें खूब प्यार करते थे। वो कार में बैठकर स्कूल जाया करती थीं। और जिस घर में हम रहते थे—उस राक्षस का घर—वो भी बहुत बड़ा घर था। उसे सब लोग हवेली कहा करते थे। इस तिमंजिले घर के भीतर एक के बाद एक तीन चौक थे और बाहर एक बड़ा-सा फाटक था। वो हमेशा बन्द रहता था। उसकी सीधे हाथ की किवाड़ में एक खिड़की थी, या छोटा दरवाजा होगा। उसी से सबका बाहर आना-जाना होता था। ढेरों कमरे दालान और बरामदे थे। खुली जगह का तो 'वो' कुछ कर नहीं सकता था, लेकिन ऊपर जानेवाले जीने में उसने एक मोटा-सा ताला लगा दिया था, और सब कमरों में भी। बस बाहरवाले एक

कमरे में खुद रहता था और किचन के अन्दर से खुलती हुई एक छोटी-सी कोठरी, जिसमें पहले शायद किचन का सामान रखा जाता होगा, हमें दे रखी थी। वहाँ उसी स्टोर रूम में माँ और हम चारों एक खाट पर पड़े रहते थे। कभी-कभी रात को वो आता था, शराब के नशे में धुत, माँ को हमारे पास से उठाकर दुलारता, पुचकारता अपने कमरे में ले जाता था और फिर थोड़ी देर बाद हमें उन्हें जमीन पर गिरा दिए जाने की आवाज आती थी, उनके कराहते-कराहते धीरे-धीरे उठने की आवाज आती थी। मैं बिस्तर में पड़ा-पड़ा देखता था, माँ का कंकाल कराहता, रोता बदन धीरे-धीरे चलकर, फिर से हमें अपने हृदय से लगाकर लेट गया है।

मैंने माँ को कभी, दिन में या रात में बिना रोते नहीं देखा। सिर्फ जब वो हमें अपनी बचपन की बातें सुनाती थीं तब जरूर कभी-कभी उनके सौम्य चेहरे पर मुस्कराहट की हल्की-सी झलक पल-भर को चमक जाया करती थी। फिर वही गहरी उदासी, वही सूखी, डरी-डरी आँखें, वही रुदन। माँ ने बताया था कि जब माँ चौदह-पन्द्रह साल की थीं, स्कूल में दसवीं कक्षा में पढ़ती थीं, 'उसकी' शादी माँ की बड़ी बहन बिमला से हुई थी। वह उनसे पाँच साल बड़ी थीं। स्कूल की पढ़ाई खत्म करके घर में ही रहा करती थीं। कशीदाकारी करती रहतीं, बुनती रहतीं या किचन में कुछ बनाती रहतीं। आगे पढ़ने का शौक उन्हें नहीं था। संगीत सिखाने मास्टरजी घर ही आया करते थे। बाकी समय वो यों ही इधर-उधर बात करके, पिक्चर वगैरह देखकर निकाल दिया करती थीं। कुल मिलाकर, वो विधिपूर्वक शादी का इन्तजार कर रही थीं। आगे पढ़कर नौकरी करने का ख्याल तो उन्हें कभी आया ही न होगा। वो स्वभाव से बहुत सीधी और बेहद शर्मीली थीं। चाहे वो शरमा भी नहीं रही हों बोलती बहुत कम थीं। बस जरूरत की बात नितान्त सीधी तरह से कही और चुप हो गईं। इतना ज्यादा सीधापन कभी-कभी औरों को खिझा दिया करता था। उन्हें अंग्रेजी बिल्कुल नहीं आती थी ना ही उसे सीखने, बोलने की उनमें कोई इच्छा, जिज्ञासा थी। माँ उनके बिल्कुल विपरीत थीं। एक तो घर में सबसे छोटी होने के कारण सबकी लाड़ली, और फिर आदत से बेहद चुलबुली, चंचल। सारे वक्त कमर में चुन्नी कसे इधर से उधर उछलती फिरती थीं। कभी निचली न बैठ पाने पर उन्हें कई बार डाँट तक पड़ जाया करती थीं। सगाई के बाद उन्होंने दीदी को खूब छेड़ा था। उनकी शादी पर अपनी सारी क्लास टीचरों, प्रधानाध्यापिकाजी, पी.टी. के सर, स्कूल के नौकर-चाकर, सबको आने का न्यौता दे आई थीं। और अपनी खास-खास सहेलियों को छाँटकर बारातियों और 'दूल्हे राजा' को तंग करने की खूब स्कीमें बनाई थीं, फेरों के वक्त अपना कमाल दिखाने के लिए एक खास 'जूता चुराई टीम' बनाई थी और बड़ी चतुराई से 'दूल्हे राजा' (पुरानी बातें करते हुए माँ उस राक्षस को दूल्हे राजा ही बोल जाती थीं

फिर फफककर रो पड़ती थीं, कहती थीं कैसे नरक में ले आया मुझे...) के जूते चुराए थे। उन्हें और उनके साथियों को खूब चिढ़ाया था। बड़े पापड़ पिलवाए थे जूते वापस देने से पहले—बेहिसाब छन्द बुलवाए, हरेक में सौ-सौ खोट निकाले, पहेलियाँ पूछीं, सब कामों में उन्हें फेल करके, आखिर में, रहम खाकर उन्हें पास कर दिया, लेकिन जूते वापस करने से पहले, बड़ा-सा नेग माँगा, अपना और अपनी सारी सखी-सहेलियों को, एक-एक को गिनकर। तब कहीं जाकर उन्हें जूते लौटाए। फिर, जब वो दोबारा दीदी को लेने आया तो घर में सबसे ज्यादा खुश माँ ने बताया था, माँ थीं। अपने नए-नवेले जीजाजी को छेड़ने के लिए ढेर सारी नटखट स्कीमें लिए हुए। गाड़ी के गेट के अन्दर आने की आवाज सुनी और दौड़ी दरवाजा खोलने। दरवाजा खोलते ही वो सामने खड़ा था। माँ कह रही थीं, कि उस दिन वो उन्हें देखता ही रह गया था, अवाक्। फिर दो मिनट बाद अचकचाकर, झेंप मिटाता हुआ-सा बोला था—'भूरी बिल्ली, इतने भड़ाम से दरवाजा खोलती हो ? मैं तो डर गया।' माँ हँस पड़ी थीं खिलखिला के। लेकिन मन में घबड़ा-सी गई थीं। जिस तरह से 'जीजाजी' ने उनकी तरफ देखा था वो उन्हें ठीक नहीं लगा था, वो सकपका गई थीं। उनके दिमाग में अचानक दीदी का वह वाक्य कौंध गया था, जो उन्होंने ससुराल से लौटकर और बहुत-सी बातों के साथ बतलाया था—"लगता है जनाब, बड़ी रंगीन तबीयत के थे शादी से पहले।" और ये कहते वक्त उनके चेहरे पर झलकता चिन्ता, क्रोध, झेंप का मिला-जुला भाव, इन सबको छिपाने के प्रयास में खिसियाती हँसी। लेकिन जीजाजी तो उनसे बहुत बड़े हैं, उन्होंने सोचा उन्हें ही भ्रम हुआ होगा। यह बात बड़ी जल्दी आई-गई हो गई। डेढ़-दो साल निकल गए। न उन्होंने किसी से कुछ कहा, न इस बात पर कभी दोबारा ध्यान ही दिया। अलबत्ता उसके बाद जब भी वो घर आया उन्होंने अपने आपको कम बोलते, कम उछलते-कूदते पाया जैसे कि अन्दर से अपने आप कोई रोक लग गई हो। वो सारे वक्त एक अनजानी दुविधा में पड़ी रहतीं। लगातार अपने-आपको समझाती रहतीं, कि जरूर मैं ही गलत समझ रही हूँ...वो तो मुझसे इतने बड़े हैं, दीदी के पति हैं, उनसे भी भला कोई डर हो सकता है ? पर माँ के मन में डर जम के बैठ गया था।

जब माँ की स्कूल की शिक्षा खत्म हुई और घर में यह सवाल उठा कि अब आगे क्या पढ़ना है, कौन से कॉलेज में जाना है तो 'उसने' आगे बढ़कर माँ के बड़े भाई और उनकी दीदी से कहा कि "तुम लोग यहाँ इतनी छोटी जगह में रहते हो, यहाँ मालती के काबिल कोई कॉलेज नहीं है। इतनी स्मार्ट लड़की है, यहाँ क्या सीखेगी ? मेरे पास भेज दो, वहाँ पढ़ेगी तो और चुस्त हो जाएगी। लड़का ढूँढने में दिक्कत नहीं होगी आप लोगों को।" इस आखिरी नुस्खे ने रामबाण का

काम किया। तत्काल वे लोग उसे बड़ा उदार-हृदय और अपना हितैषी मानने लगे। उसके प्रस्ताव मात्र से ही उसका आभार मानने लगे। लेकिन माँ को यह सब अच्छा नहीं लगा था। बड़ी जगह जाकर पढ़ने का मौका तो उन्हें भी आकर्षक लगा था, लेकिन उनके मन में एक बहुत भयंकर शंका घर कर चुकी थी और बात थी भी इतनी नाजुक कि जब तक कोई ठोस प्रमाण न हो वो सिवाय भगवान के किसी और से उसका जिकर तक नहीं कर सकती थीं। उन्होंने तरह-तरह के बहाने लगाना शुरू किया। अन्त में उनकी माँ कहने लगी, "चलो बेटा, लाला कह रहे हैं, बिमला भी पीछे पड़ रही है तो दो-चार दिन को हो आओ। मेहमान की बात का मान रख लो। मन न लगे तो वापस आ जाना।" अपनी शंका के बारे में न तो माँ खुद कुछ साफ-साफ जान पाई थी न किसी से कुछ कह सकती थीं। बड़े बेमन से वो उन लोगों के साथ चली आई, इस भरोसे पर कि एक हफ्ते में वापस आ जाऊँगी। लेकिन माँ ने तब जो अपना घर छोड़ा कभी लौटकर न जा पाईं। वह राक्षस उन बेचारी को ग्रस गया। माँ बताती थीं कि उनके घर पहुँचने के तीसरे ही दिन उसने अपने किसी दोस्त के साथ, जिसकी बहन वहाँ पढ़ती थी उन्हें कॉलेज भेज दिया, जगह देखने के लिए और लड़कियों से मिलने-जुलने के लिए। जब वो दोपहर को घर लौटीं तो वह घर में अकेला था। दीदी और बच्चे अन्दर नहीं थे। वो एकदम बहुत घबड़ा गईं। उनके हाथ-पाँव फूल गए और आवाज बन्द हो गई। वो चीख तक न सकीं...

उसके बाद, माँ कभी किसी से नहीं मिलीं। कोई उनसे मिलने नहीं आया। उस दिन जो वो घर के अन्दर गईं कभी बाहर नहीं निकलीं। न किसी ने कभी उनकी सुधि ली न उनके पास कहीं से कोई खबर पहुँची। वो हर रोज नई अटकलें लगाती रहतीं कि उन्हें कॉलेज भेजकर आखिर उस राक्षस ने दीदी और बच्चों को कहाँ छोड़ा होगा, या उनसे ऐसा क्या कहा होगा, कि उनकी दीदी, अपने बच्चों को लेकर चली गईं, उन्हें उस भेड़िए के हाथों में अकेला छोड़। क्या उन्हें जरा भी दया नहीं आई ? उन्होंने एक बार भी यह नहीं सोचा कि वो उनकी छोटी बहन है ? उसे किसके सहारे छोड़े जा रही है। पिछले दस साल हरदम रो-रोकर तड़प-तड़पकर निकाले थे मेरी माँ ने। शुरू-शुरू की इधर-उधर उड़ती बातों से उन्हें पता लग गया था कि उनकी दीदी बच्चों को लेकर माँ के घर चली गई हैं, वहीं रहती हैं। वहाँ सब लोग यह समझने लगे थे कि खुद माँ ने अपनी बहन का घर छीन लिया था, उन्हें बच्चों समेत घर से निकलवा दिया था। उन्हें सब धिक्कारा करते थे, कहते थे लाज नहीं आई बहन का घर लेकर बैठ गई। ये बातें बताते हुए माँ, मेरी बेचारी माँ इतना बिलख-बिलखकर रोती थीं कि मेरा मन करता था मैं उसी वक्त उस राक्षस की जान ले लूँ। लेकिन मैं रुका रहा हूँ। अभी कुछ और

साल रुकना पड़ेगा मुझे।

उस राक्षस ने पहले ही दिन घर के नौकरों को हिदायत दे दी थी कि खबरदार जो किसी ने माँ से बात की। फिर धीरे-धीरे घर में तीनों काम करनेवालों को निकाल दिया। घर का पूरा काम माँ के ऊपर आ पड़ा। खुद नौकरी छोड़कर घर बैठ गया—माँ कहती थीं, उन पर पहरेदारी करने के लिए। सारे दिन घर में पड़ा-पड़ा, माँ पर रौब झाड़ता रहता। वो बेचारी अपना नाम, घर, जन्म, जीवन सब कुछ खो चुकी थीं उसके हाथों। घर का काम करतीं और पड़ी रहतीं। जब बच्चे होने को होते तो हो जाते, अपने आप। आसपास एक दाई थी उसे बुला दिया करता था, वो। साथ में कहता था, "हर साल ब्या जाती है चुड़ैल। कौन भरेगा इन पिल्लों के पेट ?" अच्छा ही हुआ उस दिन जल गई माँ। मुक्त हो गई बेचारी अपनी यातना से। उनके नाम पर, जन्म पर, लगा कलंक तो तब तक लगा रहेगा जब तक मैं उन्हें उबर न पाऊँगा...। लेकिन अभी मेरी बहन है, दो छोटे भाई हैं। मुझे तो किसी भी तरह यह नौकरी करनी ही है। पढ़ पाऊँ या नहीं, अपने-आपको काबिल बनाना है। ये 'पिल्ला' 'उसकी' जान जरूर लेगा। मैंने हिचकियों के बीच बोलना शुरू किया—

"मेरी माँ नहीं हैं मेमसाब ! वो मर गईं, एक साल पहले।"

"कैसे ?"

"जल के।"

"जल के ? कैसे ? क्या खाना बना रही थीं ?"

"नहीं !" मैं रुक गया। फिर सोच में पड़ गया। मेमसाब मेरी तरफ गौर से देख रही थीं। मैं एकदम बोला, "उसने स्टोव का सारा तेल उनके सिर पर डालकर आग लगा दी...मैं चारपाई के नीचे से सब कुछ देखता रहा। माँ चुपचाप ऐसे जलती रहीं जैसे अपनी मर्जी से आत्मदाह कर रही हों। जैसे उस क्रूर, अत्याचारी से हारकर वो खुद आग की शरण चली गई हों। न वो चिल्लाईं, न उन्होंने हममें से किसी को भी आवाज दी। शायद उनमें इतना दम ही नहीं बचा था। आग लगते ही मैंने उन्हें लड़खड़ाकर एक बार उठने की कोशिश करते देखा था, लेकिन बहुत जल्द उनका बेजान बदन फिर गिर पड़ा। हाथ एक-दो पल के लिए हिले, फिर ऐंठकर बिल्कुल निस्पन्द हो गए। तब वो यमदूत वहाँ से सरका। चारों तरफ धुआँ भर गया था। खाल जलने की बदबू आ रही थी। वो अपने दोनों हाथ हवा में चला-चलाकर धुआँ बाहर को धकेल रहा था। धुआँ अब उसके कमरे की तरफ उड़ रहा था। वो शायद दरवाजा बन्द करने के लिए उस तरफ गया, मैं मौका लगते ही बाहर भाग आया। दोनों छोटे भाई और बहन को वहीं छोड़कर। मैंने सोचा था वो भी मेरे पीछे-पीछे आ जाएँगे। लेकिन वो नहीं आए। मैंने जब मुड़कर

देखा वो मेरे पीछे नहीं थे...पता नहीं कैसे होंगे बेचारे।''

''किसने तेल डालकर आग लगाई ? तुम्हारे पिताजी ने ?''

''पिताजी मत कहिए मेमसाब। राक्षस है वो।'' मेमसाब सोफे पर हारी हुई-सी बैठी थीं। कुछ देर बाद बोलीं–

''क्यों ? क्या झगड़ा बहुत होता था ?''

''नहीं मेमसाब, झगड़ा नहीं...उसने मेरी माँ को जबरदस्ती घर में रख लिया था, बिना शादी किए। फिर ऊपर से एहसान जताता था कि 'खाने को देता हूँ, रहने को देता हूँ।' बहुत उल्टा-सीधा कहता था उन्हें। जब वो घर में नहीं होता था, माँ हमें सब कुछ बता-बताकर बहुत रोया करती थीं।''

''फिर वो वहाँ रहीं ही क्यों ? पढ़ी-लिखी थीं ?''

''जी, पढ़ रही थीं जब वो उन्हें अपने घर ले आया। स्कूल खत्म करके कॉलेज की तैयारी कर रही थीं।''

''तो वो अपनी मर्जी के खिलाफ वहाँ रहती क्यों रहीं ? कहीं चली जातीं, पुलिस में रिपोर्ट करतीं।''

''वो बाहर नहीं निकल सकती थीं, मेमसाब। वो राक्षस बाहर से ताला लगाकर जाता था। आप नहीं जानतीं उसे। बहुत खराब आदमी है वो। वैसे भी माँ कहती थीं, कहाँ, किसके पास जातीं वो मदद माँगने। घर के लोगों ने तो उन्हें त्याग दिया था। वो उनके लिए मर चुकी थीं। आसपास वो किसी को जानती नहीं थीं। फिर, सब लोग उन्हीं को दोषी समझते थे। बड़ी अभागिन थीं मेरी माँ, मेमसाब। कहती थीं मैं अपने पिछले जन्म की करनी भुगत रही हूँ। तुम लोग किसी काबिल हो जाओ बस यह ही मेरी इच्छा है। वे हमें पढ़ाना चाहती थीं, लेकिन वो जानवर कहता था कि हम लोग घर में ही ठीक हैं। पढ़ाने-लिखाने की कोई जरूरत नहीं। वो माँ से कहता था–'मत बार-बार ये बिना सिर-पैर की बात किया कर। ब्याह के नहीं लाया तुझे जो तेरे इन पिल्लों को पढ़ाऊँगा। इन्हें खाना मिल जाता है ये क्या कम है। इतनी नाकवाली थी तो आई क्यों थी मेरे पास। मनहूस ! जिस दिन से आई सत्यानाश कर दिया मेरा।' इसी बात पर उस दिन झगड़ा हुआ था, और उसने मेरी माँ को जला दिया।''

यह सुनकर मेमसाब स्तब्ध रह गईं। मैं माँ को जलते देख रहा था उन लपटों के बीच, उनके सूखे हाथ ऐंठते देख रहा था। पाँच मिनट के बाद मैंने सुना, ''ऐसे कैसे जला दिया कमल ? बात शुरू कैसे हुई ?''

मैंने बताना शुरू किया, ''मेमसाब, उस दिन माँ खाना बनाकर उसका इन्तजार कर रही थीं। हम चारों भी वहीं बैठे थे, मेरी बड़ी बहन अर्चना, संजू, बबलू और मैं। जब वो आया तो हम दोनों भाग-भागकर उसे खाना खिलाने लगे। संजू, बबलू

माँ के पीछे बैठ गए। खाने के बाद माँ ने बहुत धीरे से कहा, 'अर्चना और कमल अब बड़े हो रहे हैं किसी स्कूल में डाल दीजिए।' उसने माँ की तरफ ऐसे देखा जैसे वह उन्हें तभी कच्चा चबा जाएगा। फिर उठकर बिना कोई जवाब दिए अपने कमरे की तरफ जाने लगा। माँ ने पीछे-पीछे जाकर बड़ी दीनता से फिर कहा, 'इन बच्चों ने क्या बिगाड़ा है आपका, या किसी का। पढ़ लेने दीजिए इन्हें।' वो माँ की गर्दन एक हाथ से दबाकर, दाँत पीसकर बोला, 'इतनी बक-बक मत किया कर नहीं तो गला घोंट दूँगा किसी दिन।' मेमसाब अब अपना हाथ मुँह पर रखकर मेरी बात और ध्यान से सुनने लगीं। मैं बोलता जा रहा था। बेचारी माँ खिसियाकर बाहर खड़ी हो गईं। अर्चना माँ से चिपककर रोने लगी। मैं माँ का मुँह देखता रहा, देखता रहा। मेमसाब, जिस दिन मेरे हाथों में दम आएगा मैं उस राक्षस का गला घोटूँगा, जरूर घोटूँगा।''

''छिः-छिः, ऐसे नहीं बोलते, बेटे। ऐसे नहीं बोलते। वो तो खाना खाकर चला गया ना, फिर झगड़ा कब हुआ ?''

''तभी। थोड़ी देर बाद वो वापस आया। हम चारों माँ के साथ खाना खाने बैठे ही थे। माँ को घूरते हुए बोला, 'पहले मुझे हलुआ बनाकर दे।' माँ ने जल्दी से जवाब दिया, 'अभी देती हूँ।' और वो हलुए के लिए सामान निकालने लगीं। प्योर घी का डिब्बा खाली देखकर माँ ने उससे पूछा, 'घी आप लाए नहीं, तेल में बना दूँ ?' वह सुनते ही बिगड़ पड़ा, 'क्यों नहीं है घी ?' और माँ के ऊपर ऐसे झपटा जैसे बकरी के ऊपर बाघ। माँ अपने दोनों सींक-से हाथों को चेहरे के आगे कर-करके अपने को बचा रही थीं और वो वार किए जा रहा था। साथ में कह रहा था, 'जितना लाता हूँ खा जाती है, इस पलटन को खिला देती है। ब्याह के नहीं लाया तुझे जो उमर-भर घर में रखूँ। जा, निकल जा यहाँ से। जहाँ मन आए, जा। पीछा छोड़ मेरा। खाने को तो पूरा पड़ता नहीं ऊपर से पढ़ा और दो इन...' कोने में गठरी की तरह सिमटी पड़ी माँ एकदम जोश में भरकर जैसे जान की बाजी लगाती हुई बोलीं, 'पढ़ाओगे नहीं तो कोसेंगे नहीं अपने जन्म को। अपनी माँ को ? बिना पढ़े क्या...' माँ को उसने अपनी बात पूरी नहीं कहने दी। वो बिजली की तरह झपटा। स्टोव का ढक्कन खोलकर सारा तेल माँ के ऊपर उँड़ेल दिया और आग लगा दी। हमारे सामने, हमारे देखते-देखते। माँ में चीखने तक का दम नहीं था। वो खड़ी-खड़ी जलती रहीं, हम देखते रहे। मेमसाब, मेरे सामने उसने मेरी माँ को जिन्दा जला दिया।'' मैं टूट पड़ा, मेरी आवाज सिसकियों में डूब गई।''

''पुलिस ने पकड़ा नहीं उसे ? आसपास से कोई आया नहीं ?''

''पता नहीं, मैं तो भाग आया था।''

"तुम फिर कहाँ गए ?"

"मैं भागता रहा, जिधर भी रास्ता मिला, भागता रहा, शाम तक। बहुत दूर जाकर मैं एक जगह सुस्ताने को बैठ गया। मेरे पैरों में, सिर में, और पेट में बहुत दर्द हो रहा था। मैं अपने पेट को हाथ से दबाकर बैठ गया। उससे मुझे आराम मिल रहा था। मुझे वहीं बैठे-बैठे नींद आ गई। मैं जब सोकर उठा तो दिन निकल रहा था। मैं वहीं बहुत देर तक बैठा-बैठा यह समझने की कोशिश करता रहा कि मैं वहाँ सचमुच भागकर पहुँचा हूँ या कोई खराब सपना देखकर उठा हूँ। फिर मैं सोचने लगा, मैं वहाँ आया कैसे ? मन किया माँ को बुलाऊँ लेकिन माँ तो कहीं आसपास नहीं थीं। मैं किसी सड़क के किनारे एक बिल्कुल सुनसान जगह में पड़ा था। दिन निकलता जा रहा था। बैलगाड़ी, साइकिल, कभी दूध की बाल्टी लिए स्कूटर, मोटरसाइकिल आसपास से आ-जा रहे थे। मैं उठकर बैठ गया। जिस तरफ दूधवाले जा रहे थे मैं भी उसी तरफ चल पड़ा। चलता रहा। बहुत देर चलने के बाद मैं नन्दू की दुकानवाले नुक्कड़ पर पहुँचा। इससे पहले कोई दुकान रास्ते में नहीं मिली थी। मैं रुक गया। वहाँ कुछ लोग चाय पी रहे थे। उन्हें देखकर सहसा मुझे भी भूख लगने लगी। मैं दूर खड़ा होकर उनकी तरफ देखने लगा। फिर जब थक गया तो वहीं पत्थरों पर बैठ गया। थोड़ी देर बाद नन्दू ने मेरे से पूछा, 'क्यों बैठा है बे यहाँ ?' मैं कुछ नहीं बोला। उसने फिर कहा, 'अरे कहाँ से आया है तू ? भूखा है क्या ?' मैंने सिर हिलाकर कहा, 'हाँ !' उसने मुझे दो रस्क और एक कप चाय दी। चाय पीकर मुझे ऐसा लगा जैसे मैंने कोई जादू की पुड़िया खा ली है। एकदम बहुत दम आ गया मेरे में। मैं उठा। मैंने उसकी दुकान के बाहर रखे हुए ड्रम का नल खोलकर अपना मग धोया और उसके पास ले जाकर बोला, 'मेरे पास पैसे नहीं हैं, आपका कोई काम कर दूँ ?' पहले तो वो बोला, 'ठीक है, ठीक है, जा।' मैं वहीं खड़ा रहा तो फिर उसने पूछा, 'घर कहाँ है रे तेरा, या है ही नहीं ?' मैंने कहा, 'नहीं।' फिर एक-दो बात और पूछकर उसने मुझे अपनी दुकान पर रख लिया। बोला, 'ठीक है यहीं खा-पी लिया कर। बर्तन, सफाई कर दिया कर। बाद में और काम करना भी सिखा दूँगा।' रात को उसने चाय का सामान पेटी में डालकर ताला लगाया फिर उसे चेन से पेड़ के साथ बाँधकर एक और ताला लगाया। और जब घर जाने लगा तो मेरे से बोला, 'घर है ही नहीं क्या तेरा ?...ठीक है यहीं सो जा।' मैं बेंच पर बैठने लगा तो जाते-जाते फिर बोला, 'देख कुछ लेकर भागा तो जान निकाल दूँगा।' मैं रोज वहीं सोने लगा। मैं सुबह उठकर उसके आने से पहले, उतनी जगह में जितनी में वह दिन में कुर्सी-बेंच बिठाता था, झाड़ू लगा देता और उसकी राह देखता। दो-तीन दिन के बाद ही एक दिन घर जाने के समय उसने पेटी की चाबी मुझे दे दी और उस घर में

जहाँ वह कोयले की बोरी रखा करता था, वहाँ जाकर उन लोगों से मुझे मिला लाया। बोला, 'तू सुबह उठ तो जाता ही है कुछ काम कर लीजो।' तब से मैं उसके आने तक अँगीठी सुलगाकर प्याले, नाश्ता वगैरह जमा कर रख दिया करता था। वह मेरे काम से बहुत खुश हो गया, और खुद देर से आने लगा। फिर तो धीरे-धीरे उसने सारी दुकान ही मुझ पर छोड़ दी, बस पैसे अपने पास रखता था। एक दिन मेरी आँख बहुत जल्दी खुल गई। मैंने सोचा दोबारा सोया तो क्या पता सोता ही रह जाऊँ। इस डर से सोया ही नहीं। झाड़ू लगाकर रोज की तरह नहा आया और खुली, ठंडी हवा में वहीं बैठ गया, दुकान के बाहर। उस दिन मुझे बहुत अच्छा लग रहा था। दिन उतना ही निकला था, जितना उस दिन जब मैं घर से भागकर सड़क के किनारे सोकर उठा था। मैं चुपचाप बैठा था कि एक साहब ने, जो शायद घूमने जा रहे थे, मुझे बुलाकर पूछा, 'कहीं काम करते हो तुम ? यहाँ क्यों बैठे हो ?'

" 'जी, यहीं चायवाले के पास बर्तन धोता हूँ,' मैंने कहा।

" 'अगर चाय की दुकान देर से खुलती है तो तुम सुबह जल्दी आकर हमारी गाड़ी साफ कर दिया करो। हम तुम्हें सौ रुपए महीना देंगे।'

" रुपयों की बात सुनते ही मैं एकदम तैयार हो गया और उसी दिन से काम शुरू कर दिया। अब मैं उसका काम और भी लगन से करने लगा। रोज सुबह जल्दी उठता, पहले गाड़ी साफ करता और फिर दुकान की तैयारी करता। ये बात मैंने नन्दू को नहीं बताई। एक महीने बाद जब मुझे तनख्वाह मिली मुझे बहुत अच्छा लगा। पहली बार मेरे हाथ में पूरे सौ रुपए आए थे। पहली बार मैंने सौ का नोट देखा था। फिर मैं सोचने लगा उन्हें कहाँ रखूँ। मुझे मालूम था कि अगर नन्दू को पता लग गया तो वो रुपए मेरे पास नहीं छोड़ेगा। पता नहीं क्या कहे, पर रुपए मेरे हाथ में नहीं रहेंगे। दुकान पर सामान जमाते-जमाते मुझे ध्यान आया कि वहीं नन्दू की पेटी में कागज से छिपाकर नीचे-ही-नीचे रख देता हूँ, नन्दू तो अब कभी पेटी देखता नहीं। उस दिन, पूरे दिन मैं यही सोचता रहा कि अगर एक-दो गाड़ियाँ और साफ करूँ तो मेरे पास और पैसे हो जाएँगे और बाद में मैं नन्दू का काम छोड़ दूँगा। दिन-भर चाय के मग धोना, चाय बनाना और उन्हीं लोगों के साथ रहना जो वहाँ चाय पीने आते थे, मुझे अच्छा नहीं लगता था। उनकी बातें बड़ी भद्दी तरह की होती थीं। वो सब वही लोग होते थे, आसपास काम करनेवाले नौकर, माली, धोबी, स्वीपर, कभी-कभी कोई आया, या मजदूर वगैरह आ जाते थे। काम ढूँढने में मुझे बिल्कुल दिक्कत नहीं हुई। मैंने दो गाड़ियों का काम और पकड़ लिया। अब मैं अँधेरे में ही उठने लगा। तड़के जल्दी उठता, दुकान में झाड़ू लगाता, पासवाले पार्क के नल में नहा आता और तेजी से एक

के बाद एक तीनों गाड़ियाँ साफ कर देता। मेरा हाथ काम पर अच्छा बैठ गया था। कभी जरा देर भी हो जाती, तो कोई मुश्किल नहीं होती थी। नन्दू तो अब आराम से आने लगा था। मैं खटाखट अँगीठी जलाकर चाय का पानी चढ़ा देता और फिर कप, नाश्ते के डिब्बे तरतीब से जमाकर ऊपर से एक कपड़ा मार देता। शुरू-शुरू में मैं एक-एक कप अच्छी तरह पोंछ-पोंछकर रखा करता था। बेकार में।

" एक दिन एक साहब मुझसे बोले कि 'कमल, पानी आना शुरू हो गया है, हमारी गाड़ी आज धो दो।' गाड़ियों का काम करना मुझे अच्छा लगता था। एक ड्राइवर ने मुझसे कहा था, 'जब थोड़ा-सा लम्बा हो जाएगा तो तुझे गाड़ी चलाना सिखा दूँगा।' मैं उनकी गाड़ी बहुत शौक से धोने लगा। जब मैं उसे खूब अच्छे से धोकर, सुखाकर, दुकान में आया तो नन्दू आ चुका था। अँगीठी जला रहा था। गाड़ी धोने में मुझे काफी टाइम लग गया था। मैं तब तक न तो अँगीठी जला पाया था, न ही दुकान का और कोई काम कर पाया था। मुझे बाहर से आता देखकर उसने गुस्से में भरकर पूछा, 'कहाँ गया था ?' मैंने उसे कुछ जवाब नहीं दिया। मैं बहुत डर गया था। उसने मुझसे फिर पूछा। लेकिन मैं जब फिर भी कुछ नहीं बोला, तो वो मुझे मारने लगा। उसने मुझे बहुत मारा और पेटी की चाबी लेकर मुझे दुकान से बाहर निकाल दिया। बोला, 'या तो ठीक-ठीक बता कहाँ गया था या निकल जा बाहर।' कह रहा था 'साला रोटी मेरी खाता है काम कहीं और करता है, नमक हराम।' उसका काम छूट जाने की तो मुझे फिकर नहीं थी, लेकिन मैंने जो चार सौ रुपए उसकी पेटी में छिपा रखे थे, मैं वो लेना चाहता था। माँगने से तो वो देता नहीं। उससे लड़ने के लिए मैं छोटा था। मैं यह सोचकर कि जैसे ही ये दुकान से इधर-उधर होगा मैं अपने पैसे निकाल लूँगा, वहीं खड़ा हो गया उसकी दुकान से हटकर एक तरफ को। तभी वो माली रोज की तरह दुकान में चाय पीने आया। मुझे बाहर खड़ा देखकर पूछने लगा, 'क्या बात है ?' उसे मालूम था कि मैं गाड़ियाँ भी साफ करता हूँ। पहले एक दिन उसने ही मेरे से कहा था कि 'काम करता रह मेहनत से, आदमी बन जाएगा तू। नन्दू को मत बताना गाड़ियों के बारे में। वो मारेगा तुझे।' जब उसे पता लगा कि मेरा काम छूट गया है, वो बोला, 'चल मैं दिलाता हूँ तुझे काम।' "

"यह एकदम सच बात है ?"

"जी !"

वो लगातार मेरी तरफ देखते हुए मुझे तौल रही थीं।

"माली मिलता है अब तुमसे ?"

"जी हाँ, कभी-कभी पूछ लेता है कि मन लगा कि नहीं ?"

"और वो रुपए जो नन्दू की पेटी में थे ?"

"वो तो गए मेमसाब जी," मैंने कचोटते मन से लम्बी आह भरते हुए कहा, अब अचानक मेरा दर्द दोगुना हो गया। मैं सोचने लगा इस काम की वजह से वो रुपए गए और ये काम भी क्या पता आज छूट जाए।

"माली ने कहा था आपसे बिना पूछे कहीं जाऊँ नहीं। मैं नन्दू से मिला ही नहीं जब से आपके पास काम कर रहा हूँ," मैंने उन्हें बताया। यह सुनकर उन्हें भी दुःख होने लगा। उनकी आँखें करुणा से भर गईं। मैंने कहा, "अब तो नन्दू मुझे नहीं देगा वो पैसे।" मैं निराशा में डूब गया। दो मिनट बाद वो फिर बोलीं–

"बोलोऽऽ...अच्छा, अब ये बताओ कि तुम मेरे से बिना पूछे बाबा की दराज में क्या ढूँढते रहते हो ?...शाबाश, बोलोऽओऽओ..." उनकी आवाज में मिठास थी, माँ की जैसी। और अब वो हल्की-हल्की मुस्करा रही थीं।

मैंने धीरे से कहा, "पेंसिल छीलने के लिए शॉर्पनर ढूँढ रहा था।"

"माँग लेते।"

"बाबा नहीं देते तो ?"

"क्यों नहीं देते ?"

"माँगने से कोई कुछ नहीं देता मेमसाब।"

"वो किताब क्यों चुराई थी तुमने ?"

"उसे पढ़ने के लिए मन कर रहा था मेमसाब। कल शाम को बाबा उसे पढ़-पढ़कर बहुत हँस रहे थे।"

"तुम किताब पढ़ लेते हो ?"

"थोड़ा-थोड़ा पढ़ता हूँ। तस्वीरों से कहानी पता लग जाती है।"

वो मुस्कराईं। "इतनी-सी बात थी तो इतना टाइम क्यों लगाया तुमने बताने में ?"

"डर रहा था।"

"अरे, डर किससे रहे थे तुम ? और सुबह कहाँ गए थे तुम इतनी देर के लिए ?"

"माली को ढूँढने।"

"क्यों ?"

"उसे बताने कि मैंने चोरी नहीं की।"

"तुम्हारा घर कहाँ है ?"

"शहर में।"

"अब तुम्हारे पिता कुछ काम नहीं करते ?"

"नहीं। माँ ने बताया था कि वो बहुत पहले, जब उनकी शादी माँ की बड़ी बहन से हुई थी, सरकारी नौकरी करते थे। बाद में छोड़ दी। शराब पीकर घर में

पड़े रहते थे।''

''तो खर्चा कहाँ से आता था ?''

''उसके पास अपने बाप-दादों की पुरानी जायदाद, पुराना सामान बहुत है मेमसाब। उसे बेचता रहता है। और अपने घर की गैरेज भी किराए पर दे रखी है, उसका किराया आता है।''

''बड़ा अजीब आदमी है। पर हम क्या कर सकते हैं ?''

कुछ देर रुककर मेमसाब फिर बोलीं, ''तुम्हें पढ़ने का बहुत मन करता है?''

मेरी आँखों में कृतज्ञता के आँसू और एक नई आशा की चमक देखकर, सान्त्वना देते हुए उन्होंने बात जारी रखी, ''देखो, एक-दो दिन में मैं कोशिश करूँगी कि तुम्हें शाम के स्कूल में डाल दूँ। तुम शाम के टाइम पढ़ लिया करना, दिन में यहाँ काम कर लेना, घर में। तुम्हें मेहनत डबल पड़ जाएगी, लेकिन मेहनत करोगे तो नौकरी किसी दिन तुम्हें अच्छी मिल जाएगी। ठीक है ?''

मैं खुशी और आभार से भर गया। मेरी आँखें अन्दर-ही-अन्दर दूर कहीं एक बड़े से दफ्तर में कागजों से भरी टेबल के पीछे एक लम्बे-चौड़े सुन्दर नौजवान को देख रही थीं, उसकी आँखें उतनी ही बड़ी-बड़ी थीं जितनी माँ की, उसकी शक्ल भी उनसे मिलती थी...

''कभी-कभी मैं भी तुम्हें पढ़ा दिया करूँगी।''

माँ भी इसी तरह कहा करती थीं। मैं चुप खड़ा रहा।

''लेकिन...देखो, अब आगे से, चाहे कितनी भी छोटी चीज हो, कभी बिना पूछे मत उठाना। दूसरे की चीज को हाथ नहीं लगाते।''

''जी ! अब कभी कुछ नहीं लूँगा। माफ कर दीजिए मेमसाब।'' मेरी आवाज रुँध रही थी, लेकिन मैंने मजबूती से कहा।

''शाबाश।'' मेमसाब खुशी में पुलकते हुए बोलीं, ''अच्छे बच्चे अच्छे काम करते हैं, बेटे। खराब काम नहीं किया करते। अच्छा चलो, जाओ अब खाना खाओ अपना। बाकी काम फिर कर लेना।'' फिर सोफे से उठते हुए वो पूछने लगीं, ''तुम इतने बहादुर बच्चे हो, मेहनती हो, तुम्हें पढ़ने की इतनी लगन है, तो जरूर तुमने कोई नौकरी भी सोच रखी होगी मन में ? या...पढ़ने के बाद तय करोगे ?''

मैं कुछ नहीं बोला। सपनाई आँखों से हँस पड़ा, वैसे ही जैसे माँ के साथ हँसा करता था...माँ भी कभी-कभी पूछा करती थीं, ''तू क्या करेगा बड़ा होकर, कमल ?'' लेकिन जो आवाज इस समय मेरे कानों में पड़ रही थी, वह माँ की नहीं थी, माँ की जैसी थी। न उसमें माँ की आवाज का दर्द था न आग्रह। न वह मुझ तक पहुँचने में किसी डर या आशंका से काँप रही थी। इस प्रश्न में सिर्फ सरल जिज्ञासा थी, सहानुभूति थी। साथ में माँ के जैसा प्यार भी था।

इसीलिए मैं भ्रम में पड़ गया। कैसा मूर्ख हूँ मैं सब जानकर धोखा खा गया ? माँ भला अब कैसे बोल सकती थीं ? वो तो धुएँ में खो चुकी थीं। चुप हो गई थीं। मैंने अपने-आपको जवाब देते सुना—

"पता नहीं मेमसाब। जो मिलेगी कर लूँगा। सब कुछ अपनी मर्जी से थोड़ी होता है।"

"और तुम्हारे बहन-भाई ?" उन्होंने मेरी खुशी अपनाते हुए पूछा।

मैंने भी अपने सपने में उनकी यह उदार, मधुर, भागीदारी स्वीकार करते हुए जवाब दिया, "जी, पैसे होते ही उन्हें अपने पास ले आऊँगा।"

वो अन्दर चली गईं। लेकिन मैं उस वक्त बहुत उदास हो गया। "सबसे पहले तो मैं उस राक्षस का गला घोटूँगा," मैंने अपने-आपको याद दिलाया। "उसने मेरी माँ को जिन्दा जलाया है...उन बेचारी को सात जन्म के बराबर रुलाया है, सताया है, जीतेजी उनका नाम, निशान मिटाया है...मैं उसे जिन्दा नहीं छोड़ूँगा...।"

आशा, हताशा, यथार्थ

1

"अरे, घुन ! इतने घुन ? ओह–हो ! घुन-ही-घुन। एक भी साबुत दाना नहीं है। तभी तो यह हाल है। चारों तरफ घुन–मरे हुए, चलते हुए, लड़खड़ाते हुए। खाए हुए दानों के छिलके, बुरादा, टूटे पंख। खाली बदरंग, खोखे..."

"धूप लगा लो।"

"हाँ, कीड़े लगे दानों को अलग कर दो।"

"फिर बचेगा ही क्या ? सब दानों में लगा हुआ है घुन।"

"तो छोड़ो। घुन ज्यादा है, दाने कम। फेंक दो इन्हें। बहा दो पानी में। नया दाना लाओ। मिट्टी बदलो, नए बीज लगाओ। नए सिरे से शुरू करो सब काम, तब मिलेंगे अच्छे, साबुत दाने।"

2

इन्तजार करते-करते थक गया था बीनकार। वह उदास हो गया—बहुत उदास। उसे भूख लगी थी पर खाने की कोई इच्छा नहीं थी। वह बीन बजाना चाहता था, लेकिन परेशान था। आखिर उससे रहा न गया। उसने थैले से बीन निकाली और होंठों से लगा ली। आँखें बन्द हुईं। आसपास का वातावरण एक मधुर, मोहक गूँज से भरने लगा। वह बार-बार अन्दर की ओर हवा खींचता और बाहर निकालता—नई-नई लम्बी धुनें बजती जातीं। थोड़ी देर में वह मस्ती से झूमने लगा।

बीन बजती रही बिना रुके, सुर बिना टूटे। गऊएँ नहीं आईं। सामने बैठी, खड़ी भैंसें जुगाली करती रहीं। गोबर, मूत करती रहीं। पूँछ हिला-हिलाकर मक्खियाँ उड़ाती रहीं। बीन बजती रही। उनके पाड़े सींग भिड़ा-भिड़ाकर आपस में लड़ते रहे। एक-दूसरे के पीछे भागते रहे। उनकी दुलत्तियों से धूल उड़ती रही।

वह बीन बजाता रहा, बजाता रहा। उसमें से निकलती मीठी आवाज वहाँ गूँजती रही, गूँजती रही। हवा खींचते-खींचते अचानक उसकी आँखें खुल पड़ीं।

बीन रुक गई। साज़ उसके हाथ में ही रहा, लेकिन वह फूँक नहीं दे पाया। बीन नहीं बजी। वह बिलखकर रो पड़ा। उसने अपनी बीन दोनों हाथों से मरोड़कर दूर फेंक दी। वह बेहोश होकर गिर पड़ा। भैंसों को पता भी न चला। वे उसी तरह बैठी रहीं। जुगाली करती रहीं, पूँछ हिलाती रहीं। गोबर, मूत करती रहीं। उस तरफ से आती हवा में वही कर्कश आवाजें आती रहीं—जबड़ों की खर्र-खर्र, पूँछों की सर-सर...।

3

वे वहाँ पहले कभी नहीं आए थे। वहाँ कैसे पहुँचे, यह भी उनकी समझ में नहीं आ रहा था। इतनी विचित्र, असामान्य बस्ती उन्होंने पहले कभी नहीं देखी थी। सड़कों पर सिवाय उन दोनों के और कोई आदमी नहीं था। बहुत-सी गायें, भैंस, कुत्ते, बिल्ली, बन्दर, गधे, सूअर निडर चल रहे थे, जैसे वे ही वहाँ के मालिक हों ! उनकी तरफ कभी कोई बन्दर दाँत किटकिटा देता तो कभी कोई कुत्ता गुर्राने लगता। आदमी का कहीं कोई नामोनिशान नहीं था। मकान थे, लेकिन उनमें कोई हलचल नहीं थी। कोई आ-जा नहीं रहा था। खिड़कियाँ बन्द थीं, दरवाजे खुले थे।

वातावरण में दहशत थी, मौत थी, एक रहस्यमयी विचित्रता थी। उनकी समझ में कुछ नहीं आ रहा था। वे अपने-आपको जानवरों से घिरा पाकर घबरा रहे थे, लेकिन उनके पास सामने देखते हुए चुपचाप चलते रहने के अलावा और कोई चारा न था। वे चलते रहे, इस उम्मीद में कि कहीं जाकर तो वह जंगल खत्म होगा और मानव बस्ती आएगी, आदमी दिखेंगे।

वे चलते गए, चलते गए। अचानक एक घने पेड़ के नीचे उन्हें एक आकृति दिखी, आदमी जैसी। आशा बँधी। उन्होंने अपनी गति बढ़ा दी। कुछ और फासला तय करके उनकी हिम्मत बढ़ी। सामने घूमती आकृतियाँ वास्तव में मनुष्य की थीं, लेकिन...वे सब निर्वस्त्र थीं—पुरुष-स्त्रियाँ सभी अजब ढंग से चल-फिर रहे थे। कोई हब्शीपने से कुछ खा रहा था। कोई अपने साथी को चूम रहा था, चाट रहा था। उन्हें अपने बीच देखते ही वे सब अपनी-अपनी जगह से लपके और गायब हो गए।

फिर वही भयावह नीरवता, वही सुनसान। वे सोचने लगे कि आखिर इतनी जल्दी, उनके देखते ही देखते कहाँ समा गए वे लोग। दो ही सम्भावनाएँ थीं, या तो ऊपर आसमान में उड़ जाना या गुप्त रास्ते से नीचे धरती में समा जाना। ऊपर सिवाय पेड़-पत्तों, फल-फूलों के कुछ नहीं दिख रहा था। जानवरों का कोई

नामोनिशान नहीं था। उन्होंने निर्भय होकर ध्यान से, बारीकी से अपनी खोज शुरू की। उन्हें चट्टानों की ओट में मोटे पेड़ों के तनों में, हरियाली से पूरी तरह ढकी हुई कई खुली जगह मिलीं। वे उनके अन्दर घुस गए। उन्हें विश्वास हो गया कि वे आदमी जरूर उन्हीं गुफाओं में छिप रहे होंगे। वे और कहीं जा ही नहीं सकते थे। कोई जगह थी ही नहीं।

अँधेरे के बावजूद वे अन्दर घुस गए, घुसते गए। उनका अनुमान गलत नहीं निकला। वे गुफाएँ अन्दर जाकर आपस में मिली हुई थीं और काफी नीचे धँसकर एक चौड़े, समतल स्थान में खुलती थीं। वे सब आदमी वहीं जमा थे, हालाँकि उनमें जानवरों का खूँखारपन छोड़कर मनुष्यता का बाकी कोई चिह्न मौजूद नहीं था। वे वहाँ जानवरों की तरह या उनसे भी बदतर ढंग से जी रहे थे। शायद हँसना-बोलना भी भूल चुके थे। उनमें इन आगंतुकों की अपने बीच अचानक उपस्थिति पर कोई विशेष प्रतिक्रिया भी नहीं हुई। बस थोड़ी देर उन्होंने इनकी तरफ विस्मय से देखा, इन्होंने उनकी तरफ।

वे वापस अपने खाने-पीने, भागने-दौड़ने में लग गए। इनकी उलझन बढ़ गई। ये इस भ्रम में पड़ गए कि जो कुछ उन्हें दिख रहा है वह वास्तविक है या मायावी ? वे जाग रहे हैं या सपना देख रहे हैं। वे जहाँ भी पहुँचे हैं वह काल का आरम्भ है या अन्त ? फिर उन्हें ध्यान आया, काल का अन्त तो कभी आता ही नहीं। सिर्फ सृष्टि रचती, मिटती रहती है। काल शाश्वत होता है और लगातार गतिमान रहता है। वे लोग आखिर मानव विकास के किस बिन्दु पर खड़े हैं ?

इसी उधेड़बुन में वे वहाँ फिर भटकने लगे। एक तहखाने में उन्हें कुछ पुस्तकें मिलीं, कुछ कन्दराओं की दीवारों पर अधमिटे चित्र मिले। उनके आधार पर बिना ज्यादा अध्ययन, परिश्रम के उन्हें मानव की वह स्थिति समझ में आने लगी। वे भूल रहे थे कि आदि और अन्त में ज्यादा अन्तर नहीं होता। चक्र चलता रहता है।

बाय-बाय बिट्टू

डॉ. साहब से मेरा अपाइंटमेंट साढ़े नौ बजे का था, गाड़ी से कोई पच्चीस मिनट का रास्ता। लेकिन मैं घर से नौ बजने में पन्द्रह मिनट पहले ही निकल पड़ा, क्योंकि एक तो उस समय कुछ करने को नहीं था और दूसरे, डॉक्टर साहब से साफ-साफ बात करने के लिए मैं कुछ उतावला हो रहा था। मेरी बाईं बाँह में पिछले छह-सात महीनों से लगातार बेहद दर्द हो रहा था। न मैं बाँह ऊपर कर सकता था न पीछे, न ही कोई दूर रखी चीज हाथ बढ़ाकर उठा सकता था। किसी वजह से भूलकर कभी हाथ अगर खिंच जाता तो टीस मारने लग जाती थी। मैं इलाज करवा-करवाकर थक गया था। आज मैंने यह सोच लिया था कि मैं डॉक्टर साहब से बैठकर बात करूँगा कि आखिर यह रोज-रोज का आना-जाना कब तक चलता रहेगा। कब इस दर्द से मुझे छुटकारा मिलेगा; मिलेगा भी या नहीं; या बाकी उम्र इसके साथ ही काटनी पड़ेगी। मैं बहुत परेशान था।

मैं धीमी स्पीड में गाड़ी चला रहा था, उन सब ड्राइवरों को रास्ता देता हुआ जिन्हें या तो गाड़ी चलाने की आदत नहीं थी या वे समय की कमी से मजबूर थे। मेरे इतने अनहंकारी और नम्र होने पर भी बाजी गाड़ी मेरे बाएँ से साँप की तरह सरसराती हुई आगे निकल जाती थी जैसे कोई तिपहिया या दुपहिया हो। तब मुझे दो मिनट के लिए हल्का-सा गुस्सा आ जाता था। या फिर किसी-किसी मोड़ पर बत्ती हरी होने के इन्तजार में रुकी गाड़ियों की लाइन में पीछेवाले बिना बात पीं-पीं करते रहते, बिना ये सोचे-समझे कि जब सामने इकट्ठी गाड़ियाँ आगे सरकेंगी तभी तो मैं अपनी गाड़ी आगे बढ़ा पाऊँगा, खीझ आ जाती थी। हो सकता है वे सोचते हों कि पीं-पीं करने से लाइट जल्दी बदल जाएगी या फिर कोई और चमत्कार हो जाएगा। ऊपर से ट्रैफिक बत्तियों पर खड़ी बसों में से हताश भागते लोगों का चढ़ना-उतरना। बस चाहे कहीं भी रुके न जाने क्यों लोग वहीं उसमें से चढ़ना-उतरना, दूसरी बस ढूँढना शुरू कर देते हैं। कार चालक कितनी बार किसी दौड़ते लोगों से टकराते-टकराते बचकर ईश्वर का शुक्र मनाता है।

इन सब मुसीबतों को मैं एक ही हाथ से सँभाल रहा था। दस मिनट का

रास्ता तय हो चुका था इससे दोगुना बाकी था। अगले चौराहे पर मुझे बाईं ओर मुड़ना था। मैंने बायाँ संकेत दिया और धीरे-धीरे अपनी गाड़ी बाईं तरफ सरकानी शुरू कर दी। सामने बत्ती हरी दिख रही थी। मैं चौराहे से कोई पचास मीटर दूर था, मेरे आगे और कोई गाड़ी नहीं थी। मैं सोच रहा था कि बत्ती बदलने से पहले स्पीड तेज करके जल्दी से मुड़ जाऊँ। तभी अचानक एक लाल मारुति जूऊँऊँम करती हुई कहीं से मेरे बाईं ओर आ धमकी, मुझे पीछे छोड़कर आगे बढ़ी, एक सौ दस डिग्री का कोण बनाते हुए दाहिनी ओर मुड़कर मुझे क्रास किया, बीच की लेन में पहुँची, लेकिन चौराहा क्रास करने से पहले अचानक संकेत बदले जाने से, यानी बत्ती लाल हो जाने से झटककर ठीक मेरे सामने खड़ी हो गई। मुझे तो उससे पहले ही गाड़ी रोक देनी पड़ी थी। एक भयानक एक्सीडेंट से बाल-बाल बचकर मैं ठंडी साँस छोड़ता हुआ अपना इंजन बन्द करके चुपचाप बैठ चुका था। सोच रहा था सड़कों पर इन सरपट, बेहिसाब दौड़ती मारुति गाड़ियों से सिर्फ भगवान ही बचा सकता है। इनके चालक भी इन गाड़ियों की ही तरह कभी-कभी तो बहुत छोटे होते हैं। इनके लिए कुछ भी कहना बेकार होता है। अपना और उनका बचाव दोनों जिम्मेदारी हमारी ही हो जाती है।

गाड़ी के मारुति होने का क्या दोष ? मेरे हाथ में भी तो मारुति ही थी। चलाने की बात है। मन-ही-मन मैं लाइसेंस अथॉरिटी को दोष देने लगा। ये सब गलती उन्हीं लोगों की होती है। क्यों नहीं वे लाइसेंस देने में सख्ती बरतते ? कैसे बरतें ? घूस जो लेते हैं। बाकी महकमों की तरह वहाँ भी घूस लेना-देना बाकायदा चलता रहता है। कम-से-कम ऐसे विभागों में जहाँ जान का खतरा हो कानून। कौन सोचता है ये सब ? किसे फुरसत है, जिसकी जान है, वह खुद सँभाले। सरकार के पास अपने ही झंझट बहुत हैं।

दाहिनी ओर का ट्रैफिक बेरोक आगे बढ़ रहा था। मैं, चूँकि इस बार लेन बदलने में चूक गया था, मन-ही-मन सीधे जाकर अगले चौराहे से बाएँ मुड़कर डॉ. साहब के घर जाने का रास्ता ढूँढ रहा था, कि मेरी नजर मेरे आगे अचानक रुककर मेरा रास्ता रोक देनेवाली गाड़ी पर पड़ी। चालक की सीट पर एक बीस-बाईस साल की महिला थी जो बाकी हालातों से बेखबर अपनी गोद में लिटाए नवशिशु को निहार रही थी। कभी प्यार से उसके बाल सहलाती कभी ऊपर उठाकर चूम लेती। मैंने गाड़ी के अन्दर ध्यान से झाँका उसमें और कोई नहीं था। उसने उस बालक को कुछ इस तरह अपने आपसे चिपका रखा था जैसे बन्दर अपने बच्चों को पेट पर लगाए उछलते-कूदते रहते हैं। इस दृश्य की भावुकता तो मुझे गहरी छू गई, लेकिन इतनी नन्ही-सी जान को यों बदन से चिपकाए गाड़ी चलाना बेहद चिन्ताजनक लगा, खास तौर से अभी पिछले दिनों हुई एक दुर्घटना के बारे में

जानने के बाद। प्रश्न उठा क्यों ये लोग थोड़ी-सी सावधानी नहीं बरत सकते ? इच्छा हुई मैं ही उतरकर कह आऊँ कि अगर बच्चा हाथ में है तो गाड़ी कुछ धीरे चलाएँ। मैं यह सोच ही रहा था कि बत्ती लाल से पीली हुई और वह मारुति बिना हरे सिगनल का इन्तजार किए आगे बढ़ गई। सामने से एक मोटरसाइकिल बत्ती पीली होने के बावजूद बेधड़क दाहिने मुड़ गई थी। एक अनिवार्य सीधी टक्कर की आशंका से मेरी आँखें अपने आप बन्द हो गईं। पीछे से आगे बढ़ने को अधीर गाड़ियाँ पीं-पीं करती रहीं। मैं एक भयंकर दुर्घटना के कोलाहल की कल्पना में डूबा बैठा रहा। कुछ सुनाई न पड़ने पर मैंने आँखें खोलीं। लाल मारुति सही-सलामत कोई दो सौ मीटर दूर सामने बेधड़क दौड़ी जा रही थी। मेरी गाड़ी उसके पीछे-पीछे चलने लगी। उस महिला ने अपना एक हाथ बच्चे पर रखा हुआ था शायद उछलकर गिर जाने से रोकने के लिए और दूसरे से गाड़ी का स्टेयरिंग सँभाल रही थी। कुछ न हो तो कोई बात नहीं, लेकिन गाड़ी चलाने में इस तरह की लापरवाही कभी-कभी बेहद खतरनाक साबित हो सकती है। कुछ ही दिन पहले समाचार-पत्र में पढ़ा था कि एक दम्पती रात के दस बजे अपने तीन महीने के बच्चे को लिए मारुति गाड़ी में कहीं जा रहे थे। गाड़ी खुद पिता के कुशल, अनुभवी हाथों में थी और बालक बराबर की सीट पर माँ की गोद में। सड़क पर अँधेरा था। हो सकता है उस तरफ की लाइन में कोई टेक्निकल खराबी हो या फिर लाइनमैन स्विच ऑन करना भूल गया। जो भी हो, आजकल की शासन-व्यवस्था में ये सब होता रहता है। किसी मोड़ पर एक फौजी ट्रक उस तरफ मुड़ा। मारुति चालक अँधेरे के कारण उसे देख नहीं पाया और उससे सीधा टकरा गया। दोनों गाड़ियों के आपस में इतनी जोर से भिड़ जाने के कारण हुए धक्के से वह बच्ची माँ की गोद से उछलकर सिर के बल सामने डैशबोर्ड में लगकर नीचे गिर पड़ी। उसकी मृत्यु तो तभी हो गई, लेकिन पता अस्पताल पहुँचने पर लगा जब डॉक्टरों ने उसे मृतावस्था में लाया घोषित किया। गाड़ी सब तरफ से पिचककर टूट-मरोड़ गई। दोनों पति-पत्नी को हल्की चोटें आईं, लेकिन उनकी बच्ची हमेशा के लिए उनसे छिन गई।

शायद यही कारण था कि मेरी आँखें मेरे आगे चलती मारुति में महिला की गोद में लेटी बच्ची पर जमी हुई थीं। मुझे उसके गिरकर चोट खा जाने का इतना डर था कि मैं अपाइंटमेंट भूलकर उस गाड़ी के पीछे हो लिया, जैसे कि दुर्घटना के हो जाने पर गिरती बच्ची को मैं अपने हाथों में थाम लूँगा। वह महिला चालक, सम्भाव्यतः उसकी माँ, खुद भी कम उमर की लग रही थी। तभी तो इस नन्हीं-सी जान को इतनी लापरवाही से कार में डाले बेधड़क, सपाट चली जा रही थी। बच्ची को घुमाने का इतना ही शौक था तो किसी को अपने साथ ही बिठा लेती। और

कुछ नहीं तो कम-से-कम सीट बेल्ट ही लगा लेती, मैं बेवजह मन-ही-मन टिप्पणी किए जा रहा था।

तभी गाड़ी रुकी। वही तेज गति, वही जोर से ब्रेक दबाकर धच्च से गाड़ी रोकना। मैं आसपास खड़ी और गाड़ियों को देखने लगा। लेकिन आँखें फिर उसी गाड़ी में जा पहुँचीं। डैश बोर्ड पर दूध की बोतल रखी थी अभी उसमें कुछ दूध बाकी था। वह महिला बच्ची को कन्धे से लगाकर उसकी पीठ थपथपा रही थी। आजकल में दूध के बाद बच्चों को 'बर्प' दिलवाने का रिवाज है। शायद वही कार्यवाही हो रही थी। बत्ती हरी हुई और माँ ने फिर उसी तरह एक हाथ से गाड़ी चलानी शुरू कर दी। इस बार बच्ची को कन्धे से लगाए रखा। मैं चाह रहा था कि कोई ट्रैफिक पुलिसमैन उसे रोके।. उसका चालान करे। उसे गाड़ी चलाने के नियम समझाए, आगे के लिए हिदायत दे। लेकिन कहीं कुछ नहीं हो रहा था। खाकी या सफेद वर्दी में कुछ सिपाही जैसे लोग दिख जरूर रहे थे, लेकिन यह स्पष्ट नहीं था कि वे छुट्टी पर हैं या ड्यूटी पर क्योंकि दो-दो, तीन-तीन इधर-उधर खड़े बातचीत कर रहे थे। ना उनकी कोई चौकी थी ना ही उनमें से कोई खड़ा होकर किसी तरह का संकेत दे रहा था। चौराहे आ रहे थे, क्रॉस हो रहे थे, और वह महिला ड्राइविंग के साथ-साथ लगातार और न जाने कितने काम किए चली जा रही थी। कभी पर्स खोलकर कुछ निकालना, कभी रखना, कभी अपने बाल बनाना, कभी मेकअप करना। बीच में एक बार उसने बच्ची का नैपी तक भी बदला। ये सारे काम कार में क्यों हो रहे हैं ? चूँकि घर में उसके पास पर्याप्त समय नहीं होता, मैंने खुद अपने-आपको जवाब दिया।

घड़ी में नौ बजकर दस मिनट हो चुके थे। इस समय हम ऑल इंडिया इंस्टीट्यूटवाले चौराहे पर खड़े थे। ट्रैफिक बढ़ गया था, पैदल चलते लोगों की संख्या अब बढ़ती जा रही थी। उसने बच्ची को बराबरवाली सीट पर लिटाकर स्टेयरिंग ढंग से पकड़ लिया था। उसकी गाड़ी में बाईं ओर मुड़ने का संकेत देखकर मैंने भी वही संकेत दे दिया। लेकिन भीड़ के कारण गाड़ी सही लेन में लाने में असफल हम लोग बीच की लेन में ही खड़े थे। खड़ी गाड़ियों की कतार मुझे हमेशा से ज्यादा लम्बी लगी। मैंने सोचा अस्पताल है, किसी एम्बुलेंस इत्यादि के लिए रास्ता बनाने के लिए बाकी ट्रैफिक रोक दिया होगा। लेकिन चारों तरफ ढेर सारे पुलिसमैन, उनकी उल्टी-सीधी खड़ी गाड़ियाँ, हाथ में वॉकी-टॉकी पकड़े इधर-उधर चहल-कदमी करते अफसरों को देखकर पता लगा कि कुछ वी.आई.पी. गाड़ियों के इन्तजार में पुलिस ने रास्ते बन्द कर रखे हैं। वह महिला कहाँ जा रही थी, मैं नहीं जानता था लेकिन मुझे डॉक्टर के पास जाना था, मेरा अपाइंटमेंट था। जहाँ जब मन करे इस तरह ट्रैफिक को रोक दिया जाना, मुझे अच्छा नहीं लगा। क्या

इन वी.आई.पी. को छोड़कर बाकी लोगों के वक्त, काम, जान की कोई कीमत नहीं है ? उन्हें कहीं भी, कभी भी बिना सूचना के रोका जा सकता है। और पुलिस की वर्दी पहनकर उन्हीं के हमसाथी उनसे ऐसे पेश आते हैं, जैसे कि वे लोग कोई निहायत निरुपयोगी, निरर्थक वस्तु हों। मुझे यह अपमान, सार्वजनिक अधिकारों का उद्‌दंड उल्लंघन बहुत खलता था। लेकिन अब तकरीबन हर रोज इस मुसीबत को झेल-झेलकर इसे सहने की आदत-सी ही हो गई थी। आम जनता से अपने-आपको ऊँचा समझनेवाले अक्खड़ पुलिस कर्मचारियों से बात करना हमेशा बेकार होता है और बाकायदा शिकायत करके अपनी बात का औचित्य समीचीनता सिद्ध करने लायक समय और शक्ति निकालना मुश्किल। तो सिवाय इन अनुचित, अनैतिक अवरोधों को चुपचाप सह लेने के और कोई चारा नहीं दिखता था। पिछले दस सालों में वी.आई.पी. लोग और बड़े वी.आई.पी. हो गए थे और साधारण जनता और साधारणतर। गोया कि राजनैतिक नेताओं के अलावा बाकी सब लोग फालतू निकृष्ट सामग्री हों। राज्य-भर की पुलिस, फौज इन्हीं की सेवा, इनकी जानों की सुरक्षा में लगी रहती है।

किसी बच्चे के चिल्लाकर रोने की आवाज से मेरी विचार कड़ी टूटी। इतनी देर खड़ी रहने से गाड़ी के अन्दर घमस हो गई थी। उसी से घबराकर शायद वह बच्ची रोने लगी थी। लेकिन उसकी माँ इस समय रिफलेक्टर में देख-देखकर अपना मेकअप करने में लगी थी। लिपस्टिक इत्यादि सब सामान डैशबोर्ड पर बिखरा पड़ा था। उसने जल्दी-जल्दी अपना श्रृंगार निपटाकर सब सामान हाथ के एक झटके से पर्स में बुहार दिया और उस बच्चे को गोद में उठा लिया। माँ की गोद में आते ही उसने रोना बन्द कर दिया और उसके कन्धे से चिपककर हँसने लगी—प्यारी-सी मुस्कराती, नन्ही जान। माँ की पीठ पर चिपके दो छोटे-छोटे कोमल हाथ। आँसू-भरी आँखों में खिलखिलाती हँसी !

बच्ची को कन्धे पर चिपकाए वह महिला बार-बार बड़ी बेचैनी से अपनी घड़ी देख रही थी। तभी शूँ-शूँ करती हुई दस-बारह सरकारी गाड़ियाँ एक के बाद एक हमारे सामने से निकल गईं। प्रतिबन्ध उठा समझकर बेचारी जनता-गाड़ियाँ एक-एक करके स्टार्ट होने लगीं। मौके पर तैनात पुलिस के सिपाहियों ने इस अधीरता को नाअक्ली बताकर हाथ के इशारे से शान्ति से कुछ और रुके रहने का आदेश दिया। हाथ में पकड़े वॉकी-टॉकी पर जब उन्हें आला क़मान से सिगनल मिल गया, अवरोधक हटा दिए गए और हम लोगों को आगे बढ़ने की इजाजत मिल गई ! ठीक तो है—पहले हाकिम फिर रिआया ! वह लाल मारुति अब पहले से भी ज्यादा तेज जा रही थी। दाएँ, बाएँ किसी भी तरफ से बाकी वाहनों को पीछे छोड़ती हुई। बच्ची गोद से हटाकर न जाने कब सीट पर लिटा दी गई थी। सौभाग्य

से अगले तीनों मोड़ों पर बत्ती हरी मिली। तुगलक रोड से औरंगजेब, और उसके बाद कमाल अतार्तुक गोल घेरे में चक्कर काटती हुई कौटिल्य मार्ग में एक सँकरी लेन में मुड़कर जोर-जोर से हॉर्न देती हुई एक सफेद-सी बिल्डिंग के दरवाजे पर रुक गई। साथ-साथ मैंने भी ब्रेक दबाया। मेरी ठोढ़ी स्टेयरिंग पर जोर से लगी।

लाल मारुति के वहाँ रुकते ही बिल्डिंग का बन्द दरवाजा खुला। अन्दर से कर्तव्यपरायणता की प्रतिमा-स्वरूप नमस्ते करती हुई एक महिला चुस्ती से बाहर आई। सजी, सँवरी, बाल सफाई से पीछे एक सादा जूड़े में गुँथे हुए, माथे पर बिन्दी, सफेद साफ प्रेस की हुई साड़ी, चेहरे पर सेवा, निष्ठा, बच्चों के प्रति सहज स्नेह, उनकी चिड़चिड़ाहट को समझने, सह सकने की असीम शक्ति, चिन्तित अभिभावकों को आश्वस्त करता भाव। गाड़ी का हॉर्न अब रुक गया। बच्ची ने एकाएक चिल्लाकर रोना शुरू कर दिया और अपनी माँ की तरफ हाथ बढ़ाने लगी। उस स्त्री ने तब तक घूमकर गाड़ी का दूसरी तरफ का दरवाजा खोला, पूरे आत्मविश्वास के साथ मजबूती से उस बच्ची को अपनी तरफ खींच लिया, जल्दी-जल्दी उसका सब सामान—नैपी, बोतल, टैडी वगैरह उसी तरह फैली-बिखरी हालत में अपने कुशल हाथों में समेटा, कार का दरवाजा कूल्हे से टल्ला देकर बन्द किया और ''मम्मी को टा-टा करो'' कहती हुई अन्दर बढ़ गई। वह बच्ची बिसूर-बिसूर कर और जोर से रोने लगी। मुझे बच्ची का इस तरह बिलखना बहुत दुखी कर रहा था। मैं वापस लौटने के लिए धीरे-धीरे गाड़ी रिवर्स करने लगा।

''सुनो तो,'' महिला ने आया को बुलाया।

आया ने कार के नजदीक आकर गोदी में पकड़े-पकड़े बच्ची को जरा-सा नीचे झुकाया, माँ ने आँसुओं से तर फूल से कोमल गाल पर नामालूम से होंठ छुआए और, 'बॉय-बॉय बिट्टू' गाती हुई बिजली की तरह उसी रास्ते पर वापस निकल गई—कौटिल्य मार्ग, गोल घेरे का चक्कर, वहाँ से सीधे पंचशील मार्ग की तरफ। आया ने अन्दर जाकर दरवाजा बन्द कर दिया था। मैं चुपचाप बैठा रहा अपनी गाड़ी में, मेरा दिल अकारण भर आया। मेरी आँखों में बार-बार उस बच्ची का बिसूरता चेहरा, अपनी माँ से बिछुड़ते हुए हवा में लहलहाते उसके नन्हे-नन्हे असहाय हाथ आते रहे। कानों में 'बॉय-बॉय बिट्टू' लगातार गूँजता रहा। वह लाल मारुति अब तक किसी बड़े देश के दूतावास की 'इंडियन' पार्किंग में लग चुकी होगी, वहाँ काम करते अनगिनत, अनामी कर्मचारियों की एक और कुर्सी भर चुकी होगी। वह बच्ची अपनी माँ, अपनी सारी दुनिया से अलग कर दिए जाने के बिछोह में अब तक सुबक रही होगी या फिर थककर आया की गोद में सो गई होगी।

रूपकिशोर

क्या वास्तविकता के तीन ही रूप हैं—सत्यं, शिवं, सुन्दरम् ? और इसके अलावा जो भी है सब झूठ है ? ऐसा लगता तो नहीं, खास तौर से, अगर आप किसी रूपकिशोर जैसे व्यक्ति को जानते हों और उसकी गतिविधियों से परिचित हों। रंग, रूप, धर्म, कर्म आचरण, विचरण—सब प्रकार से मानवीय दलिद्दर का एक जीता-जागता नमूना, सामाजिक विरूपता का प्रत्यक्ष प्रमाण परन्तु मूलरूप में उतना ही विद्यमान, उतना ही व्यापक और उतना ही शाश्वत जितना कि प्रकृति का कोई भी और भाग; यानी अपनी समस्त और बहुगुणी कुरूपता समेत इस दैविक वास्तविकता का एक आवश्यक अंग, सनातन संसार का एक जीव या सहजीवियों पर पनपता परजीवी, जो भी।

ईश्वर की इच्छा मानकर मैं रूपकिशोर की मौजूदगी को स्वीकार कर चुका था, लेकिन फिर भी वक्त-बेवक्त उसका सामने पड़ जाना सहन नहीं कर पाता था। उसे देखकर बैठे-बिठाए मेरे अच्छे-भले, शान्त मन में ज्वार-सा उठ पड़ता था, क्रोध का एक अनियंत्रित आवेग, विकराल दार्शनिक उथल-पुथल, ब्रह्म का भेद जान लेने की तीव्र जिज्ञासा—सिर्फ इतना भर कि आखिर किस उद्देश्य से, कौन से नियमों को सामने रखकर, किस सौन्दर्य और उपकार की पूर्ति के हेतु वह इस जगत की सृष्टि करता है और फिर उसमें ये विपरीत तत्त्व, इस प्राणी के जैसे परद्रोहियों को क्यों और किस कारण समाविष्ट करता है, संस्थापित करता है ? क्यों रचता है वह ऐसे लोग ? या कहाँ से आ जाते हैं वे ? फिर किसलिए कायम रहते हैं ? और क्यों उन्हें यों मेरे सामने आ जाना पड़ता है ? धीरे-धीरे ये उस पर उठा गुबार खुद मेरी तरफ मुखातिब हो जाया करता था। क्यों पढ़ा-लिखा, समझदार होने के बावजूद मैं कभी उससे सभ्यता से बात नहीं कर पाता ? उसके प्रति मेरा व्यवहार हमेशा बेहद रूखा और अपमानजनक होता था, लेकिन मैं कभी अपनी इस कमजोरी पर काबू नहीं पा सका। बल्कि यह आन्तरिक विचलन खुद उससे बढ़ती चिढ़ का मुख्य कारण बन गई।

सुबह कार में बैठकर मैंने चाबी लगाई ही थी कि देखा कि एक बेढब,

भारी-भरकम, गोल-मटोल आकृति तेजी से मेरी तरफ ढुलकती आ रही है : कलछाया गहरा भूरा रंग, छोटे-छोटे हाथ-पैर, धड़ पर बिना गर्दन के, सीधा टिका हुआ गोल-सा सिर, उस पर लम्बी घास की तरह बिखरे बाल और जैसे किसी के ताजा खून से लबड़ा हुआ मुँह। उसे देखते ही मेरे मस्तिष्क में एक दैत्याकार खटमल चित्रित हो जाया करता था जो मेरे मांस में अपने पैर गड़ाए इतना जमकर बैठ जाता था कि मैं लाख कोशिश करता, पर घंटों उसे बाहर न निकाल पाता था। इसीलिए चाहकर भी उसके प्रति मेरी प्रतिक्रिया में कभी कोई सुधार न आया था। इस समय उसके इस अप्रत्याशित साक्षात् दर्शन से मैं एकदम बेजान हो गया जैसे साँप सूँघ गया हो ! मेरे होंठों की गुनगुनाहट बन्द हो गई और चाबी पर जोर अचानक ज्यादा लग गया। इंजन बनिस्पत जल्दी स्टार्ट होने के खिर्र-खिर्र करने लगा। तब तक कार के दूसरे दरवाजे पर मुझे टक-टक सुनाई दी।

"नमस्कार! किस तरफ जा रहे हैं ? जहाँ सुविधा हो, मुझे भी उतार दीजिएगा," सब कुछ एक साँस में।

मेरे अन्दर एक उफान उठा। मैं दरवाजा खोलने की बजाय गाड़ी से उतरा और धीरे-धीरे यह बुदबुदाता हुआ कि कुछ देर बाद जाऊँगा, बिना उसकी तरफ देखे सीधा घर में वापस घुस गया। फिर, पहले उसे, उसके बाद उस दिन को और फिर अपने-आपको कोसने लगा, क्यों नहीं मैं औपचारिकता के नाते ही, यही बात उससे तरीके से कह सका ? क्यों नहीं मैंने बाकी लोगों की तरह उसके लिए दरवाजा नहीं खोल दिया ? उसे कहीं भी उतार देता और अपना काम करता रहता। आखिर उसने मेरा तो कुछ बिगाड़ा नहीं। लेकिन यह व्यावहारिकता, स्वभाव की भद्रता मुझमें नहीं है। कितनी बार इसी किस्से को लेकर कितने लोग मुझसे कह चुके हैं कि, तुम्हें क्या ? तुम क्यों इतने परेशान होते हो ? वह एक अकेला थोड़े ही है। न जाने कितने खटमल भरे पड़े हैं समाज में जो खुलेआम, बेधड़क औरों का खून पीते रहते हैं, कोई करता है कुछ ? उनका कोई कुछ नहीं बिगाड़ पाता। तुम क्यों बेकार अपने सिर आफत मोल लेते हो ? ऐसे लोगों से बैर ठीक नहीं। वह जो कर रहा है करने दो, भरेगा खुद। तुम अपना काम करो। और अगर इतनी ही ज्यादा तकलीफ होती है तो आँखें बन्द रखो। ऊपर से मुस्कराते रहो, बस।

यही करने में तो मैं असफल रहता हूँ, अपने-आपको एकदम असमर्थ पाता हूँ। दरअसल मैं यह भी कभी नहीं समझ पाता कि क्यों इस तरह के दोहरे सामाजिक व्यवहार को सफल माना जाता है। मैं यह अच्छी तरह जानते हुए कि जो लोग अन्दर से चाहे कुछ भी सोचें, ऊपर से विनम्र और शान्त बने रहते हैं समाज में बहुत ऊँचा स्थान पाते हैं, मैं अपने ऊपर कभी कोई खोल नहीं चढ़ा

पाता। न कभी किसी घटना को सिर्फ अपने ही से जोड़कर देख पाता हूँ। यही कारण है कि इस घिनौने जीव को देखते ही मेरे मन में सिवाय जुगुप्सा के और कोई भाव पैदा ही नहीं होता।

हाल की ही बात है, कोई साल-भर पहले उसने चारू से विवाह किया। कहते हैं यह उसकी दूसरी शादी थी। पहली पत्नी, एक तीन साल का बच्चा छोड़कर लम्बी बीमारी के बाद, पिछले साल उसके भोपाल आने से पहले गुजर गई थी। बच्चे को माँ चाहिए थी, घर को घरवाली और रूपकिशोर को एक कमसिन, किशोर पत्नी। न जाने कौन से जन्म के कर्मों से भाग्य भी अच्छे लेकर जन्मा था। बिना खास मेहनत किए, महज समाचार-पत्र में एक विज्ञापन के जरिए—उसे चारू जैसी सुन्दर, गोरी, सुडौल, पढ़ी हुई पर बी.ए. पास लड़की मिल गई। घर भी अच्छा था। उमर कुछ ज्यादा थी क्योंकि उसे बचपन से ही मिरगी के दौरे पड़ते थे और ईमानदारी से—यानी कि बिना बीमारी छिपाए—लड़का ढूँढ़ते-ढूँढ़ते वक्त गुजरता गया था। मिरगी ऐसी कोई हउआ तो होती नहीं, लेकिन यह जान लेने के बाद कि लड़की को मिरगी के दौरे पड़ते हैं, सब कतरा जाया करते थे।

कुछ महीने पहले चारू के पिता की मृत्यु हो गई थी। अनुभव में कच्चे भाइयों को रूपकिशोर का प्रस्ताव ठीक लगा। उनके विचार से रूपकिशोर शादी जरूर दूसरी कर रहा था, लेकिन आदमी नेक विचार का था। उमर भी कोई ज्यादा नहीं थी। नौकरी-पेशेवाला था, चौदह-पन्द्रह वर्षों से बड़ौदा बैंक में कैशियर। मैनेजर के पद पर प्रमोशन मिल चुका था, लेकिन उसने मंजूर नहीं किया था। कहता था क्या करना है बेकार की सिरदर्दी लेकर, मेरी तनख्वाह में तो कोई फर्क पड़ेगा नहीं। मैं तो कैशियर ही ठीक हूँ। पिछली पत्नी से एक तीन साल का लड़का था, जिसे गाँव में माँ-बाप के पास छोड़ा हुआ था। नई पत्नी पर अनावश्यक जिम्मेदारी क्यों डाली जाए ? अलबत्ता, बाद में अगर वह खुद उसे अपने साथ रखकर पालना चाहेगी तो बात अलग है। माँ ने जब चारू से उसकी इच्छा पूछी तो वह तैयार हो गई। भाइयों ने भी सोचा उमर-भर अकेले रहने से तो यही शादी भली। उनके विचार में नुकसान क्या था ? लड़का ठीक-ठाक था, तरीके से घर चलाकर रहता था। बेचारा बड़े भाई के तीन बच्चों को भी पाल रहा था। उसके भाई-भाभी किसी बस दुर्घटना में साथ-साथ एक ही दिन मर गए थे। इसी ने उनके बच्चों को बड़ा किया, पढ़ाया-लिखाया, अब तीनों नौकरी करते थे। वह कहता था कि इन बच्चों के सहारे उसका भी घर चल जाता है।

आस-पड़ोस में उसकी जान-पहचान किसी से नहीं थी। लोगों ने उसे रोज दफ्तर आते-जाते तो जरूर देखा था, लेकिन घर में कभी नहीं देखा था। अकेला आदमी घर ठहरता भी किसलिए ? अभी एक ही साल पहले तबादला होकर वह

भोपाल आया था। दफ्तर में पता किया तो वहाँ लोग उसे उतना ही जानते थे जितना कोई भी साथ काम करनेवाले एक दूसरे को दफ्तर के समय में साथ चाय पीते-पीते जान पाते हैं। सभी यह कहते थे कि अकेला है बेचारा, घर की जिम्मेदारियों से दबा रहता है, इसीलिए ज्यादा किसी से मिलता-जुलता नहीं है। लेकिन हँसमुख है। हँसता, खाता रहता है। खाने-पीने का वाकई काफी शौक था रूपकिशोर को, और दोस्तों को खिलाने का भी। बस, पैसे देने के वक्त कोई-न-कोई बहाना बनाकर खिसक लेता था। ऑफिस का कैन्टीनवाला कहता भी क्या ? साल-भर से हिसाब चढ़ रहा था। तो क्या हुआ ? दफ्तर के कैशियर से झगड़ा करके उसे मरना थोड़े ही था।

दूसरी शादी में ज्यादा धूमधाम करना, भीड़-भड़क्का करना रूपकिशोर को ठीक नहीं लगता था। यह वह अपने नए रिश्तेदारों को बता चुका था। माँ-बाप बहुत बूढ़े थे, गाँव में रहते थे। इस दूसरी शादी पर उनके इतने दूर आने की जरूरत क्या थी ? वह कभी भी नई बहू को लेकर खुद वहाँ जा सकता था, उनका आशीर्वाद लेने। सो अपनी बारात में उसने भाई के तीनों बच्चे लिए, एक-दो दोस्त हो गए और पहली पत्नी के भाई-भाभी। ये सब, कुछ अजीब-सा तो लगा लेकिन चल गया।

शादी के बाद चारू घर में घुसी तो उसका मन एकदम बैठ गया : यह कैसा घर है राम ? लेकिन फिर उसने अपने-आपको ढाँढस बँधाया। अकेले आदमी का घर और होता भी कैसा ? अपनी समूची हिम्मत बटोरकर उस बेचारी ने एक सिरे से काम करना शुरू किया। उन गन्दी, खाली दीवारों को धोया, चमकाया, सजाया, सँवारा। उसका अपने साथ आया सामान तो नया था ही, घर सुन्दर सलीकेदार लगने लगा।

दो-तीन महीने ठीक गुजरे, सिवाय इसके कि रूपकिशोर की घुमक्कड़ी की लत से वह परेशान होने लगी थी, आज शिमला, कल अलवर। अबकी बार कहाँ की टिकट लाया है, बस इतना चारू को बताकर वह सो जाता और अकेली चारू बार-बार जाने की तैयारी करती, और लौटने पर फिर सब कुछ जगह पर रखती, अपनी नामौजूदगी में बेहिसाब बिगड़ा घर फिर से सँभालती। दो दिन चैन से कटते फिर वही कवायद। थक गई थी बेचारी। शादी को तीन-चार महीने ही हुए थे और वे लोग दो बार एक-एक हफ्ता दोनों भाइयों के पास निकाल आए थे। उसके अलावा तीन ट्रिप अलवर, शिमला और आगरा। वह सोचने लगी कि यह नौकरी कैसी है जिसमें रूपकिशोर को इतनी छुट्टी मिल जाती है। यूँ बंजारों की तरह इधर-उधर घूमते रहना उसे पसन्द नहीं आया। एक-दो बार रूपकिशोर ने उससे भाइयों से कुछ पैसे माँगने को भी कहा था—उधार बतौर। कहता था इन्तजाम

होते ही एकदम लौटा देगा।

चारू को यह सब अच्छा नहीं लगा। उसे रूपकिशोर की जीवनशैली कुछ अजीब लगने लगी। लेकिन वह किसी से कुछ कह नहीं सकती थी। अन्दर ही अन्दर यों घुटते रहने, सोचने-विचारने से उसके मिरगी के दौरे बहुत बढ़ गए। रूपकिशोर बड़ा समझाता हुआ कहता कि जो दवाइयाँ वह खाती है, भोपाल में नहीं मिलतीं, वह बहुत तलाश कर चुका है। भाई को ही लिखना पड़ेगा कि खरीदकर पार्सल कर दें। उसकी व्यक्तिगत देखभाल के लिए वह खुद बिना तनख्वाह छुट्टी ले लेगा। फिर कहता ऐसे में तनख्वाह कैसे मिल सकती है ? भाई से एक बड़ी रकम इकट्ठी एक ही बार माँग लो जो बार-बार की इल्लत कटे। बार-बार भाई के सामने हाथ पसारना चारू को जरा भी नहीं भा रहा था। उसने रूपकिशोर को कई बार एक अधेड़ उम्र के व्यक्ति से बहस भी करते देखा था—धीमी आवाज में देर तक। उस दिन वही आदमी आया हुआ था। उन्हें चाय देने के समय जो कुछ थोड़ी-बहुत बातें उसके कानों में पड़ीं, उससे उसने यह निष्कर्ष निकाला कि वह आगन्तुक मकान मालिक था और पूरे पिछले साल का किराया उस दिन उसी वक्त उससे माँग रहा था। रूपकिशोर उसे बहला-बहलाकर कुछ कह रहा था। थोड़ी देर में वह अन्दर आया और चारू का ट्रांजिस्टर उठाकर ले गया। कौतूहलवश थोड़ी देर बाद जब चारू बाहर पहुँची, वह उस व्यक्ति को ट्रांजिस्टर थमाता हुआ कह रहा था—"मुझे समझने की कोशिश तो करो चौधरी साहब। आपके भी घर-गृहस्थी है, कभी दिन अच्छे होते हैं, कभी बुरे। भाग फूटता है तो आफतें एक के ऊपर एक आती रहती हैं। आप जानते हैं पहली पत्नी की बीमारी में मैं तबाह हो गया था। अब मेरी नई-नई शादी हुई है। इनकी भी पिछले कुछ दिनों से तबीयत ठीक नहीं चल रही। वैसे ही स्वास्थ्य नाजुक है, और कुछ दिन चढ़ गए हैं। दवा-दारू, दूध-फल सभी में पैसा लग जाता है। इस समय आप यह ट्रांजिस्टर ले जाइए, अगले महीने मैं कुछ-न-कुछ बन्दोबस्त जरूर कर लूँगा।" यह सुनकर चारू निर्वाक् रह गई।

"...इतना झूठ और इतने आराम से ? कैसा आदमी है यह ? पिताजी हमेशा कहा करते थे समाचार-पत्रों में विज्ञापन झूठे होते हैं। उनके जरिए बात अगर हो भी जाए तो पूरी तरह जाँच-पड़ताल कर लेनी चाहिए।" ये कोई ढोंगी तो नहीं ? उसने भाइयों से बात चलते ही कहा था कि रूपकिशोर के बारे में सब कुछ पता कर लें। लेकिन बात यूँ ही टल गई। न किसी को समय था न शक। वह सोचने लगी उसने कहीं धोखा तो नहीं खाया ?...कौन है आखिर यह आदमी, रूपकिशोर ? शादी को कोई चार महीने हो गए थे उसने तब तक दफ्तर जाना शुरू नहीं किया था। अब चारू को हर बात पर शक होने लगा। ये कहीं नौकरी भी करता है या

नहीं ? करता ही होगा, उसने खुद को समझाया। कभी-कदा ऑफिस से कोई पत्र आ जाता था। फिर वह सोचने लगी, 'हो सकता है मैं गलती कर रही हूँ। सम्भव है वह वास्तव में कर्ज में दबा हो। आज उसने अगर ट्रांजिस्टर दे भी दिया तो क्या हुआ, जो कुछ मेरा है, उसका भी तो है। और क्या करता बेचारा।' बार-बार वह शक करती, बार-बार अपने मन को समझाती। उसकी बेचैनी बढ़ने लगी। मन बहुत परेशान हो गया। उस दिन अगर रविवार न होता तो वह जरूर बड़ौदा बैंक में जाकर सब कुछ ठीक से पता कर आती। खैर, कल चली जाएगी। ढेरों विचार उसके दिमाग में आते रहे, जाते रहे। उसे अपने दिवंगत पिता की याद आने लगी। घर के सभी सदस्यों की याद आने लगी। माँ से भी वह कुछ नहीं कह सकती थी। वह पहले ही दुःखी थी बेचारी, और दुःखी हो जाती, उसके मन में एक गम्भीर शक घर कर चुका था। उसे एक-एक पल भारी लगने लगा। शाम को उसने जैसे-तैसे रूपकिशोर और उसके भाई के बच्चों को तो खाना खिलाया, खुद एक कौर भी न खा सकी। रसोई का काम खत्म करके जब वह कमरे में आई तो रूपकिशोर जोर-जोर से खर्राटे ले रहा था। रोज ही लेता था। आज उसे उन खर्राटों से बेहद ग्लानि होने लगी। वह बैठक में जाकर सोफे पर पड़ गई। उसकी अन्तरात्मा लगातार उससे कहे जा रही थी पैसा हो न हो, इतना झूठ बोलने की क्या जरूरत थी। रूपकिशोर ने झूठ क्यों बोला ? इसका मतलब हमेशा बोलता होगा। कल सुबह वह उसके दफ्तर जाएगी और सब कुछ पता करके आएगी। सोचते-सोचते न जाने कब उसकी आँख लग गई।

सुबह तड़के ही खा-पीकर रूपकिशोर न जाने कहाँ निकल गया था। चारू ने जल्दी-जल्दी काम खत्म किया जिससे उसके लौटने से पहले उसके दफ्तर हो आए। तकरीबन साढ़े ग्यारह बजे वह बड़ौदा बैंक की उस शाखा में पहुँची जहाँ रूपकिशोर कहता था कि वह नौकरी करता है। बाहर गार्ड से यह पूछने पर कि कैशियर रूपकिशोर है या नहीं, यह सुनकर कि "बहुत दिन से देखा नहीं, छुट्टी गए थे, अन्दर पता कर लीजिए" उसे बड़ी सान्त्वना मिली। कम-से-कम कुछ तो सच है। उसमें कुछ जान आई, आशा बँधी। लेकिन इतना काफी नहीं था। वह घर से सोच के निकली थी कि मैनेजर से मिलकर पूरी छानबीन करके ही लौटेगी। वह अन्दर गई। मैनेजर की केबिन में कोई नहीं था। उसने बाहर हॉल में काउंटर के पीछे काम करते हुए अफसरों से बिना किसी व्यक्ति विशेष को सम्बोधित किए हुए पूछा, "रूपकिशोर जी आए हैं ?" सब उसकी तरफ देखने लगे। थोड़ी देर के बाद किसी ने कहा, "आप कौन हैं ?" यह प्रश्न कुछ इस तरह किया गया था कि अपमान की आग से झुलसते, तीखे स्वर में उसने जवाब दिया, "उनकी पत्नी।" दो क्षण के लिए वहाँ सन्नाटा छा गया। सब एकदम चुप हो गए। कुछ

लोग उसकी तरफ देखने लगे, कुछ आपस में एक-दूसरे को। उस वक्त वहाँ खड़े हुए उसने अपने-आपको अचानक बहुत असहाय महसूस किया। कोने में एक सूरत पहचानी हुई-सी लगी—"ये बारात में भी आए थे।" अबकी बार उसने उन्हीं सज्जन को सम्बोधित करके कहा, "आपको मालूम होगा भाई साहब ?" झिझकती-सी आवाज आई, "आज आए नहीं हैं, ये उनकी एक चिट्ठी है लेती जाइए।" चारू ने हाथ बढ़ाकर सक्सेना से वह लिफाफा तो ले लिया लेकिन वहीं खड़ी रही। जो जानकारी वह हासिल करने वहाँ आई थी अभी तक उसे नहीं मिल पाई थी। वह तय नहीं कर पा रही थी कि अब क्या पूछे ? किससे पूछे ? एक मिनट बाद सक्सेना अपनी जगह से उठा, उसके पास आया और बोला, "भाभी, बहुत परेशान दिख रही हैं। कुछ बताएँ तो शायद मदद कर सकूँ।" चारू की आँखों में असहनीय गुस्से के आँसू भरे थे। लेकिन उसने उन्हें बड़ी निष्ठुरता से सँभाल रखा था। उसे अभी बहुत कुछ पूछना था। रो के लौट जाने के लिए थोड़े ही वह वहाँ आई थी। लेकिन क्या पूछे ? किससे पूछे ? किस तरह पूछे ? हिम्मत करके उसने कहा, "सक्सेना भाई, इन्होंने कब तक के लिए छुट्टी ले रखी है, जरा पता कर दीजिए।"

"अभी लो," और सक्सेना वहीं खड़ा रहा।

इस बीच और लोगों का उसकी तरफ देखना, उसका वापस उनकी तरफ देखना उसकी समझ में नहीं आ रहा था, बहुत बुरा लग रहा था। उसने सक्सेना की तरफ प्रश्न-भरी आँखों से फिर देखा। सक्सेना बाहर देखने लगा। फिर बोला, "मेरे साथ आइए, अभी बताता हूँ।"

और उसके साथ चलते-चलते वह बाहर आ गई। वह फिर धीरे से बोला, "बुरा मत मानना भाभी, मुझे झूठ बोलने की आदत नहीं है, इसीलिए एकदम जवाब नहीं दे पाया। मैं उन्हें ज्यादा नहीं जानता। हम लोग एक कमरे में बैठते थे, उन्होंने कहा, 'मेरी बारात में चलो।' मुफ्त में दिल्ली घूमने के लालच में मैं चला गया। वो तो बैंक से सत्रह हजार रुपए के गबन के आरोप में सस्पेंड हुए पड़े हैं, इन्क्वायरी चल रही है।" चारू के फक हुए चेहरे पर नजर पड़ते ही वह बोला, "लेकिन यह सब तो नौकरी में होता रहता है..."

चारू को अचानक तेज चक्कर आ गया। उसके बाद सक्सेना ने क्या कहा वह नहीं सुन सकी। उसे लगा वह वहीं बेहोश होकर गिर पड़ेगी या उसे दौरा पड़ जाएगा। वह बेहद घबड़ा गई। बिना कुछ कहे तेजी से बाहर आई, स्कूटर लिया और सीधी घर पहुँची। घर जाकर उसने देखा अभी और कोई नहीं लौटा था। उसकी जान में जान आई। अब वह शान्ति से बैठकर कुछ सोच तो सकेगी। लेकिन उसका जी घबरा रहा था, उल्टी-सी आ रही थी। पता नहीं कब वह गिर पड़ी। जब होश आया तो रूपकिशोर उसके तलवे मल रहा था। उसे होश पूरी

तरह आ भी नहीं पाया था कि रूपकिशोर पर नजर पड़ते ही दूसरा दौरा पड़ गया। मुँह से झाग निकलने लगे। रूपकिशोर घबड़ा गया। चारू की तबीयत इतनी खराब हालत उसने पहले कभी नहीं देखी थी–जो भी आफत है सँभालें उसी के भाई लोग, वह क्यों फँसे ? उसने जबानी हिसाब लगाया–उन्हें खबर भेजना, चारू को डॉक्टर को दिखाने से सस्ता पड़ेगा। वह लपककर वकील साहब के घर गया और दीपक को फोन कर आया। यूँ तो वह किसी से मिलता नहीं था लेकिन कब, किससे, क्या फायदा उठाया जा सकता था, इसकी जानकारी पूरी रखता था।

अगले दिन चारू सोती-जागती-सी रही। बोली बिल्कुल नहीं। शाम को दीपक पहुँच गया। तब उसके मुरझाए चेहरे में कुछ जान आई। रूपकिशोर जैसे ही चाय लेने अन्दर गया उसने दीपक से कहा कि वह अकेले में बात करना चाहती है। चाय के बाद दीपक ने रूपकिशोर से बड़ी विनम्रता से कहा, कि उसका बहन के पास बैठना जरूरी है, अगर वह डॉक्टर साहब को ले आएँ तो फीस वगैरह का इन्तजाम वह कर लेगा।

सब कुछ सुन लेने के बाद दीपक की आँखें बहन के सामने उठ न सकीं। वह मुँह छिपाकर रो पड़ा। उसका मन किया वह वहीं गड़ जाए जमीन के अन्दर। रूपकिशोर के लगातार घूमने की खबर से परेशान तो वह भी था, लेकिन उसके पीछे इतना गहरा रहस्य छिपा होगा, इसका अन्दाजा तक लगाना उसके लिए मुश्किल था।

वह वहाँ से निकला। सबसे पहले उसने बड़े भाई को तार दिया, एकदम चले आने के लिए। फिर इधर-उधर पूछताछ शुरू की। अगले दिन दवाई लाने के बहाने चुपचाप रूपकिशोर के दफ्तर गया लेकिन ऐसे ही चक्कर मारकर लौट आया। मैनेजर से तो बड़े भैया का ही मिलना ठीक रहेगा। वे उम्र में भी बड़े हैं, ओहदा भी ऊँचा है। शाम की फ्लाइट से रजनीश पहुँच गया। उसे अचानक सामने देखकर रूपकिशोर का रंग उड़ गया। लेकिन उन्हें तो कुछ मालूम था नहीं, बड़ी तौर-तहजीब से मिलना हुआ। थोड़ी देर बाद मौका मिलते ही दीपक ने रजनीश को सब कुछ बता दिया। दोनों भाइयों ने रूपकिशोर को इस बात की जरा भी हवा न लगने दी कि वे उसके बारे में गम्भीरता से पूछताछ कर रहे हैं। उसके लिए तो वे उसी की दी हुई खबर पर सिर्फ अपनी बहन को देखने पहुँचे थे।

जो कुछ ये दोनों उस समय कर रहे थे उनके पिता शादी तय करने से पहले करते और बेचारी चारू इतने बड़े अपमान से बच जाती। लेकिन पिता की मृत्यु के बाद दीपक और रजनीश को जल्दी-जल्दी अपनी जिम्मेदारी पूरी करने की पड़ी थी। दुनिया के सामने यह दिखाने की पड़ी थी कि वे कितने काबिल बेटे हैं, कितनी तत्परता से अपना फर्ज पूरा कर रहे हैं। पाखंड परखने या परिस्थिति

समझने की बुद्धि या शक्ति उनमें नहीं थी। अपनी निकट दृष्टि की जिद में उन दोनों ने न बड़ी बहन की सुनी न माँ की। उनके पिता जितना आगे बढ़के सबकी बात रखा करते थे, इन दोनों ने उतनी ही उद्दंडता से उसे अनसुना किया। मजबूर माँ भगवान के भरोसे सब छोड़कर चुप हो गईं, ''आखिर कब तक लड़की को घर बैठाए रखूँगी। कहीं ऐसा न हो कि मैं भी चल बसूँ और चारू उमर-भर कुँवारी ही बैठी रहे।''

रजनीश और दीपक जब मैनेजर के कमरे से बाहर निकले तो ऐसे लग रहे थे जैसे किसी ने उनकी जमकर मरम्मत की हो, और फिर कपड़े उतारकर बाहर निकाल दिया हो। वे एक-दूसरे की निगाह से भी कतरा रहे थे। न रो सकते थे, न चुप रह पा रहे थे। दोनों सोच रहे थे कि पिता की आत्मा तो पिछले चार महीनों से उन्हें कोस रही होगी, अब वे माँ के सामने क्या मुँह लेकर जाएँ। कैसे चारू से कुछ कहें ? क्या वे वास्तव में उसके भला चाहनेवाले भाई हैं ? गबन को तो छोड़ो। ये आदमी तो दर्जे का काइयाँ निकला। मैनेजर से उन्हें पूरी खबर मिल गई थी क्योंकि रूपकिशोर के बाबत तफतीश पहले से ही चल रही थी, और मैनेजर को सब कुछ मालूम था, सिवाय इस नई शादी के।

इसके बारे में रूपकिशोर ने किसी को नहीं बताया था। उसकी असली उम्र जो उसने बताई थी उससे पूरे पन्द्रह साल ज्यादा निकली। बैंक मैनेजर ने यह भी बताया कि वे बच्चे जो रूपकिशोर अपने भाई के नाम से अपने पास रखता था, उसके अपने थे सबसे पहले विवाह से। उसकी पत्नी की मृत्यु कहते हैं लम्बी बीमारी के बाद हुई थी। उसके बाद इसने एक और शादी की थी नन्दिनी से। वह कुछ महीनों बाद इसे छोड़कर अलग रहने लगी थी, वहीं कहीं, पास के किसी कस्बे में। यानी कि जिन्दा थी, और अभी तक इसे तलाक नहीं दिया था। वह बच्चा जो माँ-बाप के पास पल रहा बताया जाता था, घर में बर्तन माँजनेवाली से हुआ था—इसका या इसी के बड़े लड़के का, कोई नहीं जानता था। यह शायद वह खुद बता सकती थी क्योंकि उसके सम्बन्ध दोनों से थे। वह लड़के को लेकर गाँव में इसी के घर में रहती थी, जहाँ माँ-बाप से मिलने का बहाना करके हर महीने वह एक चक्कर लगा आया करता था।

वे सोचने लगे इस अजीबोगरीब कहानी को लेकर वे किसके पास जाएँ सलाह माँगने ? बात सामने आते ही सारी दुनिया थूकेगी उनके मुँह पर। और माँ ? कहीं उन्हें कुछ हो न जाए। इतना बड़ा सदमा कैसे सहेंगी वे ? कहीं मुँह दिखाने के लायक न रहे। इतना चालबाज आदमी, और ऐसा माहिर कि कानून उसे छू

तक नहीं पा रहा था। वे अपने-आपको धिक्कारने लगे। उन्होंने जानबूझकर खुद इस पाखंडी को अपनी बहन सौंप दी अपनी हवस पूरी करने के लिए, घर का काम करने के लिए ? उसका खर्चा देने के लिए ? मुँह पर इतना बड़ा तमाचा ? और वे पलटकर कुछ करने के काबिल भी नहीं ? समय निकलता जा रहा था। रजनीश जमीन में आँखें गड़ाए सोचे जा रहा था। निर्णय दीपक ने लिया—

"भाई साहब दुनिया तो हम पर हँसेगी ही। हमें लानत देगी, धिक्कारेगी। ये सब तो होगा। हमने काम ही ऐसा किया है। लेकिन अब हम चारू को यहाँ नहीं छोड़ सकते। गलती हमने की है हम परिणाम भी भुगतेंगे, ऐसे खड़े-खड़े काम नहीं चलेगा।" रजनीश भी देख सकता था कि इसके सिवाय उनके पास और कोई चारा नहीं था। वह कहने में हिचकिचा रहा था। वह ढूँढ रहा था कि कानून की मदद ले किसी तरह। लेकिन कैसे ? इस गुंडे ने कहीं कोई सबूत छोड़ा होता तब ना। फिलहाल उन्हें उसी की चाल चलनी चाहिए, कानूनी कार्रवाई होती रहेगी धीरे-धीरे।

चारू को उनके द्वारा दिए हुए सब सामान के साथ वहाँ से घर ले जाने के लिए उन्हें कम-से-कम दो और आदमियों की जरूरत थी। ये इन्तजाम दीपक ने कर लिया। वे ट्रक और चार आदमी लेकर घर पहुँचे। उस समय दोपहर के साढ़े तीन बजे होंगे। रूपकिशोर खाना लिए उनका इन्तजार कर रहा था। वह उनके तमतमाए चेहरों का भाव देखकर बुरी तरह चौंक गया। पीछे-पीछे दो और आदमियों को देखा तो उसका मुँह फक्क पड़ गया। अन्दर पहुँचते ही दीपक ने उसे गर्दन से पकड़कर एक कुर्सी में धकेल दिया, "खबरदार जो यहाँ से उठा।" और उन दोनों आदमियों से कहा, "इसका पुराना सामान छोड़कर बाकी सब ट्रक में लाद दो।" एक घंटे से भी कम समय में दहेज के नाम पर दिया हुआ सब सामान ट्रक पर चढ़ा दिया गया। इस दरमियान रूपकिशोर अपने बोझ से कुएँ की तरह नीचे धँसी हुई कुर्सी में बे-आवाज, बेदखल, बेजान-सा बैठा बिलबिलाता रहा ठीक उसी तरह जैसे अचानक च्यूँटी में पकड़े जाने पर जान बचाने के लिए हाथ-पैर मारता एक खटमल बिलबिलाता है। जैसे ही ट्रक चलने लगा वह पीछे से लड़खड़ाती जबान में चिल्लाया, "मैं कोर्ट में केस लड़ूँगा। आपने बलपूर्वक बाहर के आदमियों की मदद से मेरे घर में डाका डाला है।"

दीपक ने जवाब दिया, "हरामखोर, केस तो हम लड़ेंगे, बेफिकर रह।"

ट्रक चलने के कुछ देर बाद तक भी रूपकिशोर वहीं खड़ा रहा, दरवाजे की चौखट में मूर्ति बना। अपने ऊपर अचानक हुए इस कुचल देनेवाले प्रहार से वह हकबका गया था—लेकिन कुछ ही क्षणों के लिए। खतरा गुजरते ही उसने आसपास नजर दौड़ाई, धीरे से मुस्कराते हुए दरवाजा बन्द किया और खाने पर टूट पड़ा।

बीच-बीच में बड़बड़ाता रहा, "मुकदमा लड़ेंगे स्साले, लड़ें। कमर झुका दूँगा सुसरों की चक्कर लगवा-लगवाकर। तब पता लगेगा टक्कर किससे ली था।"

जब उसका पेट नाक तक भर गया, यहाँ तक कि डकार लेने में भी दिक्कत होने लगी तब वह वहाँ से उठा, मुश्किल से किसी तरह झुककर बक्स में से अपनी सबसे बढ़िया, चमकदार शर्ट-पैंट निकाली, तेजी से पहनी। हाथ से मुँह पोंछा, ऊपर ढेर सारा इतर पोता और उँगलियों से बाल सँवारता हुआ बाहर निकल पड़ा।

नमक

रामरतन उन दिन सुबह से ही कुछ उखड़ा-उखड़ा-सा लग रहा था। पहले तो उठकर देर से आया, फिर 'बेड-टी' बनाते-बनाते उसने कोई पौन घंटा लगा दिया। आखिर में जब ट्रे लेकर कमरे में दाखिल हुआ तो जानबूझकर उसे वहाँ नहीं जहाँ सामान्यतः प्रतिदिन रखा करता था, बल्कि दूर एक कोने में पड़ी टेबल पर धमाके से पटककर, उसी के ऊपर पेपर फेंकता हुआ-सा बाहर निकल गया। न "नमस्ते," न "चाय रखी है मेमसाब," कुछ नहीं। मिसेज बेनीप्रसाद उठीं, ट्रे उठाकर बिस्तर के पासवाली टेबल पर लाईं, चाय कप में डाली, पेपर खोला, और धीरे-धीरे पेपर पढ़ते-पढ़ते चाय पीने लगीं।

नहा-धोकर वो वहीं बैठी रहीं, अपने कमरे में। न उन्होंने उसे बुलाकर पूछा कि नाश्ते में कितनी देर है, न उस तरफ गईं। जब दस बजने के बाद उसने खुद न आकर बानो से कहलवाया कि नाश्ता लग गया है तो, हालाँकि वो भूख से कुलबुला रही थीं, पेपर में और निमग्न होकर बैठ गईं। वो चाह रही थीं कि रामरतन रोज की तरह खुद आए, खुद कहे कि "मेमसाब नाश्ता कर लीजिए।" और इस तरह उसका गुस्सा खत्म हो जाए। हालाँकि सुबह वह उनसे बोला कुछ नहीं था, लेकिन उसके हाव-भाव में भरा क्रोध उन्होंने ताड़ लिया था। उसकी साँस से निकलती हवा तक में विरोध भरा था, अपने ऊपर हुए किसी अन्याय के प्रति मौन रोष भरा था। वो अपनी तरफ से कुछ कहकर आग को और भभकाना नहीं चाहती थीं, इसीलिए चुप रहीं।

रामरतन पिछले कोई चौंतीस-पैंतीस सालों से उनका खानसामा रहा था। काम में माहिर, आदत से मेहनती और स्वभाव से बेहद भला। वफादार इतना कि कभी भी उनके लिए जान देने को तैयार। वह साल में सिर्फ एक महीने के लिए अपने गाँव छुट्टी पर जाता था और बाकी ग्यारह महीने पैसे भेज दिया करता था। बीच में कभी-कदा घूमने-फिरने को एकाध दिन की छुट्टी ले ली और मस्त रहा।

शुरू के दस साल न उसे कोई शिकायत हुई न उसके काम में किसी तरह की कमी आई। अपनी नौकरी के तीन-चार साल बाद एक बार जब वह छुट्टी

से लौटा तो अपनी पत्नी के मौसेरे भाई जगदीश को साथ लेता आया। कहने लगा—

"हमारा साला है मेमसाब, हमीं बड़े किए हैं इसे। आठवीं तक पढ़ा दिए हैं, इसने परीक्षा नहीं दी। हम यहाँ रहते हैं न, बहिन की सुनता नहीं। गाँव में इधर-उधर उछलता फिरता है। साब अपने दफ्तर में कोई छोटी-मोटी नौकरी लगा देंगे तो चार पैसे कमा लेगा। कोई काबिल हो जाएगा साब। वैसे लड़का समझदार है।" फिर कुछ ठहरकर बोला—"कोई जल्दी नहीं है साब। आप हमें इतना बड़ा क्वाटर दिए हैं, हमारे साथ ही एक कोने में पड़ा रहेगा। थोड़ा-बहुत हमारा हाथ बँटा देगा। बैरे का काम सीख लेगा। हम तो पढ़े नहीं न मेमसाब, ये पढ़ा है, साब के कागज वगैरह सँभाल दिया करेगा..." जवाब मिलने के इन्तजार में रामरतन अपनी बात में धीरे-धीरे कुछ-न-कुछ जोड़े चला जा रहा था। मिसेज बेनीप्रसाद को जगदीश की घर में मदद करने की बात जँच गई। अपने पति को कुछ कहने का मौका न देकर वो झट से बोलीं—

"ठीक है, नौकरी के बारे में साहब देख लेंगे। तब तक तुम इसे अपने साथ लगा लो। कुछ खाना वगैरह बनाना सीख जाएगा तो तुम्हारे पीछे से काम सँभाल लिया करेगा। और...पार्टी के दिन मदद कर दिया करेगा।" फिर, आँख के कोनों से जगदीश के चेहरे पर आई हल्की निराशा भाँपते हुए—"वैसे साहब कोशिश करते रहेंगे। तुम्हें मालूम है ना दफ्तर में तो जगह खाली होने पर ही नौकरी लग सकती है। तब तक कुछ तो करेगा न ?"

"जी मेमसाब," कहकर रामरतन किचन में चला गया। वह इस प्रबन्ध से काफी सन्तुष्ट दिख रहा था।

बेनीप्रसादजी चुपचाप पास बैठे अपनी पत्नी की दूरदर्शिता की दाद दे रहे थे। उनके तत्काल लिए हुए 'डिसीज़न' पर मन्द-मन्द मुस्करा रहे थे। उन्हें अच्छी तरह दिख रहा था कि बहुत जल्द ही उन्हें जगदीश को अपने दफ्तर में चपरासी, फर्राश या इसी तरह की किसी भी पोस्ट पर नियुक्त करना होगा। लेकिन उस हैसियत से वह दफ्तर में काम कभी नहीं करेगा। थी तो जबरदस्ती लेकिन वो सोचने लगे कि उनके रिटायर होने में सिर्फ डेढ़ साल बाकी था, तब तक अगर पत्नी अपनी कोई छोटी-मोटी मर्जी पूरी कर भी ले तो क्या हुआ ? आखिर वह इतनी बड़ी क्म्पनी के चेयरमैन की बीवी जो थीं।

ठीक वैसा ही हुआ। जगदीश की नियुक्ति चपरासी की जगह हुई। लेकिन वह काम बराबर घर में करता रहा—बैरे का काम, मसालची का काम, फिर खानसामे का काम, और पार्टीवाले दिन खाने के काम से फारिक होकर, साफ-सुथरे कपड़े पहनकर बार-मैन का काम। साहब का 'पर्सनल' आदमी समझे जाने के कारण

अब वह गर्व महसूस करता था, औरों से बात बाकायदा कुछ हुकूमती दूरी से करता था। अब खाना बनाने में भी बहुत दिलचस्पी लेने लगा था। धीरे-धीरे उसने रामरतन से सब कुछ बनाना सीख लिया। उसके बाद मिसेज बेनीप्रसाद से पूछ-पूछकर केक, कुकी, डिनर रोल इत्यादि भी तैयार करने लगा। उसके हाथ में हुनर था, दिमाग में अक्ल, और काम में चुस्ती। वह रामरतन से उम्र में दस-बारह साल छोटा होने के कारण उससे ज्यादा फुर्तीला था और हर समय अपनी कार्यक्षमता प्रमाणित करने की उत्सुकता में हर काम मन लगाकर बड़ी लगन से किया करता था। छह-सात महीने बाद मिसेज बेनीप्रसाद ने इनाम बतौर उसे अलग क्वार्टर दे दिया। रामरतन ने इस पर कोई आपत्ति नहीं की। उसका काम पहले से आधा हो गया था, तनख्वाह में कोई कटौती नहीं हुई थी। और ऊपर से, जब भी जरूरत पड़ती या मन करता तो छुट्टी माँग लेने की सुविधा। वह बेहद प्रसन्न था।

अगले साल रामरतन छुट्टी गया तो जगदीश ने पूरा काम सँभाल लिया। उसके लौटने पर जगदीश को भी घर हो आने की इजाजत मिल गई। वह उछलता-कूदता गाँव गया। एक महीना खत्म होने से दो दिन पहले ही भाग आया, अपनी ब्याहता को लेकर। और सीधा पहुँचा—साब, मेमसाब के पाँव छूने। मिसेज बेनीप्रसाद को उसका यों बिना पूछे बीवी को साथ ले आना, उनके क्वार्टर में इस तरह परिवार बसाना कतई अच्छा नहीं लगा। वो मन-ही-मन बहुत नाराज हुईं लेकिन यह सोचकर कुछ न कह सकीं कि नई-नई बीवी थी कैसे गाँव छोड़ आता बेचारी को। फिर वो आखिर कहतीं भी क्या ?

अब छोटा-मोटा काम करने बीना भी घर में आने लगी। कुछ दिन बाद मेमसाब के सिर की मालिश, बदन की मालिश, पैर दबाना, पार्टी के दिन का फालतू काम, बच्चों के घर आने पर उनका काम। हुआ यह कि धीरे-धीरे घर का पूरा इन्तजाम जगदीश-बीना ने सँभाल लिया और रामरतन एक तरह से फालतू हो गया। अब पार्टी का मेन्यू भी बनता तो जगदीश के सलाह-मशविरे से, न कि रामरतन के, जैसा कि पिछले इतने सालों से होता चला आ रहा था। यह बात रामरतन को चुभ गई। वह कुढ़ा-कुढ़ा-सा रहने लगा। उसे अपने साले से भी बैर हो गया। सारे दिन छोटी-छोटी बातों पर कहना-सुनना, झगड़ा होने लगा। एक दिन रामरतन ने मिसेज बेनीप्रसाद से गाँव जाकर अपने बाल-बच्चे ले आने की इजाजत माँगी। उन्होंने खट से मना कर दिया। साथ में डाँट भी लगाई—

"तुम इतने साल से काम कर रहे हो रामरतन। हर साल हम तुम्हें तनख्वाह और किराए के साथ एक महीने के लिए घर जाने की छुट्टी देते हैं, जिससे तुम सबसे मिल आओ, बच्चों के साथ रह आओ। अपना घर-बार, खेत सब सँभाल आओ। फेमिली यहाँ लाने की बात तो कभी हुई नहीं। तुम यह अच्छी तरह जानते

हो, फिर आज अचानक यह नई बात क्यों ?"

खास तौर से जगदीश का नाम लेकर शिकायत करना शायद रामरतन को अच्छा नहीं लगा। वह खिसियाता हुआ सिर्फ इतना बोला–

"ठीक है मेमसाबजी, आपका नमक खाए हैं, जैसा आप कहेंगे वैसा हम करेंगे।"

लेकिन उसके मन में तभी से एक खुन्दक घर कर गई। उस दिन के बाद से वह चुप रहने लगा। अपना काम बदस्तूर करता रहा, यदा-कदा बेहद बदमिजाजी के दौरों के बावजूद। मिसेज बेनीप्रसाद इन बीच-बीच में होती उसकी अस्थिर मिजाजी के वास्तविक कारण को न जानती हों, ऐसा नहीं था। वह जानती, समझती तो सब कुछ थीं, लेकिन मजबूर थीं। जकड़ी हुई थीं, अपने वर्ग की आधुनिक सभ्यता के सिद्धान्तों में, अपनी शिक्षा और उच्च वर्ग के स्वार्थपरक अनुशासन की बेड़ियों में। और कुछ वास्तविक, व्यावहारिक उलझनें भी थीं...। उन्हें इस बात से आपत्ति कदापि नहीं थी कि उनके घर में इतने समर्पित भाव से काम करनेवाला आदमी अपने परिवार को साथ लाकर रख ले। उन्हें परेशानी थी, ऐसा होने पर घर के चारों तरफ आधे-नंगे, नाक-बहते पाँच-छह बच्चों का हर समय फूहड़ता से घूमना, चीखना-चिल्लाना, बिना पूछे वक्त-बेवक्त घर के अन्दर आ जाना, हर चीज को छेड़ना, हाथ लगाना, दीवारों पर लिखना इत्यादि। राशन की चोरी, सर्वेन्ट क्वार्टर में मिलने आनेवालों का ताँता लगा रहना, काम में थोड़ी-बहुत लापरवाही– यह सब परिवार आने के बाद स्वाभाविक था और उन्हें एकदम नामंजूर। वो क्या करतीं ? यों तो घर में छह सर्वेंट क्वार्टर थे। लेकिन छह परिवारों को वहाँ रहने की इजाजत देने के लिए वो हरगिज तैयार नहीं थीं। वो खुद इस मुसीबत का कोई न कोई हल ढूँढने के लिए लगातार सोच रही थीं...

बहरहाल, बात उस सुबह की हो रही थी जब रामरतन ने सफाई करनेवाली बानो के हाथ कहलवाया कि नाश्ता लग गया है। थोड़ी देर में मिसेज बेनीप्रसाद आईं, जो कुछ, जैसा भी उसने उनके सामने रखा गया, वे खाकर अपने चार्टर्ड एकाउंटेंट के पास चली गईं। पिछले साल अपने पति के गुजर जाने के बाद से ये सब झंझट भी उन्हीं को देखने पड़ते थे।

उस बड़े घर में अब वो अकेली रहती थीं, लेकिन उनका पूरा पुराना स्टॉफ बाकायदा मौजूद था और उनके साथ-साथ इतने दिनों से चली आ रही शान-शौकत और लाइफस्टाइल उसी तरह कायम। इतना जरूर था कि पहले वो मित्रों से मिलना-जुलना, साथ खाना-पीना और अपने और पति के शौक के लिए किया करती थीं, अब सिर्फ अपना अकेलापन काटने के लिए, भुलाने के लिए। अपने एकाउंटेंट से मिलने के बाद, रास्ते में पड़ते एक-दो काम करके वो जब घर पहुँचीं

तो करीब दो बज चुके थे। उन्हें चूँकि भूख तेज लगी हुई थी, और घर से निकलने के बाद उनके ध्यान से यह बिल्कुल उतर गया था कि उस दिन उनका खानसामा एक खास नाजुक मिजाज के दौर से गुजर रहा था, वो हमेशा की तरह सीधी डाइनिंग रूम में पहुँचीं। वहाँ खाने की टेबल तक नहीं लगी थी। आसपास धूल की हल्की परत दिख रही थी—यानी कि तब तक झाड़पोंछ भी नहीं हुई थी। वो कुछ देर वहाँ चुपचाप खड़ी रहीं कि रामरतन अब आए, अब आए। लेकिन रामरतन यह जानकर भी कि वो घर में आ गई हैं अपने क्वार्टर के बाहर चारपाई डाले अपने कुछ मित्रों के साथ बैठा-बैठा जोर-जोर से बात करता रहा। उन्हें तेज गुस्सा आ गया। उन्होंने रामरतन के क्वार्टरवाली घंटी जोर से, देर तक बजाई। पुरानी ट्रेनिंग से मजबूर रामरतन हड़बड़ाता हुआ एकदम अन्दर आया। उसे कुछ भी कहने का मौका न देते हुए उन्होंने कड़कती आवाज में कहा, "खाना लगाओ" और अन्दर चली गईं। दस मिनट बाद खुद ही बाहर आईं और खाने की टेबल पर जाकर बैठ गईं। रामरतन ने अपनी आदत के मुताबिक उनसे बार-बार चाव से पूछकर तो खाना नहीं खिलाया, परन्तु जो भी उनके सामने रखा बुरा नहीं था। खाना खाकर वो बैठी रहीं, न फल आए न पुडिंग। थोड़ी देर बाद उन्होंने कहा, "कुछ मीठा बनाया है ?"

"नहीं," उसने किचन से ही लापरवाही से जवाब दिया।

यह जवाब सुनकर उन्हें उससे और कुछ भी बात करने की बिल्कुल इच्छा नहीं हुई। वो उठकर अन्दर जा ही रही थीं कि रामरतन हाथ में कपड़ा लिए टेबल साफ करने आ गया। उसे सामने देखकर उनके मुँह से निकल ही पड़ा—

"अब तो साब भी नहीं हैं रामरतन। अकेले हमारा आखिर कितना काम होता है कि तुम वक्त से निबटा नहीं पाते। देखो चारों तरफ मिट्टी-ही-मिट्टी हो रही है, तुमने अभी तक डस्टिंग तक नहीं की।"

रामरतन यह मौका तो ढूँढ ही रहा था। वहीं अकड़के खड़ा हो गया।

"हम जी-जान से काम करते हैं मेमसाब तब भी आप हरदम हमारे सिर पर सवार रहती हैं।"

"अच्छा-अच्छा, ठीक है इतना बोलने की जरूरत नहीं। काम खत्म करो," कहती हुई मिसेज बेनीप्रसाद अपने कमरे में चली गईं। वो लेटने ही जा रही थीं कि उन्हें ध्यान आया कि शाम को उन्होंने एक-दो लोगों को ड्रिंक्स के लिए बुलाया हुआ है। रामरतन को बताना जरूरी था। उन्हें फिर घंटी बजानी पड़ी। वह बुदबुदाता हुआ आया और यह सुनकर कि शाम को एक-दो कोकटेल-स्नैक्स बनाने हैं बिना जवाब दिए वापस चला गया। मिसेज बेनीप्रसाद गुस्से का घूँट पीकर रह गईं। यह हाल तो तब था जब वह पैंतीस-छत्तीस साल से लगातार उनके यहाँ काम कर रहा

था, वहीं खा रहा था, पी रहा था, रह रहा था। और बेनीप्रसादजी अपनी वसीयत में थोड़ी-सी रकम उसके भी नाम छोड़ गए थे। खैर, वो आँखें बन्द करके लेट गईं। न जाने कब उन्हें नींद आ गई। दरवाजे पर थपथपाहट सुनी तो हड़बड़ाकर उठीं। जनरल और मिसेज बिशम्भर आ गए थे। वो झेंपती हुई बाहर आईं। लॉन में न कुर्सियाँ लगी थीं न टेबल। किचन का दरवाजा बन्द कर रामरतन गायब था। दोपहर के बर्तन भी ऐसे ही पड़े थे। उसने साफ नहीं किए थे। जनरल बिशम्भर बोले–

"छोड़ो उसे, हम खुद ही निकाल लेते हैं गिलास, सोडा वगैरह। आओ बैठें।" तभी बलराज भी आ गए।

जनरल बिशम्भर, बलराज और बेनीप्रसाद बड़े पुराने मित्र थे। एक-दो घंटे नई-पुरानी बातें होती रहीं, देश की राजनीति पर टिप्पणियाँ हुईं, रक्षा-नीति की चर्चा हुई, अबके मुकाबले पुराने वक्त की तारीफ हुई, और कुछ हल्का-फुल्का हँसी-मजाक। फिर सब उठ पड़े। बिशम्भर जाते-जाते कहने लगे–

"नाओ डोंट बी मैड एट दैट फेलो, शान्ता।"...शाम की छुट्टी दे दो। सुबह अपने आप ठीक हो जाएगा। दीज़ पीपल हैव देअर ओन मूड्स। "चलो आज खाना हमारे यहाँ खा लो।"

लेकिन मिसेज बेनीप्रसाद नहीं मानीं–

"तुम इतनी दूर रहते हो। रात में मैं तो ड्राइव करती नहीं, और तुम्हें मैं, मुझे छोड़ने आने की पनिशमेंट दूँगी नहीं। फिर मिलेंगे। थैंक्यू सो मच।"

उन लोगों के जाने के बाद बर्तन उठाने थे, शाम के लिए कुछ थोड़ा-बहुत खाना बनाना था। रामरतन नहीं आया। मिसेज़ बेनीप्रसाद ने घंटी बजाई तो जगदीश आया, "नमस्ते मेमसाबजी।"

"अरे, तुम कब आए ?"

"अभी शाम को पहुँच गए मेमसाब, अभी बस मुँह-हाथ धोकर आ ही रहे थे।"

"अच्छा ! घर में सब ठीक है ? रामरतन कहाँ है ? सारा काम फैला पड़ा है।"

"पता नहीं मेमसाबजी, हम तो अभी उसके क्वार्टर में गए नहीं। पर आप फिकर मत करिए हम अभी आ जाते हैं, दो मिनट में।"

पाँच मिनट में जगदीश हाथ-मुँह धोकर, कपड़े बदलकर किचन में आ गया और जल्दी-जल्दी काम समेटने लगा। "आप आराम करिए मेमसाबजी, खाना लगाकर हम आपको अभी बुलाते हैं।"

मिसेज बेनीप्रसाद फिर अपने कमरे में चली गईं। पत्र-पत्रिकाओं के पन्ने

पलटने लगीं। थोड़ी देर में उन्हें किचन से झगड़ने की आवाज आई। जब वो वहाँ पहुँचीं तो जगदीश अवन में कुछ रखना चाह रहा था और रामरतन उसे रोक रहा था। अब उनसे अपना गुस्सा काबू में नहीं किया गया। वो चिल्लाकर बोलीं—

"हट जाओ रामरतन, तुम। हम तुम्हें सुबह से बर्दाश्त कर रहे हैं। आज पता नहीं तुम किस मिजाज में हो। जगदीश को काम करने दो।"

"ये अपने आप यहाँ नहीं आया मेमसाबजी। इसे हमने पाला, हम ही यहाँ लाए, हमीं ने सब काम सिखाया। हमने अपनी पूरी उमर आपकी सेवा में लगा दी। आपको अपनी माँ की जगह माना। आज आप हम ही को डाँट रही हैं ?"

"तुम बेवजह बहस कर रहे हो। हट जाओ वहाँ से," कहते हुए मिसेज बेनीप्रसाद ने जगदीश के हाथ से डोंगा ले लिया और खुद अवन में रखने के लिए आगे बढ़ीं।

"हम नहीं हटेंगे," बोलकर रामरतन ने मिसेज बेनीप्रसाद को अवन खोलने से रोकते हुए एक हाथ से उन्हें टल्ला दे दिया। वो डोंगा हाथ में लिए-लिए गिर पड़ीं। इतने उद्‌दंड और अपमानजनक बर्ताव को देखकर मिसेज बेनीप्रसाद कुछ समय के लिए अवाक् रह गईं। रामरतन उसी वक्त पिछले दरवाजे से बाहर चला गया। जगदीश ने सहारा देकर उन्हें उठाया, कमरे में ले जाकर बिस्तर में लिटाया। थोड़ी देर में जगदीश ने पूछा, "कुछ ले आएँ मेमसाब ?"

"एक गिलास गर्म दूध में कॉफी डालकर दे दो। और कुछ नहीं चाहिए। काम खत्म करके जाओ।"

जगदीश थोड़ी देर में दूध तो ले आया, लेकिन उन्हें बहुत देर तक खाना खाने के लिए मनाता रहा। वो नहीं मानीं। दूध पीकर सो गईं। अगले दो दिन रामरतन घर में नहीं आया। जगदीश सब काम तरीके से करता रहा। तीसरे दिन शाम को अचानक रामरतन के चाचा का लड़का नारायण घबड़ाया हुआ आया कि रामरतन की पत्नी की तबीयत सख्त खराब है, इसलिए वे उसे एकदम गाँव जाने की छुट्‌टी दे दें। मिसेज बेनीप्रसाद ने कौतूहलवश उस लड़के से पूछा—

"क्या तबीयत खराब है ? वहाँ कोई अच्छा डॉक्टर है ? इलाज ठीक हो रहा है या नहीं ?" और फिर जगदीश को बुलाकर कहा कि वह देख ले कि रामरतन कहाँ है और उसे गाँव जाने के लिए कह दे। कुछ पैसे चाहिए तो दे दे, वो खुद उससे कोई बात करना नहीं चाहतीं।

"जी मेमसाब। लेकिन हमने तो उन्हें तीन दिन से देखा ही नहीं। वो तो यहाँ हैं ही नहीं। हम तो समझे गुस्सा होकर गाँव चले गए हैं। अब तो हमें भी बहुत फिकर हो रही है मेमसाबजी। वो हमारे पिता समान हैं। कहाँ चले गए ? कहाँ ढूँढ़े अब हम उन्हें ? आपको भी अकेला नहीं छोड़ सकते। अब हम क्या करें

मेमसाबजी ?'' जगदीश का मुँह एकदम उतर गया।

मिसेज बेनीप्रसाद ने सान्त्वना देते हुए कहा, ''घबराओ मत। पहले तुम इस लड़के के साथ सीधे गाँव जाओ, अपनी बहन को सँभालो। हमारी फिकर मत करो। माली है, चौकीदार है, हमारा काम चल जाएगा। जाओ, जाओ, देर मत करो।''

जगदीश उस लड़के को साथ लेकर रात को दस-ग्यारह बजे स्टेशन पहुँचा। रात में कोई ट्रेन नहीं मिली। दोनों वहीं पड़े रहे। सुबह भी पड़े रहे, शाम को साढ़े चार बजे की ट्रेन में बैठ गए। अगले दिन दस बजे गाँव पहुँचे, और सीधे घर गए। रामरतन वहाँ नहीं था। जगदीश अपनी बहन को अस्पताल लेकर गया तो उन लोगों ने उसकी हालत देखकर उसे दो दिन के लिए तुरन्त भरती कर लिया। अब वह थोड़ा खाली हुआ तो गाँव में जान-पहचानवालों से रामरतन की खोज-खबर शुरू की। कुछ पता नहीं चला। अकस्मात् बस अड्डे की चाय की दुकान में रामरतन के ताऊ का लड़का सीताराम उसे देखते ही बोला, ''अरे, अबकी बार तुम दोनों साथ-साथ कैसे आ गए रे ?''

''नहीं तो। नारायण बहनोई को लेने पहुँचा तब आया हूँ मैं तो। वे यहीं हैं क्या ? तूने उन्हें कहाँ देखा ? कब मिला तू उनसे ?''

''अभी तीन दिन पहले। उसकी नौकरी छूट गई क्या ? बहुत उदास था। हमसे तो कुछ बताया नहीं। वो शम्भू है ना किताबवाला, उससे एक कागज पर लिखवाया था कि 'हम तो आपके बच्चे समान हैं, मेमसाबजी हमें माफ कर देना जी।' फिर कहाँ गया हमें नहीं मालूम। घर नहीं पहुँचा क्या ?''

''नहीं, घर नहीं पहुँचे। बहिन की तबीयत बहुत खराब है। हम उसे अस्पताल में भरती किए हैं। क्या करें अब हम ?''

''हम उसे देखे तो थे पर अब कहाँ है नहीं जानते।''

रामरतन का यह इस तरह गायब हो जाना, उस दिन गुस्से में सब भूल जाना जगदीश के लिए बिल्कुल नया था। साथ में वह मन-ही-मन अपने आपको भी कोसे जा रहा था, ''हम यदि शहर न जाते तो यह किस्सा हुआ ही न होता...''

पूरे दिन वह पागलों की तरह एक-एक आदमी से रामरतन के बारे में पूछता रहा। उसे पता लगा कुछ और लोग भी उस दिन रामरतन से गाँव में मिले थे। रामरतन गाँव पहुँचकर घर न जाए यह बड़ी अजीब बात थी। लेकिन जगदीश को यह रहस्य जानने के लिए ज्यादा इन्तजार नहीं करना पड़ा। शम्भू किताबवाले से परची लिखवाकर रामरतन ने जेब में रखी। बीवी-बच्चों के लिए कुछ खाने-पीने का सामान खरीदा, लेकिन घर नहीं गया। बस अड्डे से घर के रास्ते में एक तालाब पड़ता था जो बारिश के मौसम में हर साल दस-बारह फीट गहरा भर जाया

करता था। बीच में गहराई और ज्यादा थी। वो वहाँ पहुँचा, खाने-पीने की चीजें अपने अँगोछे में बाँधकर पेड़ पर टाँगी, जूते उतारे। वह परची जेब में से निकालकर जूते में अटका दी और शायद पश्चात्ताप और आत्मग्लानि की आग में झुलसता तालाब में कूद पड़ा।

जगदीश के रिपोर्ट लिखवाने पर तालाब के पानी की पूरी तरह छानबीन करवाई गई। और चार घंटे से भी कम समय में रामरतन की भारी-भरकम बुरी तरफ फूली और सड़ी हुई लाश खोज ली गई और तत्काल बाहर निकालकर उसे सँभला दी गई।

पादरी, माफी माँगो

वर्ल्ड कांग्रेस फॉर द प्रिजर्वेशन ऑफ रिलिजियस डाइवर्सिटी के आखिरी दिन का आखिरी सत्र था। पहले दिन से शुरू हुई गर्मजोशी बाकायदा कायम थी। हालाँकि सम्मेलन का मुख्य लक्ष्य था धर्म विविधता का संरक्षण, किन्तु समय ज्यादा लगा धर्म विरोध व्यक्त करने में। स्वाभाविक था। धर्मों की अनेकता को सुरक्षित रखने के लिए उस हर प्रयास की भर्त्सना किया जाना आवश्यक था जो किसी एक धर्म के असंयमित या अमर्यादित प्रचार, प्रसार के लिए किया जा रहा हो।

भोजन के बाद से इधर-उधर बिखरे प्रतिभागी नियोजित समय से कुछ पहले ही सभागार में दाखिल हो गए थे और बेहद उत्सुकता से उन ड्राफ्ट रिजोल्यूशंस की घोषणा का इन्तजार कर रहे थे, जो पिछले दो-ढाई दिनों की जबरदस्त तर्क तकरीर के बाद अन्ततः सबकी अनुमति हासिल कर पाए थे। वातावरण बेचैनी, व्याकुलता और एक सफल प्रयत्न की सम्पन्नता के भाव से भरा हुआ था। पत्रकार पेन नोटबुक पकड़े बार-बार अपनी घड़ी ताक रहे थे। उनके साथ आए फोटोग्राफर्स कैमरे सँभाले मंच के सामने चहल-कदमी कर रहे थे। सबकी आँखें मंच पर जमीं थीं, लेकिन वहाँ पड़ी कुर्सियां खाली थीं। एक-दो बार सम्मेलन के संचालक सफेद कुर्ते-पाजामे में मंच पर आए, बड़ी व्यस्त थकी हुई मुस्कराहट के साथ इतना-भर कहकर कि "शान्ति रखिए। हम लोग दस्तावेज तैयार करने में ही जुटे हुए हैं।" दूसरी बार, बढ़ते हुए विलम्ब के लिए विनम्र क्षमा-याचना की।

निश्चित समय से एक-डेढ़ घंटा ऊपर हो चुका था। लेकिन किसी को कोई विशेष आपत्ति हो ऐसा नहीं लग रहा था। सब निश्चिन्त, शान्त मनोस्थिति में आपसी बातचीत में लगे हुए थे। इस सहज वातावरण का एक कारण तो था समापन समारोह के लिए बाहर से किसी विशेष अतिथि का आमंत्रित नहीं किया जाना। जो भी होना था, आपस में ही होना था। विश्व-भर के पादरी, पुरोहित, आचार्य, मौलवी, मुल्ला सब मौजूद थे। भारत के प्रमुख मठों, आश्रमों के मुनि, मठाधीश खुद सम्मेलन का संचालन कर रहे थे। मामला धर्म का था, इसलिए बाहर से किसी को बुलाया जाना आवश्यक भी नहीं समझा गया। दूसरा अहम

कारण था, सर्वसम्मति से पारित रिजोल्यूशंस का सम्मेलन समाप्त होने से पहले जारी किया जाना, जो यह प्रमाणित करता था कि धर्म को लेकर मतवैभिन्यता हो सकती है, मतभेद नहीं। धर्म विविधता का संरक्षण सम्भव है। तीनों दिन हर सत्र में विचार-विमर्श, चर्चा-परिचर्चा, आरोप-प्रतिआरोप जमकर हुए लेकिन स्थिति एक बार भी नियन्त्रण से बाहर नहीं जाने दी गई। क्रोध भी अगर व्यक्त किया गया तो पहले शालीनता से क्षमा माँगकर।

कुछ ही देर में मंच भरने लगा। पहले अतिथि शिष्टमंडलों में प्रमुख, स्थानीय धार्मिक संस्थानों के अध्यक्ष, प्रधान सचिव, विशिष्ट व्यक्तिगण इत्यादि ने अपना स्थान ग्रहण किया, उसके बाद ठीक बीच में एक ऊँची सिंहासननुमा कुर्सी पर उस सत्र के या समापन समारोह के अध्यक्ष, कहीं के मठाधीश 'श्री, श्री, श्री...मुनिजी महाराज' विराजमान हुए। उनके आसन ग्रहण करते ही संचालक महोदय माइक को घुमा-फिराकर अपने मुँह की सीध में करने लगे। उन्हें हाथ के इशारे से रोककर सभापतिजी ने बड़े उदार और विनम्र भाव से सम्मेलन में आए हुए ईसाई पादरियों से मंच पर पधारने का अनुरोध किया। श्रोताओं के बीच से तत्काल छह-सात जने उठे, इस विशेष सम्मान पर गौरवान्वित महसूस करते हुए मंच पर पहुँच गए। उनके लिए कुर्सियों का कोई प्रबन्ध न होते देख वे अध्यक्ष के दोनों ओर खड़े हो गए।

"परम आदरणीय...मान्यवर...बन्धुओ, उपस्थित पत्रकार भाइयो, परम आत्मीय स्वयंसेवक बन्धुओ और देवियो एवं विदेशों से पधारे और स्थानीय प्रतिनिधिगण..." सभा संचालक ने कार्यक्रम आरम्भ किया। तभी स्वयंसेवक पंक्तिवार क्रम से ताजा छपकर आए घोषणा-पत्र बाँटने लगे। लोगों का ध्यान मंच से बोलनेवाले की ओर कम, हाथ में आए घोषणा-पत्र पर ज्यादा गया और हॉल की बमचख में कागजों के खुलने की फड़-फड़ भी शामिल हो गई। उसके बाद पता नहीं किसके बाद कौन बोला। श्रोताओं का ध्यान वक्ता की ओर तब गया जब पूरे दम से लगी यह आवाज उनके कानों में पड़ी—

"पिछले दो दिनों से हम विश्वभर से एकत्रित तीन सौ से अधिक प्रतिनिधि विविध धर्मों के बारे में चर्चा करते रहे हैं। विश्व के कोने-कोने से सभी प्रमुख धर्मों के अनुयायी आए हैं—ब्राजील से, गोतमाला से, घाना से, अलसलवेडोर से, अफ्रीका के विभिन्न देशों से, उत्तरी अमरीका से, अरब देशों से, इजरायल से, ईजिप्ट से, इटली, रोम, यूनान से। प्रत्येक ने अपना मत सभा के समक्ष रखा है, प्रत्येक धर्म के गुण-अवगुण बखाने गए हैं, किन्तु क्या कारण है कि चर्चा बार-बार ईसाई धर्म, उनके धर्म प्रचारण और उसके तहत धर्मान्तरण पर आकर रुकती रही है ? क्यों धर्मान्तरण के साथ जुड़ा उपनिवेशवादी अत्याचार, स्वदेशीय संस्कृति

मिटा देने की साजिश, अनपढ़, गरीबों के दोहन-शोषण का मुद्दा बार-बार उठता रहा है ?''

''आपके देश में जो ईसाइयों के प्रति अन्याय हुआ है उसकी बात क्यों नहीं करते आप ?'' श्रोताओं के बीच से आवाज उठी।

''शान्ति रखिए, धैर्य से काम लीजिए।'' संचालक महोदय ने उग्रता से खड़े होते लोगों से विनती की।

''कहने दीजिए, कहने दीजिए। उन्हें अपनी बात पूरी करने दीजिए,'' सभा के अध्यक्ष ने अपार महानुभावता दर्शाते हुए श्रोताओं की तरफदारी की।

प्रोत्साहन मिलते ही किसी ने उन्हीं दिनों हुई एक आस्ट्रेलियाई पादरी और उनके दो पुत्रों की नृशंस हत्या की निन्दा की, किसी ने ऑस्ट्रेलिया से आई एक समाजसेवी महिला पर हवाई अड्डे पर ही हुए हिंसक हमले का जवाब माँगा। किसी और ने कुछ ईसाई संन्यासिनों के साथ हुए बलात्कार की दुःखदायी घटना की तरफ ध्यान आकर्षित किया।

''बस ?'' ऋषिकेश से आए मुनिजी ने, जो ये आरोप ध्यान से चुपचाप सुन रहे थे, प्रश्न किया।

किसी ने कोई जवाब नहीं दिया। कुछ देर हॉल में सन्नाटा छाया रहा। जैसे सब कुछ कहा जा चुका हो, निःशेष हो गया हो। उसके बाद शिकायतों की बौछार बवंडर की तरह शुरू हुई और चलती रही। उसमें गुजरात में हुए साम्प्रदायिक दंगों का जिक्र हुआ, बजरंग दल का नाम आया, राष्ट्रीय स्वयंसेवक संघ का नाम आया, वी.एच.पी. द्वारा गठित 'रक्षा-सेना' और उसकी गैर-जिम्मेदार हरकतें बतलाई गईं। लोगों ने यहाँ तक कह डाला कि ये वारदातें सरकार की सहमति से हुई हैं।

मुनिजी महाराज ने सब कुछ सुना। मंच पर सुसज्जित अन्य महानुभावों ने सब कुछ सुना। उदासीन, विरक्त। सभापति से अपना भाषण समाप्त करने की औपचारिक अनुमति माँगते हुए मुनिजी ने माइक दृढ़ता से वापस अपनी तरफ खींचा—

''देखिए, अनायास संयोगवश कभी-कभार हुई घटना एक बात है और पीढ़ी-दर-पीढ़ी दमनकारी नीति अपनाना दूसरी। मैं बड़ी विनम्रता से किन्तु क्षम्य गर्व के साथ आपको यह बता देना चाहता हूँ कि हमारे यहाँ कोई शासक ऐसा नहीं हुआ जिसने अपनी पूजा-पद्धति, अपना मजहब जनता पर लादने का प्रयत्न किया हो। हम यह मानकर चलते हैं कि ईश्वर एक है। सत्य एक है। हिन्दू धर्म में धर्मान्तरण या दोबारा दीक्षा यानी कनवर्जन या री-कनवर्जन जैसा कुछ भी नहीं है। हिन्दू धर्म की सहिष्णुता, उदारता, व्यापक दृष्टि सर्वविदित है। हमारे धर्म में त्याग और सहास्तित्व का विशेष महत्त्व है। हम सम्पूर्ण जगत को, सम्पूर्ण मानव जाति को

एक व्यापक, बहुसमावेशक दृष्टि से देखते हैं। जबकि मसीहयत सोच संकुचित है, प्रवृत्तियाँ रूढ़िवादी हैं, नीतियाँ दमनकारी हैं। आप लोगों में अपने धर्म के प्रचार और प्रसार का लोभ इतना अधिक है कि आप विश्व के बोध से मेल स्थापित कर ही नहीं सकते। यही कारण है कि यह किस्सा बार-बार उठता रहता है। हम विश्वास करते हैं 'वसुधैव कुटुम्बकम्' में...''

यहाँ मुनिजी क्षणभर को रुके, सम्भवतया अपने विचारों का प्रभाव मापने के लिए, कि राज्यसभा के एक सदस्य ने जो मंच पर आसीन थे, आयोजन समिति के अध्यक्ष थे, अचानक बोलना शुरू कर दिया—

''माफ करें, मुझे जल्दी जाना है। बस दो ही शब्द कहूँगा। मुनिजी ने अभी-अभी वसुधैव कुटुम्बकम् का जिक्र किया। बड़ा श्रेष्ठ, उच्च विचार है, गहन कल्पना है। हिन्दू धर्म का एक महत्त्वपूर्ण अंग है। देखिए, धर्म और मजहब दो अलग-अलग भावनाएँ होती हैं। इनके बीच व्यापक अन्तर है। मजहब भले ही लोगों के बीच विभाजन पैदा करता हो, धर्म का सम्बन्ध आचरण से है—आचरण की श्रेष्ठता। समूचे मानव-समाज का धर्म एक होता है। ध्यान से सोचिए उसका परिवर्तन कैसे सम्भव है ? धर्मान्तरण एक अक्षम्य अपराध है, अन्याय है। और यह सदियों से होता रहा है, जब से मसीहयत शुरू हुई।

'' इन तीन दिनों के सामूहिक सोच-विचार के बाद जो घोषणा-पत्र अभी जारी किया गया है, उसमें धर्मान्तरण की सिर्फ भर्त्सना ही नहीं की गई, बल्कि उसके विरुद्ध सख्त हिदायतें दी गई हैं, अपराधियों के लिए दंड नियत किया गया है ताकि इस कुप्रथा से हमेशा के लिए मुक्ति मिल सके...'' तत्काल सभागार में तमाम सिर हाथ में पकड़े घोषणा-पत्र पर झुक गए और अधीर आँखें तेजी से वे हिदायतें और दंड ढूँढ़ने लगीं।

इस नजरअन्दाजी से क्षुब्ध सांसद साहब ने शासकीय अन्दाज में टिप्पणी की—

''यह घोषणा-पत्र आप बाद में भी पढ़ सकते हैं। अभी जो मैं कह रहा हूँ उस पर ध्यान दीजिए। आप लोग कल काँची कामोकोठी पीठ के प्रमुख जगद्गुरु श्री शंकराचार्य की भव्य सभा में सम्मिलित हुए होंगे। कितना सरल, सहज, धारा-प्रवाह भाषण था उनका। कितना तेजस्वी !! कितने प्रभावशाली शब्दों में हिन्दू धर्म के अनमोल गुणों पर उन्होंने प्रकाश डाला था। मैं एक बार फिर दोहरा दूँ कि हिन्दू धर्म सनातन है, अनन्त है। इसमें सभी मतों, संस्कृतियों और धर्मों के प्रति समान आदरभाव निहित है। इस आवश्यकता पर जोर दिया जाता है। हिन्दू धर्म में धर्मान्तरण जैसा कोई विषय है ही नहीं। आपने ध्यान दिया होगा, उन्होंने कहा था कि 'धर्म' एक संस्कृत अभिव्यक्ति है। किसी और भाषा में इसके अनुरूप शब्द मिल ही नहीं सकता। धर्म समाज का पोषण करता है, सामाजिक पद्धति को बनाए

रखता है। यह सम्पूर्ण मानव जाति का उत्थान तथा हित सुनिश्चित करता है। 'महाभारत' के कर्ण पर्व में एक पंक्ति है—

धारणाद् धर्ममित्याहर्धर्मो धारयते प्रजाः।
यत् स्याद् धारण सयुक्तं स धर्म इति निश्चयः।।

अर्थात्—धर्म ही वह मन्त्र है जो मानव का उद्धार करता है, उसे शक्ति देता है, सद्‌बुद्धि देता है।"

इस विद्वत्तापूर्ण सम्बोधन के बाद, जिसे पता नहीं कितनों ने सुना, कितनों ने नहीं, और कितने समझ पाए, मंच पर आमन्त्रित पादरियों से अपने विचार और व्यक्त करने की विनती की गई।

पादरियों ने एक-दूसरे की तरफ देखा। सबसे पहले, बाकियों से बड़ी उम्र के दिखते फादर जेम्स आगे बढ़े। लम्बा सफेद चोगा, नीली आकर्षक आँखें, सिर पर किनारे-किनारे चिलकते, चमकते सफेद बाल। गले में झूलते क्रॉस को दाहिने हाथ से सँभालते हुए उन्होंने कहना शुरू किया—

"ठीक कहा। मेरे साथी ने बिल्कुल ठीक कहा।" श्रोताओं में विशेष प्रतिक्रिया नहीं हुई, लेकिन मंच पर बैठे लोग और ज़्यादा ध्यान से सुनने लगे।

"धर्म ही मानव को बुद्धि देता है," फादर जेम्स ने आगे कहा। "धर्म ही उसका उद्धार करता है और समाज को नियम में बाँधे रखता है। मानव का कल्याण ईश्वर ही तो करता है। मैं आयरलैंड से आया हूँ, आप लोग यहाँ भारत में रहते हैं, लेकिन हम सबकी नियति, प्रारब्ध एक है, सृष्टिकर्त्ता एक है। हम सब ईश्वर की इच्छा से किसी-न-किसी धर्म विशेष में जन्मते हैं, जो ईश्वर का चुना हुआ होता है। उस जन्मतः प्राप्त धर्म से किसी को परामुख करना अज्ञानता है, ईश्वर के प्रति धृष्टता है। आप अगर किसी से यह कहते हैं कि आपके लिए यह नहीं, वह धर्म बेहतर है तो आप यह जता रहे हैं कि आप उस आदमी का भला ईश्वर से ज्यादा जानते हैं। यह तो अव्वल दर्जे की मूर्खता है। कोई किसी प्रकार की विवशता से आपके पास आए, आपसे मदद माँगे, उसे सहर्ष स्वीकार करना, उसकी मदद करना आपका धर्म है। जोर-जबरदस्ती से किसी का धर्म बदलना राजनैतिक चाल होती है। सब समझदार लोगों को उससे दूर रहना चाहिए। मेरी आपसे प्रार्थना है कि सब सजग रहें कि शासक तंत्र धर्म की आड़ में अपना खेल न खेल सके।"

इस परोपकारी, मानवोचित चेतावनी का स्वागत जोरदार तालियों से हुआ। उनके बाद स्पेन से आए फादर गोन्साल्वेज सिर्फ इतना कहकर पीछे हट गए कि वे अभी-अभी व्यक्त किए गए विचारों से पूर्णतया सहमत हैं। अगली बारी पास खड़े फादर जॉर्ज की थी—नौजवान, पादरियों की जमात में नवागत, आशा और

आत्मविश्वास से खिलता, प्रफुल्लित चेहरा, अपने पूर्ववर्ती वक्ताओं, खास तौर से फादर जेम्स को मिले स्वागत से खास प्रभावित, उत्साहित। उन्हें आमन्त्रित करते हुए अध्यक्ष पद पर आसीन मुनिजी ने विशेष आग्रह किया कि धर्मान्तरण के बारे में अपनी राय अवश्य स्पष्ट करें क्योंकि सभा में वही मुद्दा बार-बार उठाया जाता रहा है। फादर जार्ज ने आज्ञा का पालन-सा करते हुए कहना शुरू किया–

"मानव जाति अब भी घृणा और पूर्वग्रहों से अपने-आपको मुक्त नहीं कर पाई है। धर्म के नाम पर..."

"समय कम है फादर। पॉइंट पर आओ !" मंच से सीधा कटाक्ष हुआ।

"भगवान ईसा के सन्देश का प्रसार करना, समाज के दीन, हीन, वंचित वर्ग की हर प्रकार से सेवा, सहायता करना हमारा कर्तव्य है। दुर्भाग्य की बात है कि कुछ लोग इस सेवा को अप्रिय और आपत्तिजनक मानते हैं। धर्म की आड़ में किया हुआ अत्याचार मानते हैं। स्वेच्छा से, अपने हित में माँगे हुए धर्म-परिवर्तनों को धर्मान्तरण की संज्ञा देते हैं। उसे एक अनैतिक, अमानवीय अपराध मानते..."

"बस।"

"साफ-साफ बताओ कि यह एक अपराध है या नहीं ?" प्रश्नकर्ता की आवाज में कोप था, दबे हुए क्रोध से निकली फुंकार थी।

नौजवान पादरी घबरा गया। चेहरा फक्क हो गया। आँखों में आँसू छलक आए। वह एक अनानुकूल, अपरिचित वातावरण में भटके हुए हिरन की तरह बचकर भागने की राह ढूँढ़ता-सा प्रतीत हुआ।

श्रोतागण स्तब्ध बैठे थे। प्रश्न मंच से आ रहे थे।

"है, अपराध है," सिसकती आवाज में चिल्लाते हुए फादर जार्ज तेजी से पोडियम से उतरने लगे।

"ठहरो," स्वयं अध्यक्ष ने आदेश दिया। फादर जार्ज जहाँ थे, जैसे थे, एकदम रुक गए। ईसाई धर्मान्तरण के विरुद्ध सभी थे, लेकिन इस समय सभा की सहानुभूति अकेले लगातार प्रहार सहते पादरी के प्रति उमड़ पड़ी थी।

"हमें खुशी है कि आपने अपना अपराध स्वीकार तो किया," अध्यक्ष ने गरजते हुए व्यंग्य किया।

कुछ भी कह पाने में, समझ पाने में असमर्थ फादर जार्ज किंकर्तव्यविमूढ़, खुद को छोड़ दिए जाने की भीख-सी माँगते उनकी तरफ देखने लगे।

"बरसों से, सदियों से," अध्यक्ष फिर बोले, "आपने जोर-जबरदस्ती से न जाने कितने बेबस भोले लोगों का धर्म लूटा है, उनकी अपनी संस्कृति मिटाई है, उन्हें अपने रीति-रिवाज बदलने पर मजबूर किया है, अपने तौर-तरीके उन पर थोपे

हैं, धर्म के नाम पर उन पर राज किया है। यह अन्याय भविष्य में न होने पाए इसलिए कैथोलिक धर्म का प्रतिनिधि होने के नाते आप अपनी स्थिति स्पष्ट कीजिए।''

हिम्मत बटोरकर, फादर जार्ज ने लड़खड़ाते स्वर में बोलना शुरू किया, ''मुझे खेद है...''

''खेद है ? तुम्हें सिर्फ खेद है ?'' अध्यक्ष चिंग्घाड़े। सारी आँखें पादरी पर टिकी हुई थीं। हॉल में सन्नाटा छा गया। मंच पर हलचल बढ़ गई। ''पादरी, माफी माँगो।''

यह आदेश इतनी जा. ते दिया गया कि आवाज पूरे हॉल में गूँज पड़ी। फादर जार्ज टूट गए। घुटनों के बल बैठकर, दोनों हाथ जोड़कर हिचकियों में टूटती आवाज में गिड़गिड़ाए—

''मैं माफी माँगता हूँ...''

''सिर्फ आज के लिए नहीं, बोलो कि अट्ठारहवीं शताब्दी से होते इस जघन्य अपराध के लिए तुम जिम्मेदार हो। तुम्हारा धर्म जिम्मेदार है, और इस सबकी तरफ से तुम आज माफी माँग रहे हो।''

''जी हाँ, मैं सबकी तरफ से जितनी भी शताब्दियों में जितने भी धर्मान्तरण किए गए, सबकी जिम्मेदारी लेता हूँ, सबकी तरफ से आपसे माफी माँगता हूँ...'' इतना कहते-कहते पादरी का गला रुँध गया। आवाज घुट गई। वह रोता-गिड़गिड़ाता जैसे आतंकवादियों से अपनी जान की भीख माँग रहा हो, गिर पड़ा। मंच पर बैठे धर्माचार्यों के चेहरे विजयोल्लास में दमक उठे, तृप्त, सन्तुष्ट। किसी एक ने भी जमीन पर पड़े बिलख-बिलखकर रोते पादरी को उठाने की, सान्त्वना देने की कोशिश नहीं की। उसके प्रति हुए अनादर की अवहेलना नहीं की। वह धीरे-धीरे वहाँ से उठा, मंच से उतरा, अपने स्थान पर आकर बैठ गया और फूट-फूटकर रोने लगा।

सदियों से होती, सैकड़ों, लाखों द्वारा लागू की गई कुप्रथा के लिए एक हँसमुख, सहयोगी बाईस वर्ष के युवक पादरी का आध्यात्मिक संहार किसी को अनैतिक नहीं लगा।

●●●